他是她心中的
王子

魅麗文化

如此迷人的她 ①

玉堂人 著

广东旅游出版社
GUANGDONG TRAVEL & TOURISM PRESS
悦读书·悦旅行·悦享人生

中国·广州

图书在版编目（CIP）数据

如此迷人的她.1/玉堂人著.—广州：广东旅游出版社，2024.1
ISBN 978-7-5570-3123-7

Ⅰ.①如… Ⅱ.①玉… Ⅲ.①长篇小说－中国－当代 Ⅳ.①I247.5

中国国家版本馆CIP数据核字（2023）第163844号

如此迷人的她.1
RU CI MI REN DE TA.1

出 版 人：刘志松
总 策 划：曾英姿
责任编辑：陈　吉
责任校对：李瑞苑
责任技编：冼志良

广东旅游出版社出版发行
地址：广州市荔湾区沙面北街71号首、二层
邮编：510130
电话：020-87347732（总编室）　020-87348887（销售热线）
投稿邮箱：2026542779@qq.com
印刷：湖南天闻新华印务有限公司
（湖南望城湖南出版科技园　电话：0731-88387578）
开本：880毫米×1230毫米　1/32
字数：307千字
印张：10
版次：2024年1月第1版
印次：2024年1月第1次印刷
定价：46.80元

【版权所有　侵权必究】

本书如有错页倒装等质量问题，请直接与印刷厂联系换书。

目录

第一章 不过是个替身罢了 /001

第二章 陆柏良 /052

第三章 我们可以分手了吗 /083

第四章 我只想和你分手 /120

第五章 三叔回来了 /156

目录

CONTENTS

第六章 回来，朋朋 /171

第七章 我没有喜欢过你 /210

第八章 我把你当替身 /248

第九章 我已经开始学着改变了 /282

第十章 我想重新追求你 /296

第一章

不过是个替身罢了

RU CI MI REN
DE TA

盛夏的傍晚，黑云一层一层地挤在一起，时不时响起几声闷雷。

然而，雷声也没能盖住女人因生气而用力踩踏的高跟鞋声。

邢清风风火火地走进来，手里拎着的银色吊带裙直接被她扔到化妆台上。

她的脸色极差："我看宋筠的团队真是疯了，这种下作手段都敢拿出来往你身上使。"

阮胭本来正在看手机，闻言，拿起裙子看了看。果然，两根吊带上都被剪了一道口子。口子很小，不细看其实很难发现。但如果穿在身上，这种材质的丝带准是一扯就断，立刻走光……

阮胭把裙子放回去，说道："没有证据的事，别扯上宋筠。"

"没有证据？"邢清更气了，"我调了酒店的监控，昨天剧组提前聚会，宋筠的助理回来过一次，她趁阿姨打扫卫生来过我们的房间！"

阮胭还在低头看手机，表情没什么变化："那你信不信明天这个五星级酒店的监控就会突然弄丢那么一段？"

话都说到这儿了，邢清哪里还不能明白她的意思。宋筠的背后是南城宋家，这是业内人心知肚明的事。要不然凭她那只能说是合格的演技，怎么能一红就红六年，中间还拿了一堆的奖回去？

邢清按了按眉心："算了，还好我昨天猜到宋筠的团队肯定会拿今天的开机发布会搞事情，提前准备了备用礼服……"

她说了半天发现阮胭没理自己，光在那儿看手机，便有些狐疑地凑过去："看什么呢？不会是背着我和哪个男人……"

阮胭的手机屏幕没来得及关掉，上面还真有个男人。

应该是在化妆室，男人站在梳妆镜前，单手插在西裤兜里，衬衫扣子开了两颗，露出喉结上一道凌厉的疤。哪怕是穿了一身西装，迫人的气势也快要从屏幕里溢出来。

偏偏这样一个人，却肯低下头，专注地看着眼前涂口红的女人。

那个漂亮的女人，是宋筠。

邢清也看呆了："这人是……宋筠他们公司新签的男演员吗？"

然而话一出口，她就自我否定。照片里的这个男人，通身的那种贵气是藏也藏不住的。

不像是要靠脸吃饭的明星，倒像是……肆无忌惮的上位者。

阮朐垂下眼睑，敛起所有情绪："不知道。"

邢清问："这张照片你是哪儿来的？"

阮朐淡淡道："一个小号发到我工作邮箱里的。"

邢清皱了皱眉："多半是谁在故意挑拨，看你和宋筠不对盘，想借你的手把这照片爆料给媒体，我们别管。"

宋筠和阮朐现在一起合作的《两生花》是部双女主电影，但宋筠的团队一直不满意，想大改剧本，拿绝对一番，偏偏导演谢丐又是个有气节的人，不肯让步。

宋筠的团队不敢动大导演谢丐，就把气往邢清身上撒，在背后搞小动作，给阮朐贴上"小宋筠""宋筠低配替身"等难看的标签。

明眼人都看得出来阮朐和宋筠不对盘。

邢清又拍了拍阮朐的肩："无论如何，先准备今天的开机发布会。"

她"嗯"了一声，而后开始涂口红。

室内安静下来，邢清这才开始打量起阮朐来。

她穿了件松松的浴袍，胸前有大片白皙的肌肤露在外面，往上是修长的脖颈和一张极美的脸，尤其是那双潋滟的凤眸，看一次就让人难以忘怀。

邢清无端就想到了刚才的那张照片。

宋筠的脸在她脑海里一闪而过。照片里的宋筠也是和阮朐一个角度，侧坐着，镜中也是那么一双让人难忘的潋滟凤眸。

平日里还不觉得，如今一想，通稿里那些所谓的"小宋筠"……

还真有几分相似……

邢清突然意识到不对："你怎么自己在化妆，化妆师呢？"

"刚才被宋筠借走了，她说她那边忙不过来。"

"忙不过来？剧组给她一个人配了三个，还来我们这里借？她的脸是有多大，几个化妆师都不够她使唤的？！"

邢清好不容易消下去的火气又上来了。从剪坏礼服到刁难化妆师，宋筠这是摆明了不想让阮朐好过。

"算了，我先打电话找隔壁剧组借一位过来，希望还来得及。"

"不用了。"阮胭合上口红的金属盖子,说,"礼服也不用去借了。"

"为什么?你不去参加开机发布会了吗?"

"要去。"阮胭抬眼看向邢清,"而且,就要像现在这样去。"

邢清不懂她的意思,然后下一秒就听到了毫无波澜的五个字:"邢清,脱衣服。"

傍晚时的闷雷已经停了,到了晚上,倾盆大雨斜斜地泼下来。

会场里熙熙攘攘一片,来参加开机发布会的人们围着谢丏恭维,说这部电影注定跟这天气一样,要在这年的各大电影节上横扫风云。

这话对谢丏很受用。

他现年五十八岁,是国内导演中的翘楚,国内三大电影节的最佳导演奖项他已经拿过两个。他也希望能靠这部电影一举斩获三大电影节里他从没拿过的那个奖项,作为自己步入花甲时的贺礼。

想到这儿,他看了一眼几个主演。

宋筠来得早,穿了条红色抹胸连衣裙,美得张扬。虽然他不太认可她的演技,但毕竟是出道六年的人了,稍加调教还是胜过大多数演员。

让他最期待的还是阮胭。

小姑娘虽然是个新人,话不多,但在试镜时,她是唯一一个正确使用了手术剪刀的演员,一场戏试下来,专业又流畅。连谢丏都忍不住问邢清这姑娘以前是不是医学生。

结果邢清说不是,说阮胭就是电影学院刚毕业的学生,才签进公司一年不到。

更让他觉得玄妙的是,宋筠和阮胭长得还真有那么一丝丝相似。

这跟《两生花》里的剧情是多么相似:两个要好的、长得相似的好姐妹……

简直是老天爷都在帮他,把阮胭送到了他的镜头下!

然而,这种期待感在他看到从侧门进来的身影时,一下子就凝住了。

阮胭穿着白衬衫、黑裙子就来了,这套衣服他甚至在昨晚剧组聚餐时看到她的经纪人穿过……

"谢导。"阮胭跟谢丏问好。

谢丏打量了她一圈,神色不悦:"怎么回事?"

"出了点儿——"阮胭犹豫了一下,"意外。"

真的是意外吗?

谢丏的脸色沉了沉,目光在宋筠和阮胭之间游移了片刻。他正欲开口,台上的主持人便开始一一介绍到场嘉宾了。

他正了正中山装的领子,转身往台上走,阮胭也规规矩矩地跟了上去。

按照咖位,宋筠站正中间,男主角和导演站在她左右两侧,阮胭自觉地站到了靠边的位置。她一身白衣黑裙,不施粉黛,清丽的眉目间多了些不争的意味。

记者提问时,偶尔也会问及这位刚从电影学院毕业的新人。但后来他们发现无论问什么,这位聪明的姑娘总能不卑不亢地"打太极"圆回去,于是他们又把话题重新聚焦宋筠身上。

"宋小姐,上周有人拍到您和讯光总裁共乘一车,请问你们二人现在是处于交往阶段吗?"

宋筠撩了撩头发,不知道为什么,在回答之前,她先偏头看了一下阮胭,眼神意味深长,而后才回答记者的问题:"今天是新电影发布会,不是新恋情发布会哟。关于私人问题不作回答,还望诸位老师给我们一些私人空间,感谢。"

她说的是"我们"。

全场顿时炸开了锅。

就连提问的记者也笑开来:"看来我们台下半年的业绩,光靠你们二位的新闻就能养活了!"

在一堆人的哄笑中,宋筠再次侧身看向阮胭。而这一次,她朝阮胭露出了一个笑容。那是隐晦的,带了一丝同情的笑容。

无数个镜头对着台上拍,阮胭却一点儿也不露怯。她只是张了张口,用口型对宋筠说了句:"恭喜。"

宋筠的笑意立刻被冻住。她的挑衅就像拳头打在棉花上,没有意思。

后面记者再问什么,她也懒得回答了。

开机发布会就这样闹哄哄地结束了。

只是，在下台的时候，谢丐突然叫住宋筠和阮胭。

宋筠问："谢导，还有什么事吗？"

谢丐的眼神在两个人之间飘忽了片刻，又打量了一下阮胭身上简单的白衣黑裙，才开口道："宋筠，你留下，我们谈谈。"

阮胭识趣地离开。要走到后台的时候，她回过头，谢丐不知道说了什么，宋筠的脸色越来越难看。

即使不确定宋筠看不看得到，阮胭也还是冲她遥遥一笑，如同她在台上对自己做的一样。

邢清走过来，看了看远处的宋筠和谢丐，又看了看气定神闲的阮胭，不由得竖起大拇指："高，实在是高。"

"宋筠肯定以为我们会慌里慌张地借礼服、找化妆师，然后看着我们忙里出错。她万万没想到我们会将计就计，直接上台吧！"

邢清越想越觉得阮胭这招高明，连连赞叹："不做任何反抗，就这么坦坦荡荡让谢导自己看明白，这可比我们主动凑上去告状卖惨强多了……"

阮胭挽了挽衬衫袖子，对她说："别夸了，我先回去休息，明天飞影视城，记得帮我订机票。"

邢清点点头，与她挥手作别。

出了酒店，瓢泼大雨还在下。阮胭绕到酒店背后，淋着雨进入地下停车场。停车场灯光昏暗，她掏出钥匙，按了一下，车灯陡然亮起的瞬间，却猝不及防被人往后一拽。

一股熟悉的男人气息袭来，侵袭感极重、极浓。

她被人牢牢地禁锢在怀里，身上湿漉漉的衬衫紧紧地贴着他的胸膛。

一双大手抚上她的腰，掌心的温度透过薄薄的布料传递，像沾了火星子，让她原本被雨水浸得冰凉的身子渐渐变热。

"沈劲。"她低低地唤了一声，带了些愠意。

他却觉得如同猫叫一样，只会越发挠人。

他捏着她的下巴，逼迫她抬头。昏暗的灯光里，他看着她潋滟的凤眸，看得专注。

她以为他要亲她的眼睛,那是他的吻最常降落的地方。

他却低下头,粗重的呼吸停在她的嘴角:"穿成这样,是要诱惑谁?"

沈劲话里的危险意味极其浓重。

阮胭瑟缩了一下:"衬衫是邢清的,刚刚被雨水淋了才这样。"

"邢清的?"沈劲重复了一遍,低声骂了句,"没衣服穿了吗?借别人的。"

沈劲说完就松了手。他惯来这样,洁癖至极,个性阴晴不定。

阮胭抿了抿唇,伸出手,搂住他的脖子,踮脚吻上他喉头的那道疤。

每次惹他不开心了,她只要这样做,他的神色便会舒缓下来。

"以后不会这样了。"她说。

果然,沈劲的脸色稍霁,但他的视线也未在她身上过多停留。他伸手抚着她的后颈,像抚摸一只猫,往不远处的一辆豪车走去。

有司机下来为他们开车门。

他转头对阮胭说:"过两天带上卡,出去买几件衣裳,别再让我见到你穿别人的衣服。"

在两个人刚在一起的第一晚,他就给了她一张卡,无限额的。

后来秘书说阮小姐没动过里面的钱时,他也没什么感觉,只当她是欲擒故纵。他见过太多这样的女人了,装作不图钱财,实际上都等着钓后面的大鱼。

阮胭和他在一起快两年,还是和刚认识的时候一样,他买再多的奢侈品给她,她也只是放在衣柜里,除非必要场合,否则不取出来穿戴。

沈劲想,她还真挺能忍。可惜,他只看得上她这张脸。

想到这儿,他又忍不住对身旁的人说:"闭眼。"

阮胭听话地闭上眼,他的吻落在她的眼尾。

一阵手机振动打破了此时的缱绻,他接起来,电话那头是顾兆野大大咧咧的声音:"劲哥,今天去探筠姐的班,你帮我要到签名没?我可是跟我表妹夸下海口了……"

车厢内无比安静,宋筠的名字能听得相当清晰。

沈劲淡淡地回了句:"没有。"

阮胭敛下眼睫，看着车窗。她没问他怎么会去见宋筠，他也没解释。

一路无言，车子开回清和别墅。

清和别墅是沈劲的私产，位于清和市西面，是寸土寸金的地段。

但这里并不是沈劲的家，他的家在沈家老宅。老宅在清和市东面，朝阳地段，那里已经不是有钱就能够住的地方了。那里代表的不是金钱，而是权力。

沈家家风很严谨，若非去外省出差，沈劲每个周日都要回去和沈父、沈母吃一次饭。

阮胭想起第一次和沈劲过夜，就是在周日。

那时候，等到他们完全歇下已经是半夜三点了。她在床上躺着，说不出一句话。他却还十分精神地起床，窸窸窣窣地穿衣服。

她问他："要走了吗？"

他说："嗯，对，家里有门禁。"

说完他吻了吻她的眼角。起身离去时，一点儿也没留恋。

除了床头柜上留下的一张银行卡、一把清和别墅的钥匙，还有她沙哑的声音。

他仿佛没来过。

本来她还感觉有些不适，但她一想到，他当时可能是像做贼一样猫着腰进屋，再在第二天早上七点的时候照常起床和他严肃的父母问好……她又忍不住笑开来。

车子稳稳地停住，沈劲瞥了她一眼："马上就到家了，你还敢笑？"

阮胭故意回他："不可以吗？"

"可以。"沈劲扯了扯唇，"反正待会儿有你哭的。"

然而，他进了别墅也未能如愿让阮胭哭。

他先进屋开灯，灯没亮。住家保姆也不在，屋内一片黑漆漆的。

沈劲摸索着进去，踢开拖鞋，有些不耐烦地道："打电话问问物业，怎么……"

"生日快乐。"阮胭打断了他。

她从身后的柜子上端起一个蛋糕,捧到他面前。借着外面幽暗的月光,他看得到上面插了蜡烛,还没点燃。

"我明天要去影视城,不能陪你过生日了,所以我想提前给你过……"

她凑近他,眼里像是盛了月光。

然后他听到她低声道:"生日快乐,哥哥。"

是的。就最后这两个字,让他心底的无名火瞬间烧起来了。

眼前的阮胭还没意识到危险,仍问他:"你带打火机了吗?我们来点上许愿。"

"带了。"他抬手,抚上她的背脊,嗓音略带喑哑,"在裤兜里,自己掏。"

阮胭耳尖泛红:"先点蜡烛许愿。"

"我从来不信那些虚的。要许,"他顿了顿,"现在只对你许。"

她微微往后退了一步:"先吃蛋糕。"

"不,先吃……"他凑到她耳根旁,低声说了一个字。

他搂着她一路走到沙发上,到了最后一步的时候,她迷迷蒙蒙地伸出手,抵在他的胸口:"不行,还……还没开灯。"

沈劲笑了一下,他知道这是阮胭的习惯,每次到这种时候,她总是要开灯。

虽然他在她之前没有过别的女人,但他也听说过,大多数女生都是害羞的,做的时候恨不得用被子将两个人的脸都盖住。

阮胭却不一样,次次都要把灯开得亮堂,借此端详着他的眉目,端详到她自己眼里的情意越来越浓,然后两个人再一起在这情潮里沉沦。

沈劲掏出打火机,把蜡烛点燃。

迷迷糊糊间,他听到她仰头,喊了一声:"哥哥。"

他想,这真是一个暧昧到了极致的爱称。他很喜欢。

接着,有风吹来,如泣的声音和烛影摇晃了一夜。

第二天早上五点的时候,阮胭就起床了。邢清昨晚帮她订的是早班机,她不得不拖着酸软的身子起床。

身侧的沈劲还在睡。阮胭俯下身,对着他喉头的那道疤吻了一下,便利索地起身穿衣。

出门的时候，她看见餐桌上的蛋糕，燃尽后的蜡烛油已经和奶油混在一起了，一口也不能吃。

阮胭只犹豫了片刻，就把蛋糕扔进了垃圾桶里。

与此同时，她低声说了句："三十岁快乐。"

出门的时候，大雨已经停了。

阮胭去沈劲的车库里开了一辆最便宜的车离开。

中途邢清打电话过来问她："出发了没有？谢导时间观念重，他不允许组内的工作人员迟到。"

阮胭点点头："嗯，在开车。"

邢清又问阮胭："昨天你上微博了吗？"

"昨晚太累了，没看手机。怎么了？"

"你那招真的太高了，直接导致我们这次和宋筠打了个平手。你知道热搜是怎么评价你的吗？"

邢清在那头笑得开心，随手甩了一个链接过来。

只有一张图，是昨天开机发布会的现场合照：一身张扬红裙的宋筠站在中间，纤瘦素净的阮胭站在最边上。

配的文案是："姐妹们，这个新人，是素颜！除了口红，什么都没涂的素颜！就连这衣服都是平价U家的！！果然,人好看披个麻袋都好看……"

下面的评论也很有意思：

"清和电影学院的？这颜值确实挺高，有点儿像宋筠，但是比她灵一点儿。"

"这一行应该没几个比宋筠还不灵的了吧？哈哈哈，跟漂亮木头似的，都不知道她那些'水奖'是怎么得来的。"

"众所周知，宋Y是南城某位不可说的千金。"

"我是后勤的，据说这新人本来准备了礼服，但是被宋的助理给'意外'弄掉了，才找经纪人借U家衣服的。"

…………

阮胭看笑了，问邢清："都是你安排的？"

下面的评论中各种爆料都有，还有不少的媒体来转载，虽然说得不明显，但也大多是对阮朐比较正面的评论。

邢清："你想多了，不是我。是谢导授意宣发公司安排的。"

"谢导？"

"对，之前宋筠要大改剧本就已经让谢导不满了，后来没进组，她又在发布会上作死，这热搜算是谢导对她的敲打吧。苍天有眼，她这次总算是被搞了，想想就觉得很舒爽。"

阮朐拧了拧车钥匙："倒也不必觉得舒爽，她要是那么容易被搞，能红六年？"

邢清笑道："管他呢，能硌硬她一阵是一阵。"

邢清这话才说完，阮朐刚把车子发动，就听到那边的叫声："我说呢，你快看微博，怪不得宋筠压根不回应和你的那张合照，原来是憋大招呢！"

阮朐打开微博热搜，上面明晃晃地写着"宋筠讯光总裁恋情曝光"，后面紧跟着一个"爆"字。

点进去就是宋筠在开机发布会上接受采访时那段暧昧不明的回答，还配了张图，是宋筠和一个男人一同上车的背影。

男人穿了件黑衬衫，宽肩窄腰，留着寸头，浑身都带着一种放浪形骸的感觉。

连邢清也感叹："这人真是讯光总裁？我听说那是个手腕极强的人，怎么看起来这么……"

不正经。是吧？

阮朐在心底替她补充道。

"不过这热搜确实来得蹊跷，昨天发布会结束后没上热搜，却在今天凌晨突然'爆'了，不会是宋筠的团队做了什么假吧？"邢清还是不大信。

"这人的确是讯光总裁。昨晚没上热搜，想必是这位压着的，至于今天突然上了——"阮朐顿了一下，"应该是愿意公开承认他们的关系了。"

邢清也觉得她分析得有道理，却也忍不住和她开玩笑："你怎么就知道他是讯光总裁，你见过他？"

——我怎么知道？他身上那件黑衬衫是我送的。

阮朐心里这么想着，但面上仍是没什么异样，把玩笑抛回去："你觉得有谁敢冒充讯光总裁？"

"也是。"八卦完了，邢清也不和她胡扯了，"行吧，赶紧出发，小方在机场等着你。这是你的第一部戏，好好拍，听到没？"

"嗯。"

阮胭挂了电话以后，又看了一眼那张图。

不得不承认，宋筠身材高挑，和同样高大的沈劲站在一起，那背影的确是极其登对的。

片刻后，阮胭将手机锁屏。

难过吗？

不。她只是在想，还好……还好沈劲没有被拍到正脸。

否则，她无法想象，他顶着那张和记忆中某个人相似的脸，和别的女人站在一起的画面会怎样冲击她的神经。

她不能想，也不敢想。

沈劲醒过来的时候，下意识地伸手去搂旁边的人，却扑了个空。

直到看到枕头上留下的几根发丝，他才想起来，阮胭说过这天要去影视城。

似乎每年都这样，每逢他的生日，她总是有事，总是提前一天给他过。

前年是她要去参加朋友的婚礼，去年恰逢她毕业论文答辩，这一年又得去影视城。

沈劲捻起那两根青丝，笑了一下。

欲擒故纵的把戏玩得倒是好，还真让他生出几分习惯了。

这时，手机传来一阵振动。他接起电话，是顾兆野。

"劲哥，来星雾，哥几个都把场子给订好了，还给您准备了一份极品'礼物'，而且玄子说要给您宣布一个特大消息，今天您可一定要来。"

"极品礼物就不必了，你留着自己享受吧。"

顾兆野就是个浮花浪蕊里打滚的少爷，他准备的"极品礼物"，沈劲闭着眼睛都能想到是哪方面的。

"看在玄子的面上，我过去陪你们喝一杯。他比你靠谱。"

顾兆野一下子就萎了，说沈哥这是看不上他。

沈劲懒得和他扯,骂了句"孙子"就挂了电话。

星雾会所。

外面是大白天,里面却一片黑,空气里都是烟酒的暧昧气息。

沈劲刚进去,周牧玄就笑着问他:"你在清和别墅还有个住处?"

沈劲瞥了他一眼,没开口。

"地毯上都是你鞋底带来的榆叶梅,清和市里只有那处有这花。"

暗色的灯光下,黑色地毯上那几瓣裹了泥的粉色的确突兀。

沈劲笑了一下。

也就顾兆野这个傻瓜还啧啧称奇:"我的天,不愧是大侦探,人劲哥狡兔三窟,你总能找到他的新窟窿!"

"不会用成语就别用。清和别墅是我前年做的楼盘,顺手给自己留了一套。"

沈劲说完掏出打火机,点了根烟,转而问周牧玄:"是什么消息要告诉我?"

"查到你三叔的消息了,他这些年一直待在皖南的平水镇上。"

"平水镇——"沈劲沉吟了片刻,有什么东西一闪而过,他却抓不住。

周牧玄古怪地看了他一眼:"你这么找他,是为了让你家老爷子安心,还是为了防他回来抢权?"

"当然是为了老爷子安心,我对他这人完全没什么感觉,老爷子就这么一个老来子,虽说是个私……"沈劲顿住,没往下说,而是倾身把烟屁股掐灭在烟灰缸里。

"总之,我那个小三叔,我是再清楚不过的。没见过他除了周思柔,还把别的什么放在心上过,我宁可相信他回来和我抢女人,也不相信他会和我抢权。"

他蓦地想到阮胭昨晚捧着蛋糕,水光潋滟地看着她喊"哥哥"的样子,又补了句:"当然,我的女人他也抢不走。"

阮胭那么喜欢他,他不信还有谁可以抢得走。

顾兆野不知情,啧啧称奇:"劲哥,你这次真和筠姐定下来了?今天那个微博热搜,那叫一个红火,我们是不是该改口叫嫂子了?"

沈劲怔住。昨天深夜,宋筠打电话跟他哭诉,说谢导用热搜打压她,说在这一行工作不容易,说这部戏不好拍,说只和他炒这一次,让他为她抬一手。

最后她还说:"姐姐知道了,也会难过的。"

沈劲看了看床上熟睡的阮胭,按了按眉心,对宋筠说:"最后一次。"

他闷声笑了一下:"别乱叫,该叫嫂子的时候自然会让你们叫,别的就甭管,只管把这声'哥'给我叫响亮了。"

顾兆野还偏就服他,真的把酒满上,响亮道:"来,劲哥,二十七岁快乐。"

二十七岁。

沈劲端起酒杯。

算起来,他那个小三叔貌似这年也三十岁了。

还真是巧,他们的生日只差一天。一个昨日,一个今日。

"是该把我那个三叔给请回来了。"

沈劲闷声笑了笑,和顾兆野碰杯。

酒杯碰在一起,嬉笑里,啤酒花被撞出来。

啤酒花被撞出来。

阮胭迅速把杯子放下,还好没有溅到手指上。

宋筠也收回手,充满歉意地说:"不好意思啊,酒没溅到你的镯子上吧?"

阮胭的镯子是道具,跟品牌方借的,价值人民币七位数,一戴上道具组的老师就让她一定要小心,说这个品牌方出了名地吹毛求疵。

这会儿中场休息,镯子没来得及取,宋筠的经纪人就给组里每个人都送了菠萝啤消暑。宋筠也走过来,笑吟吟地和她碰杯,说很期待待会儿和她的对手戏。

阮胭不动声色地取下镯子:"没关系,没有溅到。"

"那就好。"

宋筠看了一眼她的镯子,又施施然走了。

阮胭的助理方白赶紧过来,替她把镯子放进盒子里。

"怪不得邢姐让我防着点儿宋筠,这也太黑心了,我看她就是故意想把啤酒溅到你的镯子上的。"

阮胭淡淡地开口:"嗯,你替我留意一下她就行。要是遇到什么事,不用急着阻止,先回来告诉我。"

方白不懂,但也知道阮胭可能有自己的打算,于是照着做。

下午的时候,正式开拍宋筠和阮胭的对手戏。

来旁观的人很多,有的是工作人员过来看热闹,还有的是新人过来学习演技。但大多不看好阮胭,心道阮胭估计要被宋筠碾压。

虽然宋筠的演技在业内一直是不上不下的状态,但怎么着也比刚毕业的学生好。

"学生怎么了?谢导亲自试镜试出来的人,应该不会差到哪儿去吧?"有人小声地反驳。

"你不知道,我早就查过了,阮胭是复读了两次才考上清和电影学院的。她今年都二十四岁了,你以为她有多厉害,考两次才考上……"

"天哪,真的吗……"

谢丐扫了一眼底下窃窃私语的工作人员,给陈副导使了个眼神。陈副导立刻拿起扩音器喊了声"准备",摄像师也跟着喊"开工",所有人都安静下来,各司其职。

直到场记的一声打板响起,谢丐一声令下:"开拍!"

全场静默。只有宋筠和阮胭站在一起,两个人对视一眼,她们都穿着白大褂。身形相似,面容相似,最绝的是那两双漂亮的凤眸,亦有八分相似。

所有人都心下一惊,怪不得传闻宋筠和阮胭不对盘,一个和她这么相似的新人,以后要走的路线也定然是相同的,同类的资源就那么点儿……

相似的,注定是相斥的。

宋筠先说台词,声音婉转:"程医生。"

阮胭却只是闭了闭眼,把听诊器取下来,又重新戴上。再睁开眼时,看向宋筠的眼里则满是疲惫:"宋医生。"

她的嗓音哑得不成样子,一个字比一个字低沉,听得在场的人心都跟着紧了一下——她仿佛真的是刚做完一台大手术的外科医生。

这场戏后面的部分，阮胭几乎全是用这样低沉沙哑的声音演的。

听得所有人的心都好似被谁揪着一样，堵得慌。

连陈副导都大吃一惊，不是说这个孩子刚毕业吗？就连清和电影学院也是复读了两次才考上的，这种资质……怎么台词拿捏得比宋筠还要老到那么多？

尤其是她握手术刀的姿势、整理手套的动作，无一不昭示着她没有演，她就是一名专业的医生。

他忍不住看向谢丐，谢丐脸上也难得地挂上了微笑。

直到宋筠忽然念着台词往前走了一步，右手虚虚地扶在手术台上，完全脱离了原先规划的走位。

原本五五的镜头，一下就变成了四六，甚至是……三七分。

阮胭被她挡在了后面。

谢丐脸上的笑容不见了。

抢镜这种事，在业内是常见的，往往经验少的演员和经验老到的演员对上戏，就容易被老演员牵着鼻子走，被抢镜头。

毕竟，谁都想在观众面前多停留片刻。

大多数导演对此并不干涉，只要不做得太过分，就睁一只眼闭一只眼忽略了。

但是谢丐把这部作品看得相当重要。他性格强势，不能忍受演员过分自主，并且——

宋筠的面部表情控制得没有阮胭到位……

就在他忍不住要喊"停"的时候，阮胭往前走了两步，握住宋筠的手，拉着她往后带。

一个动作，又把镜头拉回了原本的对半分。

陈副导松了口气。这新人是个聪明孩子，不然等谢导发火就难以收场了。

一场戏拍下来，底下人对阮胭的评论纷纷转向，都说这新人演得比宋筠还要像样。倒是宋筠，出道这么多年，依旧没什么长进。

宋筠的助理护主，是个小姑娘，性子也急，连忙跳出来为宋筠争辩："你们胡说，明明是阮胭抢镜！我都看到了，她把宋老师拽回来了，不信你们看回放!"

谢丐抬眼看向阮胭,辨不出喜怒:"你说呢?"

阮胭敛眉道:"我伸手拉她是因为她这个动作不规范。剧本里的宋医生接下来马上会进行另一场手术,作为一名医生,她的手不能随意接触有菌区域。"

小助理的脸涨得通红,仍然不依不饶:"可是谢导,她随意改剧本,剧本里好多没有的动作都是她给自己加的戏。"

"是吗?那你说说看,我给自己加了哪些戏?"

"调整听诊器是因为一般横挂听诊器,耳件都在左侧,胸件在右侧。因为左边口袋里有常用物品,属于相对清洁区。胸件要与病人身体接触,属于相对污染区。道具老师的失误,我来调整一下也无可厚非吧?

"如果这也算是给自己加戏,那么这个手术室可有太多我可以加的地方了。

"医务室里没有区分医用垃圾桶和生活垃圾桶;生理盐水瓶的标签上,0.9%打成了9.0%……光是道具上就有如此多的漏洞,更不用提剧本里的不合理设置。倘若我真的是想出风头,你觉得我会一直本分地只演自己的剧本吗?"

阮胭每说一句话,助理的脸就白上一分。她嗫嚅了一下,却发现什么话也说不出来。

寂静的场内,只有阮胭的声音:"我当然知道,医疗剧不可能完全地展现出百分之百的专业性,所以我没有全部指出来,以免麻烦剧组其他工作人员。我只求能在自己的范围内,做好一名医务工作者应做到的基本规范。这与抢戏无关,与良心有关,仅此而已。"

"说得好,医者,在良心也。"一道爽朗的男声从门外传来。

所有人都循声望过去。只见一个穿着灰色中山装的老者走进来,满头银发,却精神矍铄、步履稳健。浑身的超然气质,一看就不是普通人。

果然,连谢丐都站了起来。他急忙走上前去,伸出双手与老者相握:"程老,不是说好明天再进组里做技术指导吗?您看,您这么忙,我怕耽误您的时间。"

程千山摆摆手："既然答应了帮你这老鬼头,我肯定是要从头帮到底的。免得电影上映后却有一堆错误,祸害广大人民群众。"

程千山以前是清和医大医学院的教授,这两年慢慢退了,和谢丐是朋友,这才答应他来担任这部电影的医学指导。

他也知道国内医疗影视作品大多质量参差不齐,个别还漏洞百出,因此他也做好了帮谢丐纠错的准备。可当他站在门外,听到里面那个女演员对诸多医学知识侃侃而谈、了如指掌时,他感到十分惊讶。

待走进来后,看到那张脸,他一切都明白了。

于是,这位曾经在神经外科界闻名一时的程千山,在所有人的注视中,走向了安静地站在一边、眉眼低垂的阮胭。

老者的声音浑厚,语气里却是淡淡的惋惜。

他说："好久不见,阮胭。"

他的话音一落,陈副导、宋筠,甚至是谢丐,都怔住了。所有人的目光均落在了阮胭身上。

而方才还与人争辩的阮胭,却只是安静地站着。灯光洒在她的肩头,把她的脸照得过分苍白,尽管她微微垂着头,也依旧能看到她眼里模糊的湿意。

程千山走近她,摸了摸她的头,言语温和："阮小胭,这么多年都避着我,原来是来做演员了啊,怎么不和我说一声呢?"

阮胭眨了眨眼,想努力把眼里那股湿润眨回去,藏好。

她动了动嘴唇,最后轻声说了五个字："怕给您丢人。"

"这有什么好丢人的?你演得很好啊。"程千山笑开来。

谢丐接过他的话："的确是演得好啊,哪里像个新人?那叫一个灵气四溢。"

说完,他又忍不住问："你们以前认识?"

"嗯,这个小姑娘是我以前教书时第二个真心想带的学生。她这性子,这双手,天生就该是握手术刀的……"

程千山停住,看了一眼阮胭那白嫩纤细的、正微微发颤的手指,又安慰："不过,如今来演戏,一样可以在戏里握刀,也挺好的。"

第二个真心想带的学生……

那第一个是谁呢？

场上没有人去细细琢磨程老话里的意思，因为他们只记得程千山从前是在国内顶尖医学院校任教……

那里向来只收省前三十名的高考生。

阮胭竟然在那里念过书吗？

她……她不是复读了两年才考上了清和电影学院的吗？

所以她是从大名鼎鼎的清和医大退学了重新复读的吗？

难道说她还是个学霸？

对，也只有这样才能解释得通，为什么一个学表演的学生，会对这些医学知识如数家珍了。

众人好像知道了什么不得了的事情。

一个摄像组的后勤默默地拿出手机，登录了她的八卦专用小号，偷偷地发了一个帖子……

下一场戏依旧沿用这个布景，拍男主角赵一成和宋筠的戏份。

宋筠的小助理掐着手心，看了看程千山和谢丐，张了张口，想再说些什么，被宋筠淡漠的眼风一扫，她立刻噤了声。

宋筠对阮胭挤了个笑脸："新招的小助理不懂事，净说些丢人的话。阿胭，你不介意吧？"

阮胭面无表情地说："不介意。"

谢丐看了她们一眼，说："小宋，你去准备一下吧。这个场景沿用，等会儿拍你和小赵的对手戏。"

也就是说下一场没有阮胭的戏。

程千山对阮胭挑挑眉："跟我去道具组？我看看你这些年把从前的知识都忘到什么程度了。"

阮胭赧然，跟在他身后。

他们走进后勤搭的另一个摄影棚。

白椅子、白柜子，以及在透明玻璃里一一陈列的各类药品……大体上都是按照医院手术室的布局布置的。

程千山微微眯了眯眼，仿佛已经看出这里的漏洞。

他冲阮胭抬了抬下巴："说说，哪里不对？"

阮胭环视了一下四周才开口道："高频电刀外包装的塑膜没有拆；治疗车上没有配备速干手消毒剂；生理盐水标签依旧把0.9%打成了9.0%。"

"还有吗？"程千山问她。

她犹豫着摇了摇头。

程千山拿起一盒维库溴铵，那是手术时辅助病人全麻的药物。

他的手指在一旁的注射器边敲了两下："现在明白了吗？"

阮胭思忖片刻，而后眼睛一亮："维库溴铵是静脉注射药物，要用6.5～7号针头，而这里配的注射器是5.5号的肌注针头。"

程千山笑开来："看来，倒也没有完全忘光。"

阮胭脸颊微红，低下头喊了声："师父……"

这两个字一出口，空气立刻就仿佛凝滞了片刻。

光阴好像渐渐回溯，回到七年前。

她穿着学校给医学院新生发的白大褂，跟在一个同样穿了白大褂的高大男生身后，那个男生说："带你去见我师父。"

她那时小，不懂硕博师门之间的规矩，见了程千山的面，竟也学着，怯生生地对程千山喊了声："师父。"

程千山看着一高一矮的少年少女，笑着说："想当我徒弟的人可多了去，你可别以为沾了他的光，我以后就会收了你啊。"

阮胭的耳尖在日光下泛着红，一句话也不敢说。

男生笑着揉她的头："怕什么？我罩着你呢。"

阮胭有些想哭。

程千山看她这个表情，哪里还不明白她在想什么。

他叹了口气，指着那盒维库溴铵说："我一直很想和你谈谈，阮胭。

"你看到这盒维库溴铵了吧？你是知道的，它可以在手术过程中作为麻醉辅助药，松弛人的肌肉。在经历麻醉手术时，所有的疼痛、快乐、悲伤，都会被一一割裂，甚至是我们从患者的胸腔里取出他的心脏，再放回去，他也一无所知。可是,阮胭,你是知道的,麻痹只是一时的,而术后无止境的阵痛,才是最折磨人心的。

"师父不想你再困在过去了。芸芸众生,各人有各人的活法。老师、律师、学者、清晨的煎饼师傅、晚上的扫街人,都是极好极有意义的存在,包括你从前学习的操着手术刀的医生。凡事不论对错,只求问心无愧。阮胭,你想演戏,就去演。师父只希望,你能遵循自己的本心。"

遵循本心。

——你真的做到了吗?

——不,我没有。

阮胭闭上眼,不敢再和程千山清明的双眼对视。

她怕,怕程千山看出来。

不管是七年前学医,还是后来的弃医从艺,她都是因为那个人。

阮胭睁开眼,不再去想。她对程千山说:"我知道了,师父。"

"知道就好,走,带我去试试影视城出了名的那个什么什么冲浪豆花盅。"

"师父,组里没有冲浪豆花,那得在外面的酒店才有,组里只有两荤一素的盒饭。"

两个人谈笑着往外走去。

傍晚时分,天色变得暗沉。

阮胭一个人立在薄暮里,掏出手机,点开沈劲的微信。她犹豫了片刻,给他发了条消息:"想你了。"

消息发过来的时候,沈劲正在和顾兆野"吹瓶子"。

这人还真把他那"极品礼物"给送过来了。

小姑娘穿着条红色吊带长裙,进来先半蹲着,喊了声"劲哥",便低眉顺眼地唱起了歌。

分明是娇小的身材,清瘦得不行,偏偏胸前鼓起一大团,这样半蹲着,身姿曼妙,在昏暗的包厢里勾人得不行。

唱到"抱你的时候,期待的却是她的面容"时,她忽地抬起头看向沈劲,含嗔带怨的。

就这一眼,顾兆野立刻推了推沈劲:"怎么样?劲哥,像吧?极品吧?"

沈劲只是怔了一瞬,接着,偏头看向顾兆野:"什么意思?"

顾兆野一脸了然地说道:"筠姐啊,你不觉得她这双眼睛很像筠姐吗?"

听到他说像宋筠,沈劲也不知道为什么,反倒松了一口气。

他抖了抖烟灰,没再有什么情绪流露。

打开手机才发现阮胭给他发了消息过来。

"想你了。"

有多想?想哪个?

他捏着手机的手指忽地一紧,心里竟真的像有团热乎的毛发在挠他一样。

阮胭很少会发这些腻歪的情话给他,偏偏这天,他竟被她一句话撩起来了。

他随手回了句:"想哪个?"发完就把手机扔到一边。

半蹲着的女孩儿以为他不说话是接纳了自己,便起身往他怀里蹭:"劲哥。"

沈劲散漫地笑了一下。

下一秒,他就毫不留情地把人推到地上:"既然顾二说你蹲着像,那你就老实蹲着吧。"

说完,他起身便要离开。

顾兆野心道:完了,不知道哪里又把这爷惹不痛快了。

他连忙追上去:"劲哥,还没喝够呢,这是要上哪儿去?"

"回家。"

"巧了,我们正好还没去过劲哥清和别墅的家,要不您也把我们捎回去,去您家喝个够?"

顾小二凭的就是这张厚脸皮,才多年来始终博得沈劲的"宠爱"屹立不倒。

正所谓,流水的女人,铁打的顾兆野。

沈劲瞥了一眼包间里还半蹲在地上的那个女人,闷声笑道:"你觉得她像?"

顾兆野点点头:"可不,不像我还送?"

"行,今天让你看看什么叫真的像。"

沈劲打电话叫了司机,一行人竟真的浩浩荡荡往清和别墅开去。

清和别墅是沈劲刚进讯光那会儿开发的,毗邻清和市最大的森林公园,打的就是健康绿色的招牌。

沈劲大约觉得这还不够,又托人在别墅区内花重金移植了几千株榆叶梅。每年四五月份,别墅区内就浮满粉色暗香。

顾兆野坐在车上,感叹道:"看不出劲还是个这么浪漫的人。"

然而进了屋,顾兆野才感叹,那算什么浪漫,沈劲家里有一整面墙,放满了同一个女人的照片!

有穿运动衫的,有穿长裙子的,还有穿学士服的……

甚至还有一张是她和宋筠开机发布会上的合照。那张照片,顾兆野在网上看到过,但是宋筠被裁掉了,眼前墙上的照片里只有这个女人。

白衣黑裙,俏生生地站着,那双凤眸中的水光像是会流动一样。

明明是静静地被贴在墙上的照片,偏偏看起来就像在对他说:"过来啊。"

顾兆野拍了拍自己的脑门儿:"哎哟,我这二货,我那送的算什么极品?这位才算是极品啊!极品中的极品,绝了!"

沈劲笑了一下:"以后别给我塞些丢人现眼的东西。"

只有周牧玄,站在这些照片前意味深长地说了句:"我怎么看着,这女人和宋筠她姐宋叶眉更像呢。"

沈劲点烟的动作顿住,扯了一下嘴唇。

顾兆野冲周牧玄笑:"说什么呢?宋叶眉早八百年就嫁给劲哥他堂哥了,按辈分,那得管人叫声嫂子。你这样说就是劲哥存了些别的心思,知道吗?"

周牧玄笑笑没说话,背着手去了客厅转悠。

沈劲也跟着出去了。

只剩顾兆野还留在那间房里看美女。兄弟的美女,看起来果然格外刺激。

过了会儿,他突然皱了皱眉。

死玄子!被他这样一说,这女人越看还真越有点儿像宋叶眉。嘁,别真给自个儿看出些别的心思了。

周牧玄在阳台看到旁边放着的大鱼缸，里面的水冒着泡泡，零零散散放着几株水草和一座假山，一条孔雀鱼孤零零地在里面游来游去，通体发着幽蓝的光。

他觉着这鱼有点儿意思，便问："什么时候爱心泛滥，还养小动物了？"

沈劲懒洋洋地说道："阮胭养的。还给它取了名字，你猜叫什么？"

"团团？丫丫？玉玉？"周牧玄往女孩子常取的宠物名猜。

沈劲眼里含着笑："都错了，它叫'张晓兰'。"

"哪三个字？"

周牧玄万年冰山的脸上难得地出现一丝裂痕。

"就村里人常取的那三个字。"

"张晓兰是她的什么人吗？"

"没，她说，她就是觉着宠物也该有名有姓的才好。"

"你家的这位还真有几分意思。"

沈劲有些得意道："那可不，我家的。"

"张晓兰"是她的，她是他的，挺好的。

沈劲掐灭了烟，露出一丝连他自己都没察觉的笑容。

半晌后，周牧玄忽地又开口道："我想起来了，我查的时候，你三叔也有这种取名都连名带姓一起取的怪癖。他给他的鹦鹉取名叫'张德全'，还真有点儿意思。"

有些不爽的情绪从沈劲心底闪过。他嗤笑道："还不如张晓兰好听呢。张德全，跟个太监名一样。"

周牧玄笑着看他。

他的眉头一皱："滚。睡了，明天开会。"

周牧玄摇摇头，喊了喊里屋的顾兆野："走了。"

顾兆野魂不守舍地走出来，还在提心吊胆地想着沈劲和宋叶眉的事，晃悠悠地跟在周牧玄身后走出别墅。

他们一离开，房间里立刻就空了下来。

可能是喝了酒的原因，他看着那面墙上神态各异的阮胭，居然头一次没有想起宋叶眉。

沈劲脑子里想的只有这两年每个晚上阮胭缩在他怀里，全身心依恋地看着他的模样。

真是着了这心机女人的道。

算了，连宋筠都说拍戏累，想必他们这行也不容易。

去看看她吧。嗯，顺便的。

沈劲按了按眉心，给秘书发了条消息："订一张明早飞影视城的机票，我去和合娱的姜总谈笔生意。"

说起来，沈劲和阮胭的初相识就与合娱的姜十毅有关。

但他们的初见不是。

讯光的业务很广，背靠沈氏，涉及地产、科技、影视等诸多行业。那年，合娱的姜十毅请他过去谈个项目。

司机开车时，到了一个十字路口，恰逢绿灯亮了，正准备拐弯离开。

后面却突地撞上来一个骑电瓶车的中年人，沈劲的黑色车子被剐了一道口子，而电瓶车车主也被撞到了地上。

他捂着胸口，像条濒死的鱼，躺着一动也不动。

周围人都说："不会是撞了豪车怕赔钱，就装死'碰瓷'吧？"

议论声越来越大，地上男人的脸色越来越白。

沈劲挥挥手让秘书下去处理。

下一刻，人群里忽然走出一个白白瘦瘦的小姑娘。她穿着普通的白衬衫，声音不大，却字字有力："让一下，他是真的有生命危险！"

她边说边往前挤，人群渐渐为她让开一条路。

她蹲在地上，俯身开始检查起那个男人的眼耳口鼻。

随后，她挽起袖子，白嫩的腕骨露出来，跟鲜嫩的藕节似的，一下一下地往地上男人的胸腔处按压。

那样细的手腕，也不知道是哪里来的力气。

等到她鼻尖都出了一层薄汗，那个躺着的男人竟也真的醒了过来，虚弱地握着她的手连声说"谢谢"。

看热闹的人群里立刻发出一阵唏嘘："原来不是'碰瓷'的呀。"

阮胭跟没听到似的，对他的秘书说："请问能不能先送他去医院，再谈论赔偿问题?"

秘书看向那辆黑色豪车。

阮胭明白了。她走过去,敲了敲后排的车窗。

黑色车窗缓缓降下,阮胭的脸也出现在他面前。

因过分用力而产生的薄汗缀在她的额间和鼻尖。

那双宛如漾了水光的凤眸看着他,方才那么沉着冷静的一个人,此刻眼里竟流露些许波动,以及隐隐的湿意……

明明是在大庭广众之下,沈劲却觉得心里某处生出了些别样的心思。

他脑子里只闪过两个念头——

第一,她好像她。

第二,他想要她。

然而,交警来了。

交警照例做记录,问他们公了还是私了。

等流程走完,沈劲想找她时,她却已经离开。

沈劲压下心底微不可察的阴鸷。

算了,见到了也不过是把人当个替身罢了,不去祸害人也好。

不承想,当天晚上,他们就又见面了。

那天阮胭本来是陪两个室友去试镜。

戏是合娱牵头投资的,导演和摄像都是出了名的好班底。两个室友动了心,约上阮胭一起在试镜地点见面。

然而三个涉世未深的女学生,试镜到中途就被副导演试到了酒桌上。

酒桌子上坐的都是投资商和导演,合娱的老总姜十毅,还有华颂的董事贺韦、信和的老总白荣雷以及组里的副导演。

白荣雷是个胖胖的老头子,据说他好小姑娘。知情的人都明白那个副导演把她们拉过来作陪的用意。

偏就她们还被蒙在鼓里。

"白总,真喝不下了。"阮胭的室友赵水晴红着一张脸,连连摆手。

白荣雷不肯放人,还在劝:"喝,喝一口,多给你十分钟的镜头,喝得越多,赚得越多,干不干?"

又一轮下来，除了阮胭，另外两个女生的眼圈都喝红了。

姜十毅有些看不下去了，指了指她们："要不，喝点儿花生奶得了。都是小姑娘，可以当我们女儿的年纪，意思意思得了。"

赵水晴说："不行，不行。姜总，阮胭对花生过敏。"

白荣雷这下被激起了兴趣："我听说，有的人过敏不大一样，身上不起疙瘩，只起一粒一粒的小红点，跟朱砂痣似的，漂亮极了。阮妹妹白得发光，若是起了小红痣，怕是更漂亮了吧。"

沈劲一走进来，听到的就是这么一番恶心的话。

他看了一眼坐在主位的阮胭，她也看向他。

那种奇异的情绪波动，再次出现在她的眼里。

他在心底骂了一句：真勾人。

然后他缓步上前，沉声道："原来白总不喜欢喝酒，喜欢喝花生奶？那想必以后的酒局也不用请你了。"

他一说完这句话，白荣雷的脸立刻就变了色。

这是清和沈家的人，年纪不大，手段却比他爹狠一百倍都不止。

那天晚上，白荣雷拼了命地罚自己酒，红着脸给沈劲道歉。

然而沈劲的脸色始终没有好转。他想来想去也想不出究竟是哪里把这位爷得罪了。

直到这局匆匆结束后，人都散了，沈劲把阮胭堵在门口时，白荣雷才恍然明白，原来他差点儿就跟这位爷抢女人了！

怪不得……

"听说，你叫阮胭？是泪红满面湿胭脂？"

白荣雷一个字也不敢多听，和姜十毅一起安排人把赵水晴送回去就溜了。

也是在那天晚上，沈劲头一次知道，自己这么一个粗糙凶狠的人，骨子里却还残存着那么一丝文人吟诗的天赋。

他的吻悉数落在她的眼尾，说："你知不知道，凡是吟咏胭脂的诗，'胭脂'二字往往会伴随着'泪'字？哭给我看。"

飞机起飞，往事尽数散去。沈劲戴上眼罩，陷入黑暗中。

这天阮胭拍外景。

医疗题材电影为了控制成本和剧情发展，大多数都是内景居多，外景少。也因此，导演往往更注重外景的拍摄。

阮胭起了个大早，准时到化妆室里化妆。经过上次发布会的化妆师事件，宋筠的团队已经不敢再在这上面做文章了，谢丏还单独给阮胭配了三位化妆师。

方白拿衣服回来的时候，碰上宋筠的助理从她们的化妆室路过。

助理看了一眼围着阮胭转悠的三个化妆师，不屑地小声说道："化再好看也不顶用，今天你该丑还是得丑。"

"说什么呢？"方白瞪了她一眼，走进化妆室，"啪"的一声把门关上，不给这些"疯狗"咬人的机会。

方白气呼呼地走进去："阮姐，你让我盯着的……"

阮胭偏头扫了她一眼。

化妆师立刻开口："阮小姐，别动，这边腮红还没打。"

方白明白了，阮胭这是在提醒她，有外人在。

她便噤了声，干脆坐在一边托腮看起阮胭来。

工作人员都说阮胭那双眼睛生得很漂亮。

其实不然，这样认真看下来会发现，她的水滴鼻和樱桃唇也一样好看。只是眼睛过分好看，笑时如弯月，不笑时如冰泉，把脸上的其他五官都比了下去。

她想，阮胭才不是什么小宋筠或者宋筠替身。

若要论起来，她其实比宋筠更有韵味，更耐看些。

"说吧，什么事？"化完妆，化妆师便都走了。等化妆室内只剩阮胭和方白两个人，她才开口道。

方白回过神来，说道："我刚刚看到宋筠的助理去找了摄影助理，还偷偷给他塞了钱。"

"塞钱？"阮胭沉吟了一下，问道，"那里有监控吗？"

"没有监控。"方白说完嘿嘿一笑，"但是我偷偷拍了照片！"

阮胭勾起嘴角："不错，聪明。"

"阮姐,他们要做什么?"方白问。

阮胭没说话,安静地陷入沉思。

"他们肯定在搞什么小动作。"方白笃定道。

阮胭"嗯"了一声,在脑中把所有细节一层一层过滤。

摄像助理……

宋筠的助理那句嚣张的话……

片刻后,某道白光忽地闪现。她笑了一下:"我知道了。我还以为她要干大事呢,没想到还是些不入流的小手段。"

方白不解。

阮胭问他:"你会爬树吗?"

方白连连点头:"我会!"

"好,那你去帮我做件事。"

阮胭俯身凑到她耳边,对她小声地嘱咐了一番。

方白听着,眼睛越睁越大。

说完后,阮胭神色如常,补了补口红:"我也不想和她玩这些小的了,趁着这次,一次性都解决了吧。"

飞机稳稳地降落在平城机场。

合娱的姜十毅亲自来接沈劲。

上了车,寒暄之后,沈劲便直奔主题:"谢丏那部《两生花》拍得怎么样?"

姜十毅想到前些日子关于沈劲和宋筠的微博热搜,又想到沈家和南城宋家的匪浅关系,便以为沈劲是在问宋筠,于是说:"您放心,一切都很顺利,按照进度在进行,谢丏还请了程千山过来做指导。还有那位,也给您照顾得好好的。"

沈劲不关心他前面说的话,只听到最后一句,得到姜十毅这种肯定的答复,他就满意了。

姜十毅问他:"沈总,我们先去风城酒店吃饭谈事?"

沈劲沉默了片刻才说:"先去片场看一下拍摄进度吧。"

姜十毅一脸了然，吩咐司机往影视城开。

几个人抵达拍摄场地的时候，他们正在进行一场高机位俯拍。

巨大的摄像机被支架牢牢支起来，吊在半空中。周围人忙忙碌碌的，拿着喇叭大声地喊："各组准备！"

阮胭几乎是一秒入戏。

她的头发被化妆师吹得半干不湿地别在耳后，露出一张素净白皙的小脸。

她看着宋筠，一字一板地念着台词，语气里感情充沛，情绪处理得层层递进，一层更比一层激烈，就差最后一个点燃火药的临界点了。

这场戏是宋筠和阮胭所扮演的角色姐妹反目的片段，也是全片的高潮之一。

但事实是，明眼人都看得出来——宋筠没能接上阮胭的戏。

无论如何，宋筠还是得硬着头皮演下去。

按照剧本里写的，这时候的戏份是，她该给自己的"好姐妹"狠狠地扇上一个耳光。

只是，鬼使神差地，她没有像谢丐说的那样借位。

她伸出手——

宋筠实实在在地往阮胭的脸上扇了一巴掌。

阮胭没料到她会打得如此用力，踉跄两步，便因为惯性来到了摄像机的支架处。

"哐当"一声，半空中的摄像机摇摇晃晃地坠下来，直直地砸向她……

阮胭条件反射地往旁边避了一下，却还是没能避开。

沉重的摄像机从高空坠下，狠狠地砸到她的手肘上，砸得她的右臂登时就动弹不得。

阮胭瞬间脸色苍白，咬着唇，捂着右臂半坐在地上。

所有人都放下东西，连忙跑过去看她。

谢丐也被吓得连连喊："快……快送医院！"

慌乱里，有工作人员要扶她起来。她僵着右臂，忍着痛说："别动，可能是粉碎性骨折，不能碰，打120叫救护车来。"

沈劲坐在车上，一脸阴沉，问姜十毅："这就是你说的把人照顾得好好的？"

说完,他就下了车。关车门时,整辆车子都被他甩得一颤,把姜十毅吓得脑门儿直冒汗。

他哪里知道这沈总还把两年前遇到的那小姑娘放心上,他以为他是在问宋筠……

沈劲大步走过去,他的秘书在旁为他开道,周围的人群虽然不知道这是哪位人物,却也被他的气势震慑得纷纷自觉地往后退。

阮胭半蹲在地上,看着沈劲朝自己走来。

稀薄的日光落在他肩上,和她眼里的湿意一起将他的面容变得越来越模糊,只剩他喉头那道疤,她看得清晰。

当他蹲在她面前的一瞬间,她的眼泪一下子就出来了。

"哥哥。"她哽咽着喊道。

这声音,跟猫呜咽似的,把沈劲的心给唤得一揪一揪的,揪得发疼。

"别怕,我在。"沈劲伸出手,尽量不去触碰阮胭的右臂,小心翼翼地把她抱起来。

陈副导过来,想说什么:"沈总……"

"滚。"

沈劲抱稳了人就起身,继而抬脚。地上的摄像机被他狠狠地踹到一边,原本就被摔出裂痕的机器,这下直接摔得四分五裂。

"这玩意儿老子赔你,你把人赔我。记住了。"

他话一撂下,所有人都不自觉抖了一下。

真的太吓人了。

谢丏站在原地,看着他抱起阮胭离去的背影,脸色阴沉,把扩音器也摔到桌上:"查,给我把这件事查清楚。什么时候也有人竟敢玩心机玩到我的组里了!"

一直在角落里偷偷围观的宋筠的助理连忙看向旁边的宋筠:"宋姐,这下,怎……怎么办……"

医院里,消毒水的气味极其浓重。骨科门诊里护士和医生都忙忙碌碌的。拍片、检查、上夹板……一套流程忙下来,等到手被纱布裹得高高耸起,病房里终于归于安静,阮胭也差不多累得快要睡过去了。

偏偏这男人不让她睡,正用大手掐着她的下巴。

他的劲儿大,掐得她生生发疼。她带着恼意小声地喊道:"沈劲。"

"还敢睡?"沈劲松了手。

阮胭说:"你弄疼我了。"

沈劲轻嘲道:"你还知道疼?那玩意儿摔下来的时候,你怎么不躲一下?"

"我躲了,没躲开。"

"躲了还被砸成这样,我看你就是故意把自己砸狠点儿,让我不好受是吧?"

"说什么呢?我又不知道你会来。"

阮胭别过头不再说话,沈劲生气的时候就是头没有人性的野兽,不能和他讲道理。

沈劲心里的气没得到纾解,看她这样,更来气了。手上又粗鲁地把人的小脸扳过来,俯身下去,发了狠地咬着她的唇:"我告诉你,你的目的达到了,我的确是被你的伤弄得不舒服了,相当不舒服。"

不舒服到他开始担心她了,而这种异样的情绪,是以前从来不会有的。

阮胭在心底骂了句"疯子"的同时,嘴上感到一阵刺疼。

沈劲咬了她一下:"欠收拾。"

导演室内灯开得亮堂,气压却低到了极致。

谢丏看着邮箱里的两张照片,不知道是谁偷偷发给他的。

但画面上清清楚楚地看到宋筠的助理给摄像助理塞了一个厚厚的信封,然后两个人凑在一起,不知道在说些什么……

谢丏揉了揉太阳穴。

宋筠,宋筠,又是宋筠!他在选她进组时,怎么就没想到这人事这么多呢!

不是在发布会上搞事,就是在组里作妖。

他原本是看中了她出道六年来攒的人气,又因为合娱的姜十毅力荐,说她背后有大靠山,他才对她的演技睁一只眼闭一只眼,招她进了组。

没想到是给自己招了个祸害。

"嘎吱"一声，办公室的门被打开。

宋筠走了进来："谢导，您叫我？"

"坐。"谢丐直奔主题，"早上你的助理去找摄像助理做什么了？"

宋筠暗自捏了捏手心，故作惊讶道："什么？小衫去找摄像老师了？我完全不知道，早上一起来我就去化妆室了。"

谢丐面上依旧看不出喜怒。

宋筠有些急了："谢导，小阮那事真与我无关，我就是再不喜欢她，也不至于干这么缺德的事啊！"

谢丐冷不丁地冒出一句："你干的缺德事还少吗？"

宋筠一时无言。

偏偏此时门外畏畏缩缩走进来一个小姑娘，正是宋筠的助理。

她抽抽噎噎地看着谢丐："谢导，这件事真的和宋姐没有关系，是我自己看不惯她的，可我真的没想在摄像机上动手脚，我给摄像老师塞钱也是想让他把阮胭拍得丑一点儿……"

宋筠闭了闭眼，心道：完了。

——不管动没动摄像机的手脚，你就不该认啊，蠢货。

果然，谢丐一听，当场就把手里的杯子往地上一扔，摔得稀巴烂。

有玻璃碴子溅到宋筠的脚踝，划出了细小的血丝，她"嗞"了一声。

"够了，不用解释了。"谢丐看向宋筠，"你平时的演技要是有现在的一半好，也不至于拍成那个样子！"

宋筠动了动嘴唇，没说出话来。

"最后一次给你面子，你说是你助理干的，就让她把此事认下，去给阮胭好好赔礼道歉。"

谢丐想到那人临走时发的火气，深吸一口气，心知如果不把态度做到位，这部电影他也不用拍了……

他又补了一句："另外，明天你就离组吧，我会好好感谢你的友情客串。"

宋筠不可思议地看向谢丐："您说什么？"

她整张脸都白了。她没想过谢丐会这么绝，直接把她赶出组……

为了这部电影,她做了那么多准备工作啊!六年了,她只差一口气,就差一部好作品就可以成为有人气又有口碑的一线花旦!

谢丐导演,左因编剧,杜岚心美术……这样好的班底……

宋筠目光哀戚:"谢导,我……"

谢丐挥挥手:"我要休息了。"

宋筠没再说话,恍惚地出了门。她知道自己与这部电影无缘了。

忽然,谢丐叫住她:"等一下。"

她连忙回过头,以为他要挽留自己,于是满怀期待地看着他。

谁知谢丐却说:"既然你助理把这事扛了,那就让她去财务处谈一下机器的赔偿问题。也不多,就六位数。"

小助理脸色一白,心惊胆战地跟在宋筠背后往外走:"宋姐,我……我赔不起的……"

宋筠沉着脸,没理她。

等走到没人的走廊处,她才忽然转过身来,狠狠地扇了助理一耳光:"废物!"

夜里凉,阮胭打了点儿麻药,药劲一上来,也就困了。

沈劲看了一眼睡得正熟的阮胭,才拿起手机,接了宋筠的电话。

宋筠在那头小声地唤了句:"劲哥。"

"说。"

"谢导他……他要让我离组,他以为摄像机那件事是我做的,可是我发誓,我真的没有做啊,我哪儿敢做这种有可能害人性命的事?我再不喜欢阮胭,也不可能拿这种事来害她啊……"

"谢丐的安排我没有意见。"沈劲言简意赅,不想和她多说。

宋筠在那头呜呜地哭了起来。

沈劲依旧不吃她这一套:"没有别的事我就挂了。"

"等一下,劲哥。"宋筠静默了两秒,继续说道,"姐姐……姐姐她说过,她很想看我拍这部电影。她很喜欢这个本子,如果不是我来演,她肯定会很失落。劲哥,你也不想看到姐姐失落吧……"

沈劲的太阳穴跳了跳，几乎是咬着牙喊了声她的名字："宋筠。"

而接下来他说出口的话，一句比一句狠："我上次就说过，那是最后一次吧？

你在演艺圈这六年，不会真以为光凭你们宋家就能有那么大的本事护着你吧？如果你还想在这一行混，以后别再拿你姐说事。还有，离阮胭远一点儿。"

也许是骤然提到了宋叶眉，沈劲心里的某块地方突然感到不适。

他看了一眼在被窝里蜷成一团的阮胭，说不上来心里是什么感觉，索性不去想，越想越乱。

他大步迈了出去，往楼下走。

等到走廊里终于归于安静，一直缩在被子里的阮胭才缓缓地睁开眼。

她掏出手机，打开微信看到谢丐发来的消息："阮胭，我们决定停工一个月等你。另外，如果你愿意，我们希望你能一人分饰两角。你想接受这个挑战吗？"

阮胭看着上面的文字，笑了。

她用没有受伤的左手，生疏地打字："好啊。多谢谢导，我会好好努力的！"

打完，她把手机放到一边，对着空气无声地说了句："宋小姐，谢谢你给我让位了。"

没错，宋筠没有说谎。她真的只是想让助理去和摄像师"沟通一下"，把阮胭拍得丑一点儿。

争番位不成功，改剧本不成功，抢镜头不成功，那就只有让她丑一些，给自己做配最好。

而阮胭只不过是帮了她一把。

这天拍外景，器材都被放在树下避免高温曝晒。

摄像机被高位悬挂，旁人以为放这么高不会出什么岔子，看管也就松了。

方白会爬树，趁着中午放饭没人的时候爬上去，也没做什么，只是把云台的螺丝钉动了下手脚。

这个计划，在她看到剧本上那个耳光时，就开始筹谋了。她看准了宋筠这个人的心是真黑，那个巴掌必定会下了死手扇她。

因此，这是个好机会，她一定会在众目睽睽之下，撞上那台摄像机……

每一步她都算准了，唯一一个遗漏是沈劲。

她没想到他会到影视城来。

原本她设想的是借助谢丏这阵风，好好压一压宋筠。

但，沈劲来了也好。

一次性解决，省事。

"省点儿事。"沈劲拎着袋东西推门走进来，看了一眼打算下床的阮胭，冷声道，"医生说你不能乱动。"

"医生还加了个'手'字。"阮胭用左手撑着病床往下挪，"我动脚又没什么。"

沈劲"啧"了一声："去哪儿？"

"洗手间。"

"你能去？"

"伤的是手又不是脚。"阮胭看了他一眼。

沈劲这下是真笑了。他挑挑眉："我是说，你能单手脱裤子？"

阮胭瞪他一眼，自己往洗手间走去。这是贵宾病房，电视、电脑等一应俱全。当然，最重要的是，病床离洗手间……很远。

沈劲看着她。她穿着空荡荡的病号服，走起路来，衣摆有时候贴着腰窝，有时候又没有。

大早上的就不安分。

沈劲抓起她的左胳膊就往自己怀里扯："跑什么？我帮你脱了得了。"

说着他就亲上去，与她的唇缠绵，手也不安分，不住地往她腰上碰。

折腾了好半晌，直到阮胭吊在他身上直喘气，他才满意地松开了手。

阮胭赶紧往厕所走去。

"真不要我帮你脱？"

"不要！"阮胭像只红了眼的兔子，拖着软掉的双腿跑得飞快。

沈劲笑了一下，把早餐盒打开。

皮蛋瘦肉粥的香味飘出来的时候，阮胭也走出来了。

这下她学乖了，把病号服的扣子严严实实地扣到了最上面那颗。裤子也提得老高，怎么抬手都不会露出腰窝。

沈劲叫她："过来，吃饭。"

阮胭仿佛见了鬼一样，看着那堆早餐。

沈劲是什么人，哪里伺候过别人。

今天这是怎么了？

沈劲皱了皱眉："看我干什么？吃啊，是秘书送过来的。"

他又看了一眼阮胭还打着石膏的手。

"算了，我喂你。"没等阮胭反应，他就舀了勺粥往她嘴里送。

骤然一股滚烫的热气碰上嘴唇，阮胭被烫得往后一缩。

她伸出舌头舔了下嘴角："烫，这个得吹一下才能吃。"

沈劲想骂人，怎么要求这么多。

他这二十几年来没伺候过人，打小就是在锦衣玉食里长大的。

他看了一眼阮胭微微向下撇的嘴角，在心底骂了句：阮胭，你哪儿来的福气能得我这么伺候？

骂完还当真将粥放到嘴边吹了吹，才喂进她嘴里。小口小口的，像猫儿吞食一样。

沈劲心底无端生出一种异样的感觉。

很怪，这段时间越来越怪了。究竟是哪里怪呢？

他压下心底的异样感，在她的嘴角亲了一下。

亲完后，他才猛然意识到，他这段时间亲她眼睛的次数越来越少了……

怎么可能！

沈劲扔掉勺子，站起身，语气瞬间僵了："我去见合娱的姜总，你既然停工一个月，没事就先回清和，别在我眼前勾引人。"

阮胭："……"

——明明是你自己跑到影视城来的好吧？

阮胭和方白订了当天的机票飞回清和市。

两个小时没有信号的里程，已经足够发生很多事。

比如来自宋筠的反击。

"阮胭，看微博，宋筠和她的团队疯了。现在全网都是她们乱编的你的黑料。"

阮胭一下飞机，邢清的电话就打过来了。

"有多黑？"阮胭很镇定，没有被邢清焦灼的语气影响。

"说你学历造假、在剧组里耍大牌、在校时私生活混乱，还说……说你和一个有钱人不清不楚。"

"嗯，知道了。你放心，这些都是不实的，你先不用管。"

"不用管？"

"对，让子弹飞一会儿，这句话你听过吗？"

"好。"

邢清握着手机，皱了皱眉，还是不放心，决定打电话给宣发公司谈一下应对方案。她是学危机公关出身的，当然知道网络时代处理突发媒体事件的最佳时间只有四个小时。

从大规模爆发阮胭的黑料，到现在已经因为断掉信号而失去了两个小时的黄金时间，如果再拖着……

邢清忽地想到了半年前，刚签阮胭的时候。

那时候阮胭是表演系年年拿第一的学生，刻苦、有天赋，这是所有老师对她的评价。

很多大公司都想签她，而邢清所在的公司柏良娱乐，只不过是刚成立三年的新公司，底下只捧出过两三个小有名气的"小花"，而邢清也不过是个初出茅庐的经纪人。

"你们公司叫柏良？"阮胭那时候还留有薄薄的刘海，衬得下面的眼睛很大，扑闪扑闪地看着她，眼里有种莫名的光在跃动。

邢清说："是的，我们老板以前脑子里长了个瘤子，求遍很多名医都束手无策，最后是清和医大一名年轻的博士操刀治好了他。偏偏这位医生淡泊名利，什么礼都不收，老板就决定以这位医生的名字，为新成立的影视公司命名，想做大公司后，用另一种方式来帮这位医生扬名天下吧。"

阮胭以手撑着下巴，跟着念了一遍："柏良。"

柏树的"柏"，温良的"良"。

邢清不知道为什么，当时竟然觉得这个小姑娘在念起他们公司名字的时候，眼里隐隐有泪意。

下一秒，她便听到阮胭说："好，我就签你们公司了。"

邢清不可思议道："真……真的吗？"

"是啊，我也想成为一名成功的演员，和柏良一起扬名天下。"阮胭朝她伸出手，"你愿意帮我吗？"

邢清伸出手，用力地和阮胭相握："乐意至极。"

而后的半年里，事实证明，她果然没有看错人。阮胭一直很听话、勤奋，业务能力强到杀出重围，第一部戏就拿到了谢丏导演的角色……

邢清叹口气，还是摁灭了屏幕，收回了找宣发公司谈对策的决定。

她选择相信阮胭，正如阮胭当初选择相信柏良娱乐一样。

方白犹豫着把手机递给阮胭，问："阮姐，我们真不用管吗？网上的爆料太混乱了，不信你看……"

阮胭扫了一眼，几乎每个"爆料者"都配了模棱两可的图。

"我是阮胭的高中同学，千真万确，她是真的复读过两次，而且她高中成绩就是中游水平……所以我觉得清和电影学院的学历可能也掺了水。"

配图是一张平水镇高中的全年级成绩排行榜，阮胭的名字用红笔圈了出来——四百八十九分，位置在中间靠后。

"不是，隔壁的说错了，阮胭确实是清和电影学院的，但是……她这个人很神奇，大二的时候，还和隔壁科大计算机系的一个学弟走得近，听说又把人甩了，后来人都堵到我们学校来了！"

配图是一个清秀斯文的男生，眼角还有颗泪痣，和还留着刘海的阮胭并排走在一起。

"我一直觉得她清和电影学院的学历可能是假的，因为她好像和一个有钱人不清不楚的……怎么说呢，大一、大二时她特别朴素，到了大三下学期的时候吧，就经常有豪车到南门外的十字路口接她了。

配图是阮胭从酒店里出来，身后有一个胖胖的中年男人跟着。这个男人还被人特地用字标注"疑似是信和的老总白某雷"。

每条微博几乎都是以"我是阮胭的×××"开头，并且还都配了相关的图，仿佛真得不能再真了。

阮胭往下看了一会儿，后面的内容都大同小异，无非就是跟风骂她，也没别的黑料再爆出来。

她把手机还给方白，说了句："别怕，都是假的。"

方白说："那既然都是假的，我们为什么不抓紧时间反驳？"

阮胭笑了下："不，拖得越晚，锤得才会越死。"

"锤得越死，不是对我们越不利吗？"方白不解。

"赵高指鹿为马，你觉得，对于那只鹿来说，是被人当场说出'那匹马其实是鹿'更让后人记得住，还是在当时被舆论钉死了，百年后史官却说出'这匹马其实是鹿'更能让后人记住？

"颠倒黑白，人们没先看到黑，又怎么会相信白的存在？善恶不分，人们不先见识到恶的可憎，又怎能意识到善的可贵？

"百鬼夜行，舆论时代。人都是这样，只有前后反差越大，事实的颠覆越狠，才能被记得更长、更久。"

阮胭说完这段话，方白沉默了。

方白看着站在那儿的纤瘦姑娘，不知道她到底经历了什么，才说得出这样一番话。

但她能感受到，阮胭身上就是有那种看一眼便能让人信服的感觉。是的，阮胭让人忍不住信服和追随。

方白推着行李箱，边往前走边说："好，阮姐，我们不去管。走，我送您回家。"

阮胭拍拍她的头，从她手里接过行李箱，然后从包里掏出一把车钥匙："行，刚好我带了车钥匙。"

前几天飞影视城时，她开走了沈劲的那辆车。沈劲说过还没叫人来开走，应该还停在那儿。

两个人走到停车场。阮胭按了按车钥匙，熟悉的车亮起灯，二人循着光走了过去。

等到了车前,旁边的豪车前雾灯却忽然亮起。

阮胭看了一眼,白色豪车的车窗降下。宋筠精致的小脸露出来,先前被要求离组时的哀怨一扫而光,脸上挂着笑打招呼道:"这么巧?"

阮胭也回她一个笑容:"是挺巧。"

方白则一脸防备地看着宋筠。

宋筠笑道:"怎么,怕我把你们阮姐吃了?怕什么?我就和她聊聊天。"

阮胭跟方白说:"乖,出去帮我买瓶水。"

方白摇摇头。

阮胭说:"怕什么?这里有监控呢。"

宋筠虽然心黑了点儿,胆子却不大,不会真做出什么伤人的事。

方白这才犹豫着往外走去,一步三回头的那种走。

"说吧,什么事?"阮胭问她。

宋筠也没说,而是看了一眼阮胭身旁的黑色车子,扯了句没边的话:"沈劲送的?"

阮胭靠在车门前,没说话。

"这么便宜的车,倒不像他出手的风格。"宋筠说。

"是吗?那他是什么风格?"阮胭很配合地问道。

宋筠熄了火,拔出车钥匙,扣在指间,晃了两下,冲阮胭抬了抬下巴:"你说呢?"

意思是,这辆白色的车子是他送的,这才是他送人的正常水准。

阮胭打开车门,坐进去:"还不错,这车很配你,挺好看的。"

宋筠最讨厌的就是她这副无论什么时候都云淡风轻的样子,她怎么可以?哪怕在网上被黑得那么惨,她也无动于衷;哪怕两辆车的价格高低都摆在面前了,她也不恼?

真是不要脸啊,为了贴着沈劲,连一点儿脾气都没有了!

宋筠气得深吸了一口气。

打拳最讨厌的就是打在棉花上,必须要打在最敏感、最致命的地方,才可以一击即中、一击即倒。

她换了个语气问:"你知道我今天是去哪儿吗?"

"去哪儿？"阮胭不急，不介意陪她多聊一会儿。

"我回南城。"

"这样啊。"阮胭知道宋筠是南城宋家的千金。

"可我回去不是去见我的父母。"她顿了顿，又问，"你猜，我是去见谁呢？"

"猜不到。"阮胭很配合地摇摇头。

"我的姐姐，宋叶眉。"

宋筠抬起眼皮，看好戏似的看向阮胭，不错过她脸上即将出现的任何一丝失落或难过，甚至是绝望的表情。

"一个和你长得很像很像的女人。比你和我，长得还要像。"

然而阮胭只是微微惊讶道："世上还有这么巧的事吗？那宋姐以后有机会一定要引荐给我认识。"

宋筠咬着牙齿，说不出话来。

阮胭又道："如果宋姐没别的事我先走了，我赶着回去喂鱼呢。"

她说完给方白发了条消息，说可以回来了。

方白回来的时候，就听到宋筠问："你不好奇我姐究竟长什么样子吗？"

阮胭没回答，让方白开车，而后按下按钮，车窗缓缓升起，遮住她的脸，只剩她无所谓的声音："不好意思，不好奇，那是你姐，不是我姐。"

说完，车子发动，扬长而去，好似毫不在意。

宋筠气得捶了捶方向盘，喇叭声响起。她再也忍不住，二十多年来第一次破口大骂道："阮胭，你不要脸，你就是个替身你知不知道？"

而阮胭的车子早已开出车库，只留下一个云淡风轻的车屁股。

把阮胭送到了家，方白本来想着阮胭的手不方便，打算留下来照顾，结果公司一通电话直接把她叫回去加班。

于是阮胭也做好了吃几天外卖的准备。

然而她一推开门，一阵饭香就飘了出来。

阮胭看向厨房。她半是警惕、半是疑惑地喊了声："有人吗？"

"有人，有人，俺在这儿呢。"一个穿着蓝色短袖的圆滚滚的年轻女孩儿走了出来，脸上还带着两团高原红。

阮胭听着这熟悉的方言："你是谁……"

那人道："夫人，俺……俺是张晓兰。"

阮胭："……"

"夫人，俺……俺真的是。"

"张晓兰，你当鱼的时候长那么好看，怎么变成人了这么砢碜……"

对方挠了挠头，不解道："什么鱼？"

过了一会儿，她猛地拍脑门儿："哦，夫人，您是说阳台那条蓝色的鱼是吧？来的时候，沈总就嘱咐俺要天天喂的，说您宝贝得很。"

阮胭感觉头很痛："所以你不是张晓兰？"

她不明所以："夫人，俺就是张晓兰啊！"

阮胭："……"

张晓兰撇了撇嘴："俺家住平水镇三十二号楼，俺到清和来打工，是沈总到家政公司让俺来照顾您。"

阮胭看了看她，又走到阳台看了看那条还在缸里吐泡泡的蓝色孔雀鱼。她松了一口气——还好鱼还在那里。

阮胭转过头看了看眼前圆滚滚的张晓兰，问她："是沈劲让你来的？"

张晓兰点点头。

她就知道，沈劲绝对是看到这人的名字，就故意找来戏弄她的。

阮胭想起她的话，又问："你是平水镇的？"

"是的，夫人。"可以说是非常熟悉的乡音了。

"你可不可以别叫我夫人？"

"好的，少奶奶。"

——张晓兰，你还是直接变成鱼，去缸里和另一个"张晓兰"做伴吧……

说归说，张晓兰做饭的手艺的确很好。

知道阮胭的右手不方便，就做了左手也方便拿着吃的平水特色卷饼。她做得很地道，很有家乡风味，阮胭一连吃了好几个。

张晓兰发现阮胭不用她教，也知道那些卷饼的正确吃法。

阮胭看出她的惊讶，便说："我也是平水镇的。"

张晓兰激动得快要哭出来了，拉着阮胭说了一大堆，问阮胭是什么时候来的清和，家住在平水镇的哪里，叽里咕噜说了很久，才意识到自己不应该缠着夫人这么久，她还是个病号，要好好休息。

于是，张晓兰打算收场地感叹了一句："夫人，您离开镇子离得早，没能看到那么好看的陆医生，真是太可惜了。"

说完，她又觉得这样说不太好，补了句："沈总也很好看！而且和陆医生长得还有点像呢！"

阮胭拿着筷子的手有些不稳。

"陆医生叫什么？"

"好听着呢，叫陆柏良。人又高又帅，还有文化，而且他人好好，镇子上其他男人都笑俺胖，他却从来不笑俺，看俺跟看其他漂亮姑娘的眼神一样，一点儿也不歧视俺，俺好喜欢他。"张晓兰用手撑着下巴，说起温和的陆医生来，眼睛里满满都是小爱心。

阮胭低下头："是啊，听名字就知道是个很好很好的人了。"

张晓兰不知道为什么，觉得夫人突然有些难过和寂寥起来。

那是她看不懂的。

她觉得这个时候应该让夫人一个人待着，于是她说："夫人，俺先去厨房洗碗了，不够吃的话您再叫俺，俺给您做。"

阮胭也没心思吃了，放下筷子往屋里走去。

起身的时候，她深吸一口气，告诉自己，挺好的，一切都挺好的。

他现在生活得很幸福、很安乐，这样不就够了吗？

第二天，晨光乍现，阮胭醒来的时候已经是早上九点了。

以前沈劲不在的时候，她一个人睡，经常要靠服用褪黑素才能入睡。而昨晚，可能是吃到了很久没吃过的家乡菜，也可能是知道了陆柏良现在过得无比安好，她竟难得地拥有了一个好梦。

阮胭打开手机，邢清给她打了很多个电话，时间都是早上五点钟左右，看得出她为微博上的黑料焦虑到了极点。

邢清给她的微信留了言："现在事情已经愈演愈烈了，微博上'阮胭退出演艺圈'的话题在凌晨又空降热搜了。我们还是不给予回应吗？"

阮胭也不用左手打字了，直接语音输入："嗯，不用回复，二十四小时是应对的黄金时间，是因为二十四小时足以让一件事深入人心。现在才过了十二个小时，让他们继续黑，就当宋筠他们免费帮我们做一次宣传了，这么多热搜，帮我们省了好几百万了。"

回完邢清的消息，她还有一堆人的消息没有回，都是找她询问微博热搜黑料的。有谢丐、程千山，还有陈副导和大学时的授课老师，甚至还有之前在清和医大的同学……

阮胭一个一个地认真回复，表示谢谢他们的关心。

消息列表一直滑到底，才显示出一个很久都没再出现的头像："我看到微博热搜了。姐姐，你还好吗？很抱歉，好像因为我的事情，给你带来麻烦了……但如果有需要，我可以出面帮你澄清。姐姐，以前的事都是我不对。但请相信我，无论如何，我都只希望你能够快乐。闻益阳。"

阮胭握着手机，目光聚焦于最后那三个字。

闻益阳。

益阳啊，那个名字里分明带了个温暖的"阳"字，前十八年却从未得到过阳光的男孩儿……

阮胭犹豫了一下，回复他："益阳，我一切都好，你放心。这件事的确是需要你澄清一下，只是，我怕这样会影响到你的个人声誉……"

"没关系的，姐姐。我从来不在乎那些评价，你是知道的。我能见你吗？我想当面把以前我们交往的证据都交给你。"

阮胭摁住微信语音，想回复他一声"寄过来吧"，片刻后又放开，最后只是说了声："好。"

"我的天，劲哥，惊天大消息，你好像被'绿'了！"

沈劲刚睡醒。昨晚和姜十毅喝酒，谈完事情已经是凌晨了。

这一年的影视行业不太景气，合娱手里握了很多IP（知识产权）想做，在到处拉投资。沈劲手里的讯光新推出了一条人工智能音箱产品线，也在迫切寻求优质的广告冠名。

于是两个人聊着聊着，就越聊越投入。他还没来得及给阮胭发条消息，问她那个张晓兰干活怎么样，便昏沉沉地睡过去了。结果一醒过来，顾兆野的一条语音就跳了出来。

沈劲点开，他夸张的叫唤声瞬间响彻整个房间。

听了内容，沈劲没好气地回了句："滚。"

顾兆野立刻发了条消息过来，是一张图："劲哥，我是在微博上看到的。你瞅瞅，这是不是嫂子？"

沈劲点开，就是那条爆料阮胭大学时私生活不检点的微博截图。

上面的阮胭还留着薄薄的八字刘海，浑身透着一股傻傻的学生气。而站在她旁边的那个男生，又高又瘦，也是青葱得不行，看起来竟……

莫名登对。

沈劲面色铁青，手指握得青筋鼓起，紧摁住手机屏幕："这人究竟是谁？！"

"说是嫂子以前的小男友！劲哥，你是不知道，这两天网上都把嫂子黑成什么了，又是说她学历造假，又是说她私生活混乱，更离谱的是，还说她跟白荣雷那个老家伙关系复杂。也不看看他那个样子，他配吗？！"

沈劲把照片里那个愣头青的脸放大又放大，看了半天，心里头再一次涌起那种异样的拧巴感。

这种感觉在最近出现得过于频繁。

他以前一颗心都搁在了宋叶眉身上，求之不得后，也没有过别的女人，他不懂得心里这种无端的异样意味着什么。

他就像一头狮子，在旷野里找不到属于他的猎物。或者说，找到了，却因此更加茫然了。

她也曾是属于别人的猎物吗？

这个想法蓦然跳出来，猛地撞断了沈劲心上的某根弦。

他把手机猛地摔到床上。

不过是个替身罢了，没必要再为她费心。他这样想。

最后，他去厕所洗了把脸出来后，才又捡起手机给宋筠打了个电话。

宋筠接了起来，但她那边很吵，人声嘈杂，且周遭都是急促的"叶眉、叶眉"的焦灼呼唤声。

他的喉头微动,问:"是……你姐吗?"

"嗯。姐姐昨天回国了,她……她不让我告诉你。但是劲哥,她今天还在医院躺着,昨晚她胃病犯了,现在动都动不了……"

宋筠顿了顿,说:"她这两年在国外过得很不好。姐夫对她……也很不好。"

"他怎么了?"

"他家暴,我姐被她打到胃痉挛。"

沈劲握着手机的手指越来越紧,越来越紧,最后只憋出两个字:"畜生。"

宋筠试着问他:"劲哥,你今天要不要过来看看我姐?"

沈劲沉默了。

宋筠也没说话。

在这个静默的瞬间里,他想到了很多事。

比如从前宋叶眉给他们一群男生做饭吃的场景;比如宋叶眉在家里宣布联姻时沉默的顺从模样;比如他拼着一身的血泪去见她,却还是误了她离开的最后航班,只能站在机场里往天上看时的无措和失望。

诸多画面次第闪过。

但此时,他心里最深处的,把他从回忆拉回现实的,居然是阮胭那声带了些委屈的"哥哥"。

沈劲闭了闭眼,说:"先不去了,我去了对她影响不好。另外,阮胭的事是不是你做的?"

"不是。"宋筠不承认。

"最好不是。"

沈劲挂掉电话,又给向舟发了条消息:"给我订最近的航班,回清和市的。"

向舟回复:"好的。"

他又给阮胭发微信消息:"在哪儿?"

十分钟过去了,没人回。

他打电话给阮胭,那边却迟迟未接。

他不死心,继续打。

阮胭向来是温顺听话的,只要是他的电话,无论她在做什么,她都会秒接。这次是怎么了,出了什么问题?

会不会是网上那些人说话太难听了,她想不开?

他赶紧挂了,改打家里的座机,张晓兰现在这个点儿肯定是在家的。

张晓兰几乎是秒接电话,开口就是一句方言味极重的"沈总",把沈劲吓了一跳。

沈劲喝了口水定心,问她:"阮胭今天在家吗?"

"没有,夫人一大早就出去了,说是要去见朋友。"

朋友?这个点去见朋友,见什么朋友,她不怕被记者拍到吗?

沈劲看着杯子里一圈一圈漾开的水纹出了神。

水纹一圈一圈地漾开,阮胭低头看着杯子发呆。

"姐姐,你不喝吗?"闻益阳问她。

周遭的电玩声巨大,刺得阮胭的耳膜生疼。

来来往往的都是些学生,偶尔有一两个男生路过,就拍拍闻益阳的肩:"哟,哥们儿,女朋友挺漂亮。"

闻益阳回以一笑:"不是,是姐姐。"

阮胭回过神,抿了口水:"益阳,我只是在想,你一点儿也没变。"

"变?"闻益阳专注地看着她,眼里带了些渴求,"姐姐难道还记得第一次见我时的样子?"

阮胭轻轻地点了点头。

记得,怎么会不记得啊?

那一年,他才十六岁,阮胭二十岁。她刚拍完学校的一部宣传片,得到了一笔数额不小的片酬,她拿出一半捐了出去。

这个习惯是和一位哥哥学的,他是个极其善良的人,总会固定把收入的一部分捐出去。

闻益阳所在的学校,就是阮胭的捐助对象。

为了防止中间人克扣,她亲自飞去那西南的大山里,看着一台台电脑发到学校的每一个教室里。

直到发到闻益阳的班里,他站在灰头土脸的孩子堆里,扯着洗得发白的衬衫,局促又窘迫地对她说:"姐姐,你捐的这些电脑,我不会用……"

阮胭看到他眼角的泪痣时,先是心下一惊,而后斟酌着问他:"你是?"

他往后缩了缩脚:"闻益阳。姐姐,我叫闻益阳,是这个班的班长。"

"这样啊。别怕,姐姐教你。"她弯下腰,把简单的操作教给了这个漂亮的小男生。

那时,在遥远的大山深处,这群孩子们的祖祖辈辈都在面朝黄土背朝天地劳作,而阮胭带着心里那丝异样的感觉,悲悯地看着闻益阳时,完全想不到这个连简单的开机关机都不会的男生,会在几年之后,成为所有科技公司都竞相挖掘的计算机天才……

闻益阳打断她的回忆:"姐姐,今天什么都别想好吗?安安心心、痛痛快快地玩一次,把所有的不开心都忘掉。"

他们见面的地点是闻益阳选的。

他带她来电玩城,说要让她"身残志坚",哪怕是用左手打游戏,也要彻彻底底从这两天的压力里释放出来。

电玩城里,人们玩游戏的叫骂声、游戏的通关声,一声比一声刺耳。

在这样的环境里,她完全没有听到手机铃声响了。直到上厕所的时候,她拿出手机才发现沈劲已经找她找疯了。

她赶紧回他微信消息:"对不起,出门见了一个朋友,没看到消息。"

两秒钟后,沈劲回复道:"什么朋友?拍张照片给我看看,男的女的?"

阮胭看着站在厕所门外等自己的闻益阳,瞬间陷入了沉默。

她犹豫了片刻,重新走回洗手间的隔间,把门关上,拍了一张白色地板砖的照片发给沈劲:"在女厕所呢,你确定要我给你拍照片?"

潜台词有二——

第一,女厕所——朋友可能也是女性。

第二,要我拍给你吗——他是偷窥狂吗?

沈劲看着这一行字,哪里不懂她的意思,气极反笑。

——行,阮胭,就你这语气,仿佛我多稀罕你一样。

他眉头一皱,把手机往床上一扔。

——爱上哪儿上哪儿,谁管你?!

阮胭见他没有再发消息过来,稍稍松了一口气。

出了洗手间,她就跟闻益阳说要回去了。

"姐姐不是玩得很开心吗,怎么就要走了?"闻益阳问她。

阮胭说:"家里出了点儿事,要回去处理。"

"什么事让姐姐不能陪我了呢?"

阮胭顿了一下:"鱼,我养的鱼出了点儿事。"

闻益阳看着她:"三年了,姐姐还喜欢养鱼?"

三年前,她第一次带他出去玩,去的就是水族馆。

他刚从大山里考到清和市。阮胭问他想去哪里玩,电影院、游乐场、水族馆……她说了一堆,耐心地等他回复。他那时真的好窘迫,他都没有去过,怎么办呢?以至于他憋了半天才憋出一句:"都可以,听姐姐的。"

后来,阮胭在水族馆里,指着那一条又一条色彩斑斓的鱼,对他侃侃而谈:"这个呢,是箭尾鱼,性情很活泼;这是玛丽鱼,我喜欢她红色的眼睛;还有孔雀鱼,它们繁殖的时候……"

她说这些话的时候,明明是在说鱼,看着他的目光却很专注,眼睛大大的,像是有个旋涡似的,他没办法让自己的心神不跟着那双眼睛一起流动。

时至今日,他依旧记得,当天他送她回学校时,对他说的最后一句话:"你喜欢这些鱼吗?"

闻益阳不自觉地开口:"我很喜欢。"

她说:"那就好。"

她说完这句话,仿佛松了一口气似的神情让他心头一跳。

其实那时就有征兆了吧。

那些细枝末节的事物,易被忽略的端倪,在分别后的每个日子里,一想起来,才像是抽丝一样,抽一根,心里的什么东西就会少一丝。

一丝一丝,直到抽离干净,才会发现,啊,原来她心里真的什么都没有过啊。

"还是那条孔雀鱼'张晓兰'吗,姐姐?"闻益阳笑着问。

"不是了,那条死了,孔雀鱼的寿命不长,我又重新买了一条,还是叫'张晓兰'。"阮胭摇头,目光平静。

"这条养多久了?"闻益阳问。

阮胭想了想,说:"两年了。"

"这么久啊。那就祝姐姐这次养的'张晓兰'能长命百岁、身体健康,陪姐姐更久一点儿吧。"

闻益阳笑,接着,他从包里拿出一沓资料递给阮胭:"这里都是你当年给我的汇款单,还有以前你来我们学校时的合照,我都留着了,希望能够帮到你。"

"好。"阮胭接过就要离开。

"姐姐——"

闻益阳忽然叫住她,而后走到他刚刚一直在玩的那款捕鱼游戏机前,"噼里啪啦"按了几下按钮。

最后,他定住,指着左边的按钮,告诉她:"按下去。"

阮胭伸出左手食指,试探地碰了一下。

一枚巨大的鱼雷发出,"砰"的一声炸开,屏幕里所有斑斓的鱼群纷纷聚集在一起。

一道机械的男声传出:"恭喜,您赢了!"

而闻益阳就站在这爆炸声里,对着阮胭说:"姐姐,你看,你始终是赢家。"

第二章

陆柏良

RU CI MI REN
DE TA

阮胭回到家里已经是下午了。

沈劲还没回来。阮胭给他发了消息,问他几点落地。

他没回,应该是在飞机上。

张晓兰把拖鞋给阮胭找出来,殷勤地说:"夫人,沈总对你可好了。今天他一听说你出门了,哎哟,急得跟什么似的,就怕您手不方便被欺负。一连给家里打了好几个电话,可担心您了。"

阮胭换上鞋,问她:"你觉得他很好?"

张晓兰人傻心直,连连点头:"好!沈总有钱,长得又好看,还知道心疼人,当然好啦!"

阮胭笑了:"那你觉得他和陆医生哪个好些?"

张晓兰想也没想,直接说:"陆医生!"

"为什么呢?"

"说不上来为什么,但我就是觉着,虽然沈总也好,但是让我挑男朋友,我肯定挑陆医生。"

"傻瓜,那是因为陆医生比沈总多了一份'尊重',知道吗?"

阮胭把手里的资料放好,看着张晓兰说:"真正对你好,是无论身份高低,外貌美丑,都会打心底里尊重你。"

张晓兰愣了愣:"就像陆医生从来不歧视我那样吗?"

"嗯。"

"沈总会歧视夫人、不尊重夫人吗?"

阮胭想了想,跟张晓兰说:"不管他歧不歧视我,我都不会介意,我都会陪在他身边的。"

"夫人,你真爱沈总。"

阮胭笑笑,说了句:"是啊。"

沈劲还没进屋在门外听到的就是最后三句话。

这么爱他吗?

不管他对待她是什么态度,都这么甘之如饴吗?

"是啊"这轻飘飘的两个字,忽地让他因为上午她不接电话而升起的怒气消了一大半。

他大步走了进去，喊她的名字："阮胭。"

她转过身去，看着他。

"过来。"他说。

张晓兰早就识趣地进厨房做饭了，偌大的客厅里就他们两个人。

阮胭不明白他要做什么，踌躇了一下才挪步过去，站定在他面前半米远。

他眯了眯眼，包都没有放下，直接伸出长手，扯着她的左手臂，将她搂进了怀里。

他的大手紧紧地禁锢住她的腰，她动弹不得。他把头埋在她的颈窝，温热的气息让她的耳垂都忍不住泛红。

随后，他低声说："我闻闻你身上有没有别的女人的味道。"

她推他："说什么呢？"

"女人都用香水，你和朋友出去玩肯定是要沾上的，我检查一下，究竟是不是和女人出去玩的。"

"万一人家和我用的是同款香水呢？万一男人也用香水呢……"

她这句话还没说完，沈劲立刻沉着脸打断她："你敢。"

说完，他还真想起了正经事，松开搂着阮胭的手，说道："微博上的爆料我看了，有两件事要问一下你。"

"嗯，你问。"阮胭嫌站着说话累，走到餐桌前坐下。

"第一件，黑你的热搜太多了，要不要我出手帮你解决？"

阮胭摇头："不用，我自己有安排。"

"你有什么安排？说说看。"沈劲也坐下，十指交叠成塔状，放在桌上，目光犀利地看着她，多了些工作的姿态。

"我以后想做演员，不是宋筠那种明星，是那种单纯的、靠演技的、能够走很远的演员，这就意味着我不能有污点，或者说只能有很少很小的污点。所以我想借这次机会，把过去所有可能在未来爆发的炸弹直接一次性都引出来，清清白白地在这条路上走下去。不破不立，这就是我的想法。"

沈劲看着她，不是看情人的目光，而是以一种商人的目光看着她。

良久，他笑了："所以你打算怎么做？"

"你等着看就好了。"她也笑。

"可以。"沈劲看着她这难得的得意模样,无端觉得扎眼,尤其是她那微微抬起的下巴真是欠收拾,哪儿哪儿都欠收拾。

他伸长手,捏住那尖下巴,一下一下地摩挲:"你记住,实在没辙了,就来找我。你既然跟了我,凡事都有我替你兜着。"

阮胭把头一偏,逃离他的桎梏:"我可不是为了让你帮我兜底、当我靠山才和你在一起的。"

"哦?那你是为了什么?"他来了兴趣。

"不告诉你。"

"不告诉也行,等你什么时候手好了,我有的是办法让你告诉我。"他压低了声音,眉眼染了旖旎的色彩。

阮胭轻咳了一声,转移话题:"不是有两件事要问我吗?还有一件呢?"

这下他脸上的情与欲悉数散去,掏出手机,点开一张图片,放大,扔到桌上:"说说,这个男的是谁。"

阮胭看着被骤然放大的闻益阳的脸,突然觉得头痛。

犹豫了片刻,她起身把闻益阳交给自己的文件夹拿过来递到沈劲面前。

沈劲拿起来,一边慢条斯理地拆文件袋的封口,一边听她解释。

"他是我大一时资助的一名学生,从小过得挺不容易的。后来他也考上清和的学校了,我就经常给他送些营养品之类的,这张照片是他来找我的时候拍的,我也不知道为什么网上就传成那样了。你不信可以去查,我和他之间清清白白的,文件袋里都是我以前给他的汇款单……"

"阮胭。"他忽然出声打断她。

"怎么了。"

"这就是你说的清清白白?"

沈劲的手指间夹着一张刚从文件夹里掏出的字条。他看着她,嘴角分明噙着笑,笑意却把眼底的情绪衬得更加寒凉。

那张泛黄的、旧旧的、发皱的字条上写着一行字:姐姐怎么可以不喜欢我?

房间里的气氛陡然降至冰点。

张晓兰在厨房洗碗的水声清晰可闻,屋子的某处像是被拉了一根无形的弦。

阮胭的目光停在那张纸上,在心底绕来绕去想了很久,不敢轻易开口。怕一说错,那根弦就会崩断。

"阮胭?"他喊她。

沈劲夹着字条的指节微屈,在桌上敲了两下,像是在为疑犯做最后的口供,带了点儿耐心,也带了点儿催促。

阮胭沉默了几秒后,再抬眼,目光里带了些疑惑:"我也是才知道,这是我第一次见到这张字条。"

说完,她伸出手要去拿,手腕却被沈劲用力按住。

"是吗?"他看着她的眼睛,不放过其中每一丝有意或无意的感情。

"嗯。"

"那我来问你几个问题。"

"好。"

"他今年多少岁?"

"二十岁。"

"你们见过几次面?"

"不多,三五次。"

"除了捐款,私下见过吗?"

"见过。"

"第一次见面去了哪儿?"

"水族馆。"

"做什么?"

"看鱼。"

"哪些鱼?"

"剑尾鱼、玛丽鱼、孔雀鱼。"

"你喜欢那些鱼吗?"

"喜欢。"

"你喜欢他吗?"

"不喜欢。"

阮胭条件反射般快速地答完最后一个问题后，才发现着了他的道："你是在试我？"

她以前写论文时，翻过一两本心理学方面的书。

测试人是否说谎时，往往会先提问一些简单的问题，诸如年龄、身高等不需要思考的问题，而随后的问题便会一个比一个难，一个比一个深，停顿的时间也越来越短，允许思考的时间亦越来越短，等到被提问者渐渐适应了这种频率，到了关键的最后一问时，便会习惯性地、毫不犹豫地脱口而出心中的真实答案。

她甚至在想，刚刚他看着她的眼睛时，是否还在观察她说话时眼球转动的方向，语句之间停顿时间的长短，甚至是嘴角的弧度……

沈劲挑挑眉："你该庆幸，最后这个问题你毫不犹豫地说了个否定答案。"

"你学过心理学？"

"没有，我念的是数学，但翻过几本心理学方面的书。"沈劲挑挑眉，"你和我在一起两年，就对我这么不了解？"

她是真的没有想过他这么一个人，皮囊下竟还有个可以用的脑子，怪不得能在脱离沈氏、接手讯光后，迅速地带领讯光从一众科技公司里杀出重围，成功挂牌上市。

阮胭笑了一下："你会让我了解更多吗？"

他们在一起快两年，阮胭读书的时候，沈劲的公司在上升期，他也忙，两个人差不多一周见一面。直到今年她毕业，两个人住在一起后，他们之间的联系才更紧密了一些。

沈劲偏头看她："你是在表达不满？"

阮胭摇摇头："没有。"

"我听说女人说没有，就是有。"

阮胭转移话题："所以你问完了吗？问完了我就回去休息了。"

"最后一个问题——"沈劲直起身，肩线好看，俯身撑在桌子上，逼近她的脸，"这两天有没有想我？"

阮胭眼神闪避，本想寻个由头避开，偏生目光扫过他喉头那道疤，口中的话也就不由自主地说出来了:"想了。"

"这还差不多。"

"你那道疤,是怎么来的?"她到底还是忍不住问出了口。

他眼里的温度骤然就降下来了。

阮胭也怔住,动了动嘴唇,没再追问。

"别问,你不会想知道的。听话。"

他伸出大拇指,往她红色的唇上一压,压到那张唇失去血色才松开,唇色便又立刻恢复回来。这个过程,漂亮得惊心动魄。

他满意地松开手,放她离开。

沈劲这次走得匆忙,回来得也匆忙,公司有一堆事情没处理,他吃了饭就匆匆离开了。

邢清那边也按捺不住了,发了微信消息过来:"现在事态已经发酵超过二十四小时了,可以做出回复了吗?"

"可以。"

阮胭走进沈劲的书房,打开扫描仪,把闻益阳交给自己的文件一一扫描,而后打包发给邢清。

"记住,澄清公告一定要在深夜十二点发。"

"为什么?那个时候的微博流量还没有晚上八点好。"邢清不解。

"晚上程序员们都下班了,一旦出点儿大动静,后台容易瘫痪,没有人维护,一瘫至少就是好几分钟。能让微博瘫痪,你不觉得这样听起来显得人更火吗?"

"高!"

当天晚上十二点。

柏良娱乐:"以下是对我司艺人阮胭女士近期所有不实报道的回应。

"一、网上流传甚广的阮胭女士学历造假纯属谣言。阮胭女士高中时曾复读一年,顺利考上清和医大,后因个人发展问题,选择退学复读,次年考上清和电影学院。每一次阮胭女士都是靠真材实料、真实成绩考上的,不存在任何违规造假行为。

"二、关于阮胭女士大学时所谓的'私生活混乱',事实上,同行男生是阮胭的资助对象,圈外人士,目前还是学生,请各位媒体朋友保持职业操守,不要打扰素人生活,谢谢配合。

"三、关于阮胭女士跟一个有钱人不清不楚的传闻更是荒谬,照片属故意寻找角度错位拍摄,形成错误的视觉效果,实为阮胭女士与同学一同前往试镜。

"四、所有的网络谣言已悉数记录存档,不日将提起诉讼,所有造谣者必将受到法律惩处。望广大粉丝、网友、媒体朋友能关注阮胭的新电影《两生花》,感谢支持!"

配图分别是阮胭当年在清和医大的校园卡、学生证;阮胭参加艺考时的初试、复试、三试视频;阮胭与室友试镜时的合照;阮胭捐给大陇村中学的电脑发票、汇款单,以及她素面朝天与一群大陇村学生一起拍的大合照。

这条微博一发,一石激起千层浪,全网震荡。

谢丐是第一个转发的人:"我所认识的阮胭,是老天爷赏饭吃的最佳例子,更难能可贵的是,在片场里她总是来得最早、走得最晚的那一个。这些黑料,假的就是假的。顺便再提一句,她除了是我们电影的女主角,同时也是我们电影的医疗顾问之一。"

眼尖的网友们还在这条微博的转发下发现了另一个明显是刚注册、粉丝只有四位数、却被好几个医学院官博关注的微博账号。

这个名叫"老程"的微博用户,只评论了八个字:"一派胡言!欺我徒儿!"该回复被诸多顶级医院的官博点赞。

下面立刻有人认出来。

"我天,这是程千山!每年想去清和医大做他的博士生的人都挤得堆不下了好吗?可惜程老一个都没收……他居然喊阮胭'徒儿',那么大把年纪了,还为了她特地注册了一个微博号,我是真的'酸'了!"

"我知道,别说了,都是泪,去年'头铁'报程老的硕士研究生,没想到那么多人来竞争,结果没竞争过,现在被调剂到一个'青椒'手里,发个文章还要跟我抢署名……"

"插个楼,各位学霸,不懂你们学术圈的斗争,我就好奇,当年阮胭都考上清和医大了,为什么还要退学复读啊?"

"谁知道呢?或许这就是学霸吧……复读一年,依旧能考上影视行业顶尖的院校。又是学霸,又好看,呜呜呜,这样的人居然真的存在!"

…………

谢丏是导了几十年戏的大导演,业内不知道有多少演员是由他亲手捧红的,他这条微博发出来,诸多明星看在他的面子上,也纷纷转发。

程千山那边,清和医大的官博直接发了条微博:"哪怕放下手术刀,也永远是我医大人,学妹加油!"

…………

当天晚上,由于前两天宋筠方通过热搜往死里针对阮胭,以至于阮胭这一系列反向操作出来后,直接让微博瘫痪了整整五分钟。

"阮胭回应"热度飙上了热搜榜前三。

紧随其后的话题是"阮胭学霸""阮胭清和医大",等等。

邢清看着网上一边倒的言论,激动得简直要哭出来。

"我天,阮胭,你太牛了,你知道吗?宋筠帮你反向助攻了,真的太牛了,我头一次见到这种,对家送我们上热搜、帮我们走红,我们一分钱都没花,就直接连着两天热搜前排、全民讨论。太刺激了!"

阮胭笑了一下:"可惜不能当面和宋筠说声'谢谢'了。"

她又有些疑惑:"不过,你真的没做什么小动作?我总觉得这涨势还是有些不太对劲。我原本预料的是,最多只爆一个热搜,没想到一次性直接爆了三个。"

"你别想了,反正现在是便宜我们了。你知道吗?就刚刚,已经有好几个综艺打电话给我,说想请你过去,价格开得不要太美好!"

"也是。不过那些综艺先不要接,等我右手恢复好了就要进组拍谢导的片子。如果有好的剧本,你倒是可以帮我留意一下。"

"嗯,不过我看了一下——"邢清那边传来几声打字声和纸页翻动的声音,

"这里有一个综艺是在你家乡拍的,他们打算在平河市取景,那里离你家平水镇好像很近。你真的不接吗?"

平水镇。

陆柏良所在的平水镇……

阮胭闭了闭眼，又睁开，说道："不了，你帮我推了吧。"

讯光大厦。

这栋大厦是千禧年一家外国企业来清和市建的，共七十层楼，号称当时国内最高的办公大厦。

后来，随着国内互联网的迅猛发展，国内企业抓住机遇，扩大市场份额，这家企业便渐渐退出了中国市场。

人走了，楼却留着，如今被两家公司所占据。

二至三十五楼是国内如今人工智能语音领域风头正盛的讯光科技，三十六至六十八楼是国内网络安全领域最大的软件商奇骏科技。

而此时，六十楼和三十楼的总裁办公室里正进行两场不同的谈话。

六十楼，奇骏总裁办。

刘启军推了推眼镜，看着眼前的少年，笑道："怎么样？之前答应你的事情，已经帮你搞定了，花了我们不少功夫。相对应的，你可要在今年的研发会上好好表现。"

少年坐得笔直，坦然地回答："那是自然，手里的这个研发项目很快就会收尾，我会给您一份满意的答卷。多谢刘总的帮忙。"

刘启军起身，拍了拍他的肩膀："小事。难得小闻愿意与我们合作，帮女演员送些热度而已，这只不过是我们奇骏招贤纳士的小小诚意罢了。合作愉快！"

"合作愉快。"

等少年走了，中年男人才抿了抿咖啡，而后便出了门，乘坐总裁办专属电梯下行。看着光滑的玻璃门，他忽然就笑了。

"那么多家企业要招他都被拒绝了，还以为是个油盐不进的偏才，没想到还是在一个女人身上绊住了脚。嘁，有趣。"

电梯门"叮"的一声打开，停在三十楼。门外站着一个高大的身影，是讯光的总裁沈劲。

可惜他们一上一下，并不顺路。

他先和沈劲打了个招呼："沈总还不下班？"

"嗯，还有事要处理。"

"好，回聊，沈总。"

"回聊。"

沈劲的目光从电梯里收回。手机传来一阵振动，是向舟的消息："沈总，您交代的事都做好了。"

沈劲打开微博，网上现在果然对阮胭是清一色的好评。

不错，向舟办事，效率很高。

只是，等看到阮胭的公司声明微博时，他愣住了。

这个公司的名字怎么和他三叔的名字一样？

轰轰烈烈的阮胭黑料事件在长达两天的全民网络狂欢后，偃旗息鼓了。"奇骏"和"讯光"两方势力在幕后做推手，舆论被强硬地往正面扳了回来。

各种片约像雪花似的往柏良娱乐飞来，邢清那两天走起路来都春风得意。

谢丐捡了这么大一个好处，更是乐得眉开眼笑。此次事件替电影提前做了一次铺天盖地式的宣传，使得《两生花》一跃成为全网最受期待的、未播先火的影片。

张晓兰端着碗汤进来的时候，阮胭正蜷在小沙发上看电影。卧室里安了投影仪，得空了她就会缩在那里看一些老电影，琢磨一下演员们的表演技巧。

"夫人，这是我早上去给你买的大骨熬的汤，趁热喝，喝了手好得快。"

阮胭已经被她逼着连喝了一个星期的猪大骨汤了，现在闻到这味儿就反胃。

她终于受不了，把电影暂停，非常严肃地告诉张晓兰："明天必须得换一种汤。"

张晓兰义正词严地拒绝："这个汤补钙，喝了好得快。"

"那都是伪科学！骨头汤里其实含量最多的不是钙，是磷，喝多了不但不会有助于骨骼愈合，反而会导致尿酸和血脂的增高。"

她看了看一脸似懂非懂的张晓兰，继续加了句："那可是很可怕的东西。"

"真的吗？"

阮胭认真地点点头。

就在张晓兰将信将疑要把汤端回去的时候，沈劲从外面走了进来。

"给我吧。"他说。

张晓兰赶紧把汤放到桌上，然后溜走。

他刚回来，西装外套被他脱了放在衣挂上，袖子半挽起，露出隐隐有肌肉的小臂。

"你怎么这么早就回来了？"阮胭看见他打断了自己的计划，撇了撇嘴。

"不回来得这么早，能看见你挑食的场面？"沈劲走过去把汤碗端起来。

骨汤被张晓兰熬得很浓稠，他一端起来，汤汁就晃晃悠悠的，香气也跟着散发出来，阮胭一闻到那味儿就更不舒服了。

她的眉头皱巴巴地拧在一起："不是挑食，是喝多了对身体不好。"

"喝多了不好，你现在才喝几口？"

沈劲长腿一弯，整个人就坐在了阮胭的身侧。

沙发本来就小，又小又矮。他挨得近，热腾腾的骨头汤白雾和他身上的热气一起传过来，阮胭忍不住往旁边挪了挪，偏偏旁边也没地方挪了。

"你坐旁边那沙发行吗？"阮胭问他。

"你把这碗汤喝了我就过去。"

"我不想喝。"阮胭说完，下意识地咬了咬舌头。

这是拒绝的话。她鲜少会在他面前如此明确地表达拒绝，最近也不知道是怎么了。

沈劲侧头看了她一眼，居然没生气。他扯了扯嘴角，难得看到阮胭这么倔的模样。

他问她："为什么？"

"怕胖。我已经胖好几斤了，下个星期拆了石膏就要进组了……"

"胖点儿手感好，先胖着。"他伸手探了探她的腰，掐了掐那软肉，"实在不行，我给你们组打一个星期的误工费，给你留点儿时间减肥。"

阮胭算是品出味儿了。

意思是先胖着让他爽，等他爽够了，她再自己减肥进组？

她无言了。

"张嘴。"他舀了勺汤要喂她。

阮胭很配合。

他这次有经验了，知道喂之前，先吹几下再喂给阮胭。

木勺子不大，阮胭的嘴唇也小，一喂一吞之间，闲适间，他心底生出了些别的意味。

从阮胭伤了手到现在，他们快半个月没亲密接触了。但目光一触及她右手上的石膏，他又将心思收了回来。

半碗汤喂完，他把汤勺放下，替她擦干净嘴角，问她："在看什么电影？"

"一部法国片子。"阮胭按了一下遥控器，让投影仪继续播放。

这是二十世纪九十年代的片子，没有激烈的场面，但胜在画面好，节奏也让阮胭觉得很舒适。

沈劲看了一眼，对这类文艺片没多大兴趣，但还是问她："讲什么的？"

"有点儿复杂，大概是一个婚内出轨、却爱而不得的故事吧。"阮胭想了想，继续说，"女主角有丈夫、有家庭，邂逅了一位绅士迷人的摄影师。虽然他们只相处了短短一个星期，但她记了一辈子。"

说完，她还跟他开了个玩笑："用文艺的话来说，大概就是网上说的'一眼万年'。"

沈劲皱皱眉，投影仪昏暗的光打在阮胭冷白的脸上，尤其是她说这话时微动的眼神，让他心里某处地方变得有些烦乱。

空气寂静了半分钟，沈劲拿起遥控器，关掉投影仪："少看些没有道德观的电影。"

阮胭怔住了，沈劲这人居然在和她谈道德观？！

她笑了一下，觉得有点儿稀奇，没反驳，挑了个合适的位置，在沙发里继续蜷着。

沈劲很满意她的乖顺，用指腹捏着她的后颈，一下一下的，不管她舒不舒服,但他摸着很舒服。

他很享受这个过程,像逗猫一样,有种能够完全掌控她的感觉。

"晚上陪我出去吃个饭,顾兆野过生日。"

星雾会所十楼。

这一整层往日里昏暗的灯都被换成了迷人眼的彩色小灯。

一群男男女女坐在其中胡侃吃茶,亮堂得不像话。

有朋友过来给顾兆野送祝福,顺道问了句:"怎么改风格了,往年生日不都是啤酒轰趴吗?今年整得像要给老爷子过八十大寿似的。"

"这你就不懂了吧?"顾兆野得意地笑了一下,"劲哥要带小嫂子过来。我们要是整那些有的没的,你让小嫂子怎么想我们这群人,怎么想劲哥?"

"你是说真的?这次我们真得改口叫嫂子了?"

上次顾兆野弄了个像宋筠的姑娘倒贴沈劲,结果沈劲一眼也不瞧人家,那是朋友圈都传遍了的事。这会儿突然冒出个小嫂子,换谁都是半信半疑的。

"你还别不信,我们上次去劲哥清和别墅那儿看见的,劲哥可是足足准备了一整面墙放小嫂子的照片!"

顾兆野见对方不信,掏出手机打开相册:"我还偷拍了好几张,我跟你讲,就那长相,怎么说呢——嫂子不红,天理难容!"

旁人凑过来仔细地看了一眼,忽地瞪大了眼睛:"我的天,这不是那个阮胭吗?就前段时间微博热搜那个。全天下除了宋筠她亲姐,估计没有谁比阮胭长得更像宋筠了。"

于是众人就更纳闷了:"你们说,劲哥这找来找去,还是找了个最像宋筠的替身,他干吗不直接和宋筠在一起得了?"

顾兆野也不懂,虽然他觉得阮胭比宋筠还要好看上那么几分,但他只是笑笑:"估计是筠姐工作忙,大明星嘛,谈恋爱可能影响职业发展什么的。"

"不会吧?这位也是演戏的啊,上周劲哥手下的向秘书还特地来和我谈了给她微博增加热度的事。给你透露一下,劲哥为这位美人的宣传可是费了大劲。"

说话的这人，家里开了家国内头部媒体运营公司，他伸手比了个手势。

场上的人纷纷目瞪口呆："我的天，劲哥牛！"

沈劲和阮胭就是踩在这一声接一声的惊呼进去的，十分应景。

所有人看到他们都有片刻的愣怔。

沈劲还好，人高腿长，那张脸向来是圈子里最扎眼的，基本上只要有他在的场子，兄弟们就别想泡到哪个漂亮妞。

此时站在他身侧的阮胭更是绝色。一头长发披散着，精致的小脸说是倾城之色也不为过。那双水光潋滟的凤眸就这么看着场上的人，看一眼，众人的心就跟着跳一下。

连顾兆野也在想，怎么偏偏就是兄弟的女人呢？唉！

沈劲问他："刚刚在看什么呢？"

"阮胭的照片，顾小二去你家时偷拍的。"本来一直旁观的周牧玄忽地插嘴，一副看热闹不嫌事大的样子。

"是吗？"沈劲冷冷地看了一眼顾兆野："手机拿来。"

顾兆野心虚地拿出来，刚把相册打开，就被沈劲拿了过去。

他眯了眯眼。好小子，拍的刚好是他和阮胭刚在一起没多久的照片。

那时她黏他黏得紧，他兴致来了，带这乖了二十几年的小姑娘去酒吧。结果当晚她捧着酒杯喝得脸颊酡红，跟铺了层云霞似的。

他忍不住喊了声"胭胭"。

胭脂的"胭"。

她茫然地抬起头，双眼迷离，无措地看着他。

他没忍住，拿起手机按下了快门，把她这模样定格下来。下一秒，她就缩到了他怀里，挠着他的手心喊道："哥哥。"

"爱我。"濡湿的热气一直缠在他的喉头。

他忍不住想，怎么才在一起这么几天，她就这么爱他了？

爱到那双眼里除了醉意，全部是他。

这爱意来得没有由头，浓烈得让他不敢相信。他只当她是为了钱，或者权，或者别的。

然而，如今两年过去了，她还是会在夜里睡着后，无意识地搂着他的脖子喊他"哥哥",依旧浓烈到足以燎原。

"是否删除此图片?"

沈劲看着屏幕上的这句话,毫不犹豫地点了"是",而后将手机甩回顾兆野怀里,紧跟着的还有一句:"你的生日礼物没了。"

说完就扣着阮胭的左手往另一边走,把她领到另一处雅间:"你先去那边陪她们玩会儿,我过去和周牧玄他们说点儿事。"

这里坐着的都是女人,也基本上都是那些公子哥的女朋友,或者别的什么。

阮胭知道这种圈子里什么事都有,以为她们或许会对她冷冷淡淡的,没想到她坐下来后,她们倒是热情得很。

都说知道她是学医的学霸。

于是阮胭在接下来的半个小时里,面临了几乎所有医学生都面临过的——当场给人看病。

什么科都看。

就,心情很复杂。

坐在最中间的那个姑娘看她说得有些疲累了,便替她解围:"放过人家吧,挂号费也不出一个。"

阮胭冲她笑笑,小声地说道:"谢谢。"

她也大大方方地介绍自己:"我是顾兆野今天的女朋友,江菱。"

阮胭不大明白,疑惑地看着她:"今天的女朋友?"

"他这人就这样,今天换一个,明天换一个。我还算是运气好的呢,赶在了他生日这天。"江菱笑得豪爽,仿佛一点儿也不介怀。

阮胭端起水杯,抿了口水,不知道说什么好,决定选择尊重他人的生活方式。

"能和你合个影吗?万一以后你红了,我还可以拿这张照片出去炫耀呢。"江菱跟她开玩笑。

阮胭有些不好意思,但还是和她合影留念。

江菱把手机举得高高的,对她说:"这样拍显得脸小一点儿,你不会介意吧?"

"没关系。"阮胭很配合她。

于是,"咔嚓"的一声,两个人的脸都被拍了进去,连同这亮堂的会场,以及不远处沈劲模糊的身影。

"好啦,谢谢你哦。"江菱收起手机,看着阮胭,"我觉得你人挺好的,那我跟你说句实话,你听了别生气,行吗?"

"你说。"

"你知道宋叶眉吗?"江菱看着她。

阮胭摇头道:"不知道。"

"是宋筠的亲姐姐,南城宋家的千金。"江菱顿了顿,认真地看着她的眼睛,"我觉得,你和宋筠长得不像,和宋叶眉长得更像。"

她这话一说完,便想探寻阮胭脸上的失落,但很遗憾,阮胭的表情平静得过分。

阮胭点点头:"嗯,宋筠也这么跟我说过。"

江菱惊了:"你不介意?"

阮胭淡淡一笑,反问她:"介意什么?"

江菱一下子被噎住,总不能说沈劲喜欢他那个堂嫂宋叶眉吧?

最后,她无奈道:"好吧,你不介意就好。我还就怕你这种学霸会钻牛角尖呢。反正看开点儿,当两年的女朋友总比我当一天的女朋友好得多。"

阮胭笑了笑,对她又说了声"谢谢"。

江菱意味深长地看了阮胭一眼后,没再找阮胭说过话。出去上厕所的时候,她打开微信,戳了下一个微信昵称叫"榆叶梅"的头像,给她发了张照片过去,附言:"叶子,沈劲的新女友好像比你妹妹漂亮些。"

那边很快回复过来:"是吗?挺好的。"

江菱扯了扯嘴角,一个两个都什么人,白月光没有白月光的作态,替身没有替身的样子,搞得她连个热闹都看不成。

她锁上手机,往顾兆野的方向走去。

——算了,他们唱他们的戏,我捞我的钱。

阳台外,沈劲点了根烟,自顾自地抽着。

周牧玄问他:"真不给顾小二送礼物了?"

"早备着了,替我给他。"

沈劲扔了把车钥匙给周牧玄。

"他那双眼睛太欠抽了,动不动就往我的人身上瞟。他也不想想,那是他嫂子,是他能乱看的吗?"

他说完这话,周牧玄似笑非笑地看了他一眼:"是吗,嫂子不能乱看?"

沈劲哪能不明白他调侃的意思,差点儿没把烟掐了,将烟头往他身上烫:"别扯到那人身上。"

"这个是认真的?"周牧玄问他。

如果不是认真的,怕是不会在顾兆野生日的时候带出来,带出来防的应该就是顾兆野,怕那"二货"以为她真的只是个玩玩的替身,哪天兴致来了就挖墙脚。

其中的占有和征伐意味,怕是连沈劲自己都没搞清楚。

果然,沈劲这次真把烟给掐了,否认得飞快:"说什么呢,她是个什么身份你不知道?"

周牧玄没理这口是心非的人。奇了怪了,沈劲明明是学过心理学的,偏偏不懂自己的心理。

沈劲岔开话题:"让你帮忙派人去请我三叔,他有没有说什么时候回来?"

"没有。人跑了,没在平水镇了。"

"又走了?"沈劲骂了句脏话。

这次他又要去哪儿,这么多年了,怎么还在到处走?

三叔也是挺不容易的吧。

沈劲看着窗外黑成了一片的云层,天上的月亮全被挡住了。

他把烟头扔掉,一转身就瞥见还坐在雅间里安安静静等待的阮胭,心里有种古怪的悸动升起。

他走过去,把她从椅子里拉起来,扣着她细细的手指,说:"走,回家了。"

在连续喝了大半个月的猪骨汤后,阮胭终于拆掉了石膏。

回来后,张晓兰一直围着她的手啧啧称奇:"那么大个石膏,居然一下子就没了。就是右边这只手怎么好像比左边的白一些?"

"不仅白一些,还胖一些呢。"阮胭看着厨房案板上那只刚宰好的乌骨鸡,叹了口气,"以后三餐只吃蔬菜沙拉,最多再加道清蒸的肉类。"

"清蒸肘子行吗?"

"你说呢?"

张晓兰灵光一闪,说道:"可是沈总不吃肉不行,他每天上班那么辛苦,夫人,你忍心吗?"

"你不用管他。"阮胭冷笑了一下,"他有的是方法吃到肉。"

还都是从她身上吃到的。

沈劲昨晚放了狠话,说这天下班回来要好好收拾她。昨夜下了大雨,他说这话的时候,外面的树叶被吹得呼呼作响,他用被子半捂住她,手在她身上动作,回想起来,倒真有几分像即将举刀劈下来的屠夫。

阮胭不敢再想,先发了条消息给邢清,还有谢丐,告诉他们自己的手已经痊愈,询问大概什么时候可以进组。

虽说沈劲开玩笑似的说可以赔谢丐误工费,但她知道很多东西是很难用钱来衡量的。很显然,谢丐这部片子是要送去争奖的,误工太久,不利于后期的运营造势。

果然,谢丐回复得很干脆:"如果你来得及,后天就可以进组。"

阮胭利落地回了句:"好。"

过了会儿,阮胭把自己要进组的事跟张晓兰说了一下,提醒她不要忘了给"张晓兰"喂食。看到她仍然一脸没心没肺啃着零食的样子,又加了一句:"鱼食的牌子只有城西的鱼鸟馆有卖。"

张晓兰不解道:"可是之前的还没吃完。"

"从鱼龄上来讲,它已经进入老年期,以前的不适合它了。"阮胭看了她一眼,"每两天去取一次,那里的鱼食都是用新鲜的玉米调配的。"

城西那家鱼鸟馆离清和别墅坐公交车得两个小时,下了车还要再走大半个小时。

张晓兰想哭。她觉得夫人是在报复，报复她给她炖了太多猪骨汤。可那些都是沈总吩咐的啊……

阮胭没理会张晓兰愁眉苦脸的模样，给沈劲发了条消息，把自己要进组的事情也给他说了一声。

谁料消息刚发出去，他一个电话就打过来了："后天要走？"

"嗯。"

"去多久？"

"至少要待一个月吧，谢导很严格，不允许演员私自离组。"

阮胭的话刚说完，就听到沈劲在那边说："你还真是会挑时候，我刚好后天回去。"

"后天回来？"阮胭顿了顿，试探地问了句，"你……今天不回来？"

"嗯，去南城参加一个科技峰会，是临时受邀的，现在在机场。"他察觉到什么，"怎么，你很开心？"

开心！开心到爆了好吗？！

阮胭稍微压了压声音："没有，我就是问问。你在那边要注意安全。"

"今天拆石膏了？"沈劲轻笑了一下，"拍张照片过来，我看看愈合得怎么样。"

阮胭挂了电话，把手搁在花架上，用手机对着自己的右臂拍了一张过去。

沈劲把图片点开，放大，眉头渐渐皱起。

花架子上种了些栀子花，都没开，全是翠绿的叶子，她的手被浓绿衬得更加白皙。

不是说胖了吗？怎么手腕细得跟花枝似的。张晓兰没把她照顾好吗？她这手怕是一折就断吧？

沈劲回了句："把自己养胖点儿，免得轻易就受伤。"

发完消息他就关掉了屏幕，机场的广播此时也开始提醒登机。他松了松领带，大步往机舱里走去。

这次的峰会是南城市政府牵头的一个大项目，背靠"互联网+"，由互联网新兴产业带动南城部分的传统产业。

沈劲抵达峰会召开的酒店后，有门童过来替他开车门，他径直朝站在大厅焦灼等候自己的向舟走去。

"沈总。"

"情况怎么样了？"沈劲问。

"不太乐观。之前耀丰医疗的人已经透了口风，说这次必定是和咱们讯光合作的，昨天却去酒店和奇骏的刘总谈了一宿，今天他们也是一起来的……"

"奇骏一向负责网络安全，怎么会和我们抢NLP（语言识别）的单子？你确定他们也是在谈语音修复的技术合作问题？"沈劲一边走往会场，一边问向舟。

行至电梯口，他忽然想到那天傍晚，他给向舟打电话交代阮胭的宣传问题时匆匆从电梯里下来的少年，以及随后又跟下来的奇骏老总刘启军……

向舟想了想："听说刘启军最近去清大挖了位计算机大牛，还把那位大牛的弟子也挖过来了。但我查了，他们的研究方向是做图像处理的，与医院想合作研发的语音修复技术沾不上边啊。"

沈劲皱了皱眉："先上去看看情况再说。"

水晶吊灯白得亮堂，整个会场里已经坐满了人。

讯光科技是国内NLP领域的头部企业，位子被放在了第一排中间的A区。

沈劲找到属于讯光的座次牌后，不远处坐着的一个中年人便坐到他旁边搭讪，不断吹嘘自己手里研发的项目，希望沈总能高抬贵手，投一下他们。

沈劲很烦这种没有自知之明的人，拿着本项目书就到处招摇撞骗，没有任何实操的可能性，谁投第二天就直接死在互联网的沙滩上。他的手指在桌上敲了敲，正准备赶人，旁边就响起一道年轻的男声："这位先生，你坐了我的位子。"

中年男人看了一眼桌上的座次牌，是奇骏的人，惹不起。

他连忙起身道歉，临了还不忘塞张名片给沈劲，希望他能持续关注自己的项目。

人走后，沈劲看都没看那张名片一眼，嘴角噙了淡淡的嘲讽，用指尖将名片夹起，扔到烟灰缸里。

邻座的男人看见他的动作，问他："沈总不考虑考虑？"

沈劲这才又偏过头看他。

他高且瘦,脸色有些过分苍白,右眼下有颗泪痣,像是被水性笔的墨沾上一样。

沈劲的目光紧了紧——这人是阮胭大学时资助过的那个小男生?

他扫过闻益阳桌上的座次牌——原来是去奇骏了啊。

"太弱了。"他只说了三个字。

不知道是在说刚刚那位不自量力的中年男人,还是出于对别的什么感叹。

闻益阳笑了一下。

台上的主持人宣布此次峰会正式开始,高级领导逐个上台致辞,大多是泛泛而谈的空话。

直到奇骏科技的总裁刘启军上台,讲到他们正在研发儿童唇腭裂术后语音训练的人工智能技术时,沈劲这才抬了抬眼皮。

"奇骏科技即将与清和大学计算机学院共建图像处理实验室,实验室由顾家成教授做负责人,以及顾教授的博士生闻益阳……"

说到这里的时候,刘启军顿了顿,看向闻益阳。闻益阳站起身,微笑着点头向众人致意,然后在一片掌声中坐下。

"刘启军拉的人是你们。"沈劲说这话时没半点儿意外。

"嗯。"

"天真。"沈劲的嗓音冷沉,眉眼在灯光下显得更加深邃,"他以为请了几个做图像识别的就可以拿下耀丰医疗了吗?"

"沈总向来这么自信吗?"闻益阳没和他争辩,只是问了这么一句。

碰巧,此时又有一位领导上台致辞,叫陈明发,是南城市前来寻求合作的一位水产养殖业企业代表。

他的普通话不太标准,讲到水产养殖业的要素时,用自己养殖场的亲身经历把场上的人逗得频频发笑。

哄堂的笑声里,沈劲没太听清闻益阳的话:"你说什么?"

闻益阳再度开口:"我说……"

"有的鱼,它就是过于自信,总以为自己咬的是虫,不是饵,明明被钓了,还以为自己赚到了。这种鱼,我们本地人一般叫它'瞎子鱼'……"

陈明发在台上讲得唾沫横飞，周遭的人又笑开来。

闻益阳在笑声里，甚为舒适地接口道："我说，沈总很自信，这样挺好的。"

沈劲的脸色沉了沉："是啊，闻先生性情……"

"狡诈狭隘、顾虑过多！这类鱼跟人一样，本来不想捕它，把网都解开了，它还愣在原地不游走，非要往网里钻。这种鱼，我们本地人一般叫它'傻子鱼'……"

陈明发讲得陶醉，乡音穿透力极强。

沈劲也跟着笑了："我说闻先生性情谨慎，倒也不赖。"

"你……"

"你们要知道，我们水产养殖业就是这么个玩意儿，鱼都是养着玩、养着吃的，不管是塘里，还是海里，对养鱼的人来说，自然是越多越好……"

陈明发后面又扯了一些互联网经济带动水产养殖业的例子，大概也是些升华主题的套话，总之，峰会上午的演讲环节暂且就告一段落了。

离场的时候，闻益阳忽然对沈劲说了句没来由的话："沈总，其实我还挺羡慕你的，知道我最羡慕你什么吗？"

"什么？"沈劲淡淡地笑了下，"钱，还是权？"

"不是，是你长得好看，长得比我好看。"闻益阳说话的声音冷冷的，视线在他喉间那道疤痕上流连，"好看得连这道疤，都恰到好处。"

说完，他就转身和奇骏总裁刘启军一同离开了。

只留下沈劲一个人怔在原地。他皱了皱眉头，回想起闻益阳说这话时不明的语气、深长的目光，忽然觉得心底有阵恶寒渐渐升起。

这人到底是对阮䐃有意思，还是对他……

他搓了搓身上涌起的不适感，赶紧去洗手间洗了个手。

镜子在灯光下折射出冰凉的光线，这种凉意让他又想起闻益阳冰冷的、打量性的目光。

他不由自主地抬起手，碰了碰自己喉结上的那道疤。

男人抬起手，碰了碰自己喉结上的那道疤，然后说了句："还好，不是很疼。"

陆柏良的声音过于沙哑,比正常男性的声音要低沉许多。

像埙,像残笛,像呜咽的北风。

总之,只有声带受过极大的损伤,才会发出这样的残破声。

"唉,那么长一道疤,也不知道您当时是怎么撑过来的,嗓子都成这样了。我看这世道,还真是好人多磨难。"一个中年妇女坐在问诊台上,一边看着陆柏良妥帖又耐心地替病床上的老人检查身体,一边说道。

"我并不觉得这是磨难,它只是一件不可避免的事情而已。好的、坏的,都只是已经发生的事情而已。"

他说这话时相当坦然,面上平静得不见任何波澜。

如果不是喉头那道长长的骇人疤痕,别人甚至以为他真的只是在谈论一件所谓的不可避免的小事。

比如,不可避免地吃饭,不可避免地睡觉。

甚至说这话的时候,他还平静如常地替病床上的老人把痰盂顺手端了起来,准备去倒掉。

中年妇女立刻急了:"陆医生,这个这么脏,还是我来吧。"

"没关系,我顺路拿出去倒了就是,都是病人,没什么脏不脏的。"

中年妇女叹了口气。这么好的陆医生哪里找啊?

"陆医生,我有个侄女,她今年二十三岁,也是学医的,虽然肯定比不上您的博士研究生学历,但是也读到硕士了,今年刚回安和镇。你看你方不方便认识……"

她踌躇了一下,其实她觉得,就算是自家亲侄女,哪怕是多漂亮多优秀,也配不上人家陆医生。

"抱歉,宋阿姨,我已经有喜欢的人了。"他歉意地对她笑笑。

"抱什么歉?像你这么俊、这么好的小伙子,没有喜欢的人才稀奇呢!什么时候把姑娘带出来见见啊,免得我们镇上其他女孩子一天到晚都魂不守舍的。"宋阿姨跟他开玩笑。

陆柏良说:"她不在这座城市。"

宋阿姨感叹道:"哎哟,不知道得是什么样的女孩子才可以被陆医生喜欢,估计得跟天仙似的吧。"

"嗯,她是个很好很好的人。"

"行,那阿姨就祝你们早日团圆,长长久久地在一起!"

陆柏良的目光平静而深沉,没有说话。

他把病历本收好,将笔插进白大褂胸前的口袋里,右手端着痰盂走了出去。他走路的时候像移动的松木一般挺拔。

原来一个人的温良恭俭让,也是可以从步子里体现出来的。

陆柏良回了自己的办公室,里面站着一位老人。

对方在等他。

陆柏良似乎不意外他出现在这里,不紧不慢地喊了声:"姚伯。"

"先生。"姚伯道,"老沈总想见您。"

"嗯。需要我回清和,是吗?"

"对,他说沈劲最近在查您,他不希望当年的事情被查出来,所以让我先把您请回去。"

陆柏良没说话。

二人就这么僵持着。

姚伯是跟在老沈总身边见过大风浪的人,自然也耐得住性子陪他慢慢等。

等待的过程中,他只觉得有些惋惜。沈家亲生的血脉,这一辈里最为出挑的芝兰玉树,偏偏流落至小镇的偏远医院中,甚至不惜替人收拾痰盂。

大抵这就是造化。

不知道这场缄默持续了多久,直到外面护士站的小护士打开了走廊的电视,里面放着新闻:"由谢丐导演,阮胭、赵一成主演的《两生花》电影可谓是未播先火,先前几度风浪,一度传闻即将停拍,近日却传来好消息……"

陆柏良才终于抬眼。透过窄小的门缝,他看到半个电视屏幕上的人——那精致的下巴。

怎么还是那么倔呢?阮胭。

他在心底这样想。

于是,在光影里,他缓缓脱下白大褂,说道:"好,我跟你回去。"

阮胭去医院复查了一次，确定手已经痊愈后，就和方白一起进了组。

这次的拍摄地点不在影视城，谢丏带组去了皖西的松河镇。

松河镇算是四通八达的一座小镇，最出名的就是它的几条渠道，上可进滁城，下可去宣市，很多船只都在这里往来，更难得的是它的河流环境被保护得相当好。

谢丏最看重的便是这里横七竖八的小流小涧。从美学角度上来看，这些钟灵毓秀的景色拍出来比影视城的死物要生动得多。

阮胭要拍的第一场戏是在小舟上。

本来按照剧本，这是场阮胭的单人水戏，但谢丏还是不放心她的手。开拍前一天，他跟她沟通是否要将剧本微调一下，改成在小舟上的男女主角对手戏。

阮胭犹豫了片刻，还是说了声："好，麻烦谢导了，改吧。"

一旁的陈副导还小小地惊讶了一下，阮胭向来是组里最能吃苦的。他看过阮胭进组时的健康报告，手确实已经痊愈了。

临时麻烦别人改剧本，不像是她的作风。但谢丏都已经同意了，他也不好说什么。

和阮胭对戏的男演员赵一成是个二线演员，是差一口气就能挤进一线的咖位。

他人很好，之前和宋筠拍对手戏的时候就无比绅士，甚至还为了整体的和谐，主动收敛自己的演技，好让宋筠接得住戏。

开拍前，他来和阮胭对戏，脸色不太好看，虽然提前化了妆，遮住了他略白的唇色，但她还是能从他的精神面貌看出不对劲。

他的呼吸有些弱，瞳孔比常人更小。

阮胭问他："你是不是哪里不舒服？"

赵一成摇摇头："还好。我们先对台词吧，别耽误剧组的进度。"

阮胭的脸色顿时微红。的确，因为她的事情，剧组已经耽误了不少进度。她稳了稳心神，开始认真和赵一成对戏。

两个人练得差不多了，道具老师布置好场景后，下午就正式开拍。

头一场拍得很顺利。

阮胭一人分饰两角。最开始的时候,谢丐还有些担心,赵一成也收着演,怕阮胭接不上戏。毕竟有宋筠这个前车之鉴,他心里也有些芥蒂。

慢慢地,他发现阮胭用了和宋筠不同的处理方式,对角色的把握也很到位。两个角色,两种迥异的性格,在她身上呈现得无比真切、自然。

于是赵一成也放开了。演员到位了,谢丐自然也导得酣畅淋漓,甚至暗自感叹,要是一开始就把宋筠给换了,不知道得省多少事。

然而,只有阮胭注意到了,赵一成在伸手和她交握时,掌心那一道道深深的、月牙状的痕迹。

那个角度,那种形状……必然是用自己的指甲掐的。

他是在忍耐什么吗?

"如果你不舒服,最好还是早点儿告诉谢导。"阮胭再次提醒他,这一次,她的神情比上次更为严肃。

赵一成依旧摇摇头,说道:"真没关系,还有三场就可以收工了,我们早点儿开始吧。"

阮胭拧不过他。

再次开拍后,两个人一起站在小舟中。

阮胭刚念了一句台词,也许是河道里有大货船经过,一个波浪打来,船身忽地剧烈晃动。

这一次,赵一成再也忍不住,脸色一白,双眼用力地往上眨了又眨,最后直接一头栽到了船里。

他的呼吸开始变得深而慢,额头上冷汗直冒,闭着眼,张着嘴,一句话也说不出来。

阮胭立刻伸手掀开他的眼皮检查他的瞳孔状态,而后捏住他的下巴检查舌苔分布,排除过敏和食物中毒后,她赶紧用左手掐住他的人中,右手死死地捏着他的虎口穴。

谢丐和陈副导以及摄像师都在另一艘船上,见状赶紧过来把赵一成扶起来,往岸上驶去。

赵一成的小助理只能在岸上干看着,都快急疯了,却又什么都做不了。

阮胭对陈副导说:"掐他虎口,你力气大,用力地掐。"

"他应该是重度晕船导致的暂时性休克,但我没有带晕船药。"说到这儿,阮胭顿了顿,立刻转身对赵一成的助理说:"去,赶紧把我包里的维C片和地西泮片拿过来。"

那是她为自己准备的,本来以为这次肯定要拍水戏,所以她提前为自己备好了镇静药物……

"地……地什么?"助理一急,越发记不住药的名字。

"背包,左侧,里层,内包里的白色小圆瓶。"她说得干脆果断。

"好,好,好。"助理一路狂奔。

阮胭又用力按了按赵一成的胸腔,陈副导也掐着他的虎口不松手。

片刻后,赵一成终于醒了过来。

不久,助理也把药拿了过来。阮胭倒了水,微微抬起赵一成的后脑勺,喂他服下维C片。

赵一成吃了药,脸色才缓和了许多。

他脸色苍白,低声道:"抱歉,给大家添麻烦了。没想到最后还是拖累了大家的进度。"

谢丐摇头:"拖进度是小事,自己的身体才是大事。你这孩子怎么这么不注意?如果不是阮胭在这里,我看你这小命都得被自己作没了。"

阮胭抿着唇,没说话。

"行了,今天先不拍了,你赶紧回去休息。"谢丐冲他们摆摆手。

赵一成满脸歉意。

工作人员也传出少许的议论声。

阮胭咬了咬唇,最后开口:"继续拍吧,谢导。"

谢丐看着她。

"拍我的那场水戏吧,就按照原本的剧本拍。"

在下水前,谢丐特地一再确认阮胭是否会游泳。在得到了肯定的答复后,他才让摄像老师开始准备换场景。

这场戏,只有阮胭一个人。

她要演的是程医生在落水后放逐自我,在濒死的瞬间,又重新开始求救的那种挣扎感。

向死而生,是这场戏的主题。

阮胭先试着将脚放进水里。浮动的波纹,轻轻拍在她的小腿处,她的肌肉微微缩了一下。

阮胭咬咬牙,让半个身子都沉入水中。

这里是一条河道的岸边,水位较深。安全起见,旁边早就备好了三位救生员。

谢丏一再提醒:"放心,如有不适,立刻比手势求救。"

阮胭点点头,深吸一口气,整个身子彻底沉入水中。

机位也跟着潜下去。

水中的暗浪极其轻微地拍在她身上,她能感受到每一道波纹在她胸前、背后、小臂,甚至是脚踝上的轻触。

那种湿湿的,彻底归于安静的环境,将时间无限拉长。

她的大脑仿佛停止运转。

只能任凭过往的记忆和此刻的江水一起,如生长的藤蔓一样,一层一层地向周遭凝聚,而后,将她密不透风地彻底包围。

"手给我啊,阮胭。"

——不,我好累,你走吧,我想放弃了。

"别睡,我们就要到了。"

——坚持不住了啊,哥哥,我的眼睛快要睁不开了。

"阮胭,要到了,马上,马上,就会有人来了。"

——是吗?可我已经快要死了啊。

....

然而,有那么一双手,好像穿越了时间和空间,抚上了她的背脊。

——哥哥,是你吗?是你再一次救了我吗?

所有的藤蔓悉数被那双大手一一劈开,他开口,在她耳边咬牙切齿地说道:"阮胭,你敢去哪儿?"

阮胭蓦地睁开眼,猛地浮出水面。她睁开眼,所有新鲜的空气悉数涌来。

她一下接一下地喘着粗气。

"咔——"

谢丐看着镜头里阮胭最后劫后余生挣扎的模样,看得连连赞叹,笑得嘴都快要咧到耳根后面了:"阮胭,你是我见过的最有天赋的演员,上一个让我如此惊叹的还是拿了无数奖杯的白碧微……你赶紧去休息一下,快,下去好好休息。"

阮胭说了声"谢谢",点点头,从江里游上岸。

方白赶紧拿着条大毛巾把她整个人裹得严严实实,然后扶着她往回走。

"阮姐,你不知道,我刚刚在谢导旁边看着镜头里的你,看得我好害怕。你那个表情,我以为你真的是喘不过气,要放弃自我了。我想喊救生员下去,你又一直没比求救手势。唉,可把我给担心坏了……"

"没关系,我没事,你去帮我把药拿过来。"阮胭冲方白笑笑,偷偷掐着自己的手心,将指尖的颤抖和抽搐隐藏起来。

方白说了声"好",就去找药了。

休息室里没人,她坐在椅子上,整个人往后仰,让自己镇静下来,虽然肌肉还是忍不住抽搐……

这是小时候,还有七年前那次和陆柏良发生事故之后的后遗症……

后来,每次遇到水,从前的场景总会在她脑海里上演,折磨她的神经。

她再也没办法下水。

只是,为什么?为什么这一次救她的人,劈开那些痛苦回忆的人,会是沈劲?

阮胭疲惫地闭上眼。

她抬手揉揉睛明穴,想不通,还是想不通。

在思绪挣扎中,方白取完药回来了。她利落地以水服下,心绪终于渐渐平缓。

她打开手机,看到沈劲给她发了消息:"戏拍得怎么样?"

阮胭回他:"挺好的,很顺利。"

沈劲又问:"你们拍戏的地点是不是在松河镇?"

"嗯。"

"你准备一下,我明天会过去一趟。"

如果这事换在旁人身上，肯定会觉得这是一出老板为爱探班的真爱戏码。然而阮胭比谁都清楚他天生没良心，于是她回了个问号过去。

"我过去找一个人，周牧玄说他最近在松河镇旁边的安河镇上出现过。"

阮胭问他："找谁？"或许她可以帮上忙。

"我三叔。"

"好吧。"阮胭明白了。他们沈家的家务事她就不便插手了。

沈劲没继续回消息，估计是又忙起来了。

阮胭收好手机，歇够了，心情也渐渐平复了。她往外走，想散散心。

他们拍戏的这条河道，每天都会有不少来往的渡船，可能是去滁州，也可能是下宣市。来来往往，如织的船只和平静的江面，构成一幅和谐的画卷。

阮胭坐在江边，翻了翻剧本，居然也隐隐有种岁月静好的感觉。

江涛阵阵，拍着江岸。有船笛长鸣，是又一艘渡船靠岸了。

阮胭随意扫了一眼，在触及一个身影后，整个人彻底僵住。

上上下下的船客众多，他却过分显眼。男人穿着白衬衫，米色的薄风衣披在外面，身姿挺拔，气质干净。

他身边跟着一名老者，两个人互相扶着下了船，却不是往她的方向走来。

于是她小声地张口，以一种怕惊扰这场梦的声音张口，生怕这梦一碰就碎，她一出声梦就消散为云烟。

她喃喃："陆柏良。"

第三章
我们可以分手了吗

RU CI MI REN
DE TA

江岸的风声很大，波涛拍打岸边，也发出一阵一阵的声音。

过往的船只留下呜咽的汽笛，如织的人群里，还有各种各样的交谈声。

整个世界充满了繁杂的声音，以至于阮胭那声低低的"陆柏良"还没送到他身边去，就被风吹散了。

她想上前去追他，只是刚迈了一个步子，却像被绊住了一样。

诸多记忆涌上来。

"要是我们以后再见面，就当作不认识吧。"

于是，她的脚步生生顿在原地。

最后还是只能紧紧地抓着河堤的栏杆，看着他清瘦的背影越走越远。

到了拐角的地方，陆柏良忽地停下。

姚伯提醒他："下一趟船还有十分钟就开了，我们得早点儿乘船赶过去。"

陆柏良说："姚伯，再等一下，再多待五分钟。"

他转身，望向那个已经走远了的女人背影。

"再多待五分钟就好了。"

这风里有她停留过的气息。

阮胭下午还有很重要的戏份要拍，必须得早些赶回去。

方白看见她，问了句："阮姐，你怎么看起来好像哭过？"

阮胭点头道："嗯，刚刚去江边背台词，入戏了。"

"哦，这样啊。那待会儿我让化妆老师来给你补个妆，免得下午拍戏不上镜。"方白说道。

"好。"

阮胭调整了一下心情，吃完饭休息了会儿，就回了片场。

赵一成经过休息，身体也好多了。他一改之前冷淡的风格，见到她几乎是立刻站起来跟她握手，也不讲究前后辈的关系了。

不再喊"小阮"，而是热情地喊她"阮老师"。

阮胭觉得很心虚，毕竟赵一成已经出道六七年了，大奖小奖也提名过很多次了。她实在是受不起。

"赵哥，别喊我老师，我真的很惭愧。"

赵一成点点头："行，不喊老师，那以后你就是我妹子，比亲妹子还亲。今天要不是你，我还能不能继续站在这儿拍戏都说不准。"

阮胭连连摇头："只是一点儿小忙而已，以后您不舒服就直接说出来，别硬撑着了。"

"那是自然，不会再像今天这样了。"赵一成的好奇心忽然上来了，"我听说你以前是清和医大的高才生，怎么会舍得回去复读，跑来学表演？"

他顿了顿，又怕冒犯了她，笑着解释道："我也没有别的意思，单纯是源于差生对学霸的一种崇敬感与好奇，你要是觉得……"

"为了我喜欢的人。"她迎着他的目光，答得无比坦然。

"喜欢的人？"赵一成想了想，问她，"追星吗？"

的确有很多女孩儿是为了追星才入这一行的。

阮胭笑了笑："不是，但也差不多。那个人在我的人生里，的确是和星星一样的存在。"

"这样啊。"

赵一成想到她的手被摄像机砸伤的那次，那个一身戾气抱着她离开的男人……

这样的人，真的像星星吗？

他不是很懂。

两个人没聊一会儿，陈副导就过来告诉他们要准备开工了。

也许是经过晕船事件，赵一成和阮胭之间亲近了不少，二人的默契渐渐培养出来了，下午的戏拍得格外顺利。

几乎场场都是一条过。

拍完后，谢丏把阮胭叫过去，告诉她："晚上的戏你不用拍了，有两件事情通知一下你。

"第一件，有家杂志社明天要来剧组做一个专访，可能会问你一些问题，为我们的宣传造势，我让小陈把问题都发到你的邮箱，你去准备一下。"

"好的，谢导。"

"还有一件事，是放你半天的假。"

阮胭不解地问:"为什么?"

谢丏冲她挑挑眉,看着她:"是有人帮你求的。"

他这古怪又八卦的眼神,她一下子就懂了。

她按了按眉心:"好吧,谢导,我知道了。他大概什么时候来松河镇?"

他摇摇头,抿了口浓茶,反问她:"你说呢?"

言下之意是:你的男朋友,你说呢?

阮胭回了休息室,给沈劲发消息:"你今天要过来?"

他没回。

她又发了条:"不是说明天过来?"

沈劲终于回了:"收到消息说我三叔可能会提前离开。"

阮胭又问:"几点的飞机?"

"已经到宣市机场了,一个小时后到松河镇。"

阮胭怔住。清和市飞芜市的航班只有早上八点有一趟,现在已经是下午四点了。沈劲是三个多小时前给她发消息说第二天要过来……

可他现在就已经到宣市机场了,想必是坐他的私人飞机赶过来的。

看来他的这位三叔,一定是个很重要的人物。

阮胭回了他一句:"好。"回完就锁了屏幕,转身开始收拾。

她把剧组化妆师给自己化的妆都卸了,只涂了口红。

沈劲这个人很挑剔,不喜欢她化妆的样子。

他对阮胭为数不多的温柔,始于她大三时拍广告那次。化妆师替她化了个漂亮的"桃花妆",眼尾、眉梢和鼻尖都被化妆师点了几抹淡淡的红。立在镜子前,浑然一株欺香赛雪的春桃。

她没舍得擦,带着妆去赴了沈劲当晚的约。

他看到她的时候却没有她预期里的笑意,只是皱着眉头问她卸妆巾在哪里。

阮胭拿出来,他一点儿一点儿地替她把脸上的妆尽数卸去。

最开始的时候,他劲大,擦得她疼。她"哗"了一声,他才缩了缩手,放缓动作,一下一下,不放过她脸上的每一个角落。

她问他:"你不喜欢吗?"

"嗯,累赘。"他抬起她的下巴,为她把嘴角最后一抹红卸掉,"名字里已经有胭脂了,脸上就没必要再抹了。"

后来她见他,便很少带妆了。

他也很满意,想亲就能随时覆上去,不用担心那些触感黏腻的粉状物品。

是真的费尽心机在讨好他吗?

是。因为只有这样,才可以窥得他偶尔流露的一丝温柔。

而这温柔附在这张脸上,像极了某个人。

"吧嗒"一声,阮胭合上口红盖子,抿了抿唇,往外走去。

谢丏要求严格,不允许演员私自离组,原因是想让他们一直沉浸在戏内的状态里。

而这也是阮胭头一次离开剧组这么远,到松河镇的镇中心去。

这个小镇不大,风土人情都很简单,向舟订好的风林宾馆已经是这个镇上价格最贵的一处了。

这是一栋很有格调的木楼,装修简洁,不高,只有五层。房间也不多,每层只有四间,但胜在环境清幽,房子还带着一个种满了蔷薇的小院。

办理入住的时候,前台核实她的身份证后,一次性给了她四张房卡。

阮胭揣着厚厚一沓房卡上了楼,同时给沈劲发微信消息:"怎么订了四间房?"

沈劲回得很快:"有钱,喜静。"

阮胭无语。

进了屋,她把手机放下,挑了张老碟片出来看。

老片子调子冗长,音效也舒缓到近乎催眠。白天吃的镇静药药效上来,阮胭躺在床上,蜷在被子里就睡了过去。

她做了一个很长很长的梦。诸多画面像被剪辑了一样,来回滚动。她觉得有很多双手在扯她的头发,头皮连着神经都生硬地疼。

和沈劲在一起后,她已经很少再有这么不安的时刻了。

睡着的时候,他就会搂着她,把她搂得紧紧的。但她能从这种近乎窒息的感受里,体验到自己还被爱着。

明明是像禁锢一样的感觉，但她意外地觉得充盈。

可是，这晚她只觉得头痛，小腹痛，身上哪儿哪儿都痛。尤其是一想到白天那个渐行渐远的清瘦背影，心里某处隐秘的角落就更痛了。

她想从这些嘈杂的、破碎的梦里醒过来，却动弹不得，如同所有被梦魇住的人，连睁眼的力气都没有。

"阮胭。"

伴随着一阵尾音沙哑的男声，她的后颈处也传来阵痛。

她被这强势的疼痛从梦里拉扯出来。

沈劲松开捏在她后颈的手，收了力气，搂着腰将人翻个身："做噩梦了？"

"嗯。"她说话还有轻微的鼻音。

她揉了揉仍有余痛的后颈，皱眉道："好痛。"

"你把头埋进被子里，怎么叫都叫不醒。"

沈劲不知道自己的力气有多大，只知道把人叫醒就行。他抬手撩开她的头发，她白嫩的后脖颈上居然留下了紫红色的印记。

她的皮肤好像一直这样，一掐就会留印子。

沈劲觉得他像在画画，阮胭亲自把画笔递给了他，她可以被画出无数种姿态。

漂亮的、温柔的，都恰到好处地让人那么喜欢。

"吃饭了没有？"他问她。

阮胭摇头。

"那等会儿再吃。"他的目光渐渐变得深沉。

阮胭的手被他捏住，前天她给他发照片的时候，他就想碰了，如今真握在了手里，果然细得仿佛一折就会断。

阮胭呜咽一声："我不舒服。"

"哪里不舒服？"沈劲伸手掀开被子，覆在她身上。

"哪里都不舒服。"她抬手推他，不再和他绕弯子，"我真的不想，沈劲。"

他的动作停下了，双眼危险地眯起。他仔细观察她脸上的神色，她也不甘示弱地迎上他的目光，不闪避，任他打量。

片刻后,他终于松开了她的领子:"你最近拒绝我的次数,似乎变多了。"

阮朐咬了咬唇,说"没有",然后说:"你不是要去找你三叔吗?"

"找了,他已经走了。"沈劲仍俯身撑在她身上。

他深深地看着她,下垂的睫毛敛住他眼里翻涌的情绪。数秒后,他忽然抬起左手,往她唇上用力地摁了一下,说:"阮朐,你知不知道,你是第一个敢在我面前岔开话题的人。"

阮朐别过头,说:"不知道。"

沈劲嗤笑一声,拉起被子把她严严实实地捂住。

"睡吧,提醒你一句,欲擒故纵玩多了,就没用了。"

说完他就起身给向舟打电话处理事情了。

他用被子把阮朐裹得很紧,两边一丝缝隙都没留,和他搂着她时一样强势。

屋子里满是沈劲身上的松木香气,阮朐在这种熟悉的感觉里昏昏沉沉地睡了过去。

沈劲交代完事情,准备挂掉电话,回头看了一眼在床上裹成一团的阮朐,想起刚刚她身上的冰凉触感,于是又对向舟吩咐了句:"明早去买包感冒药上来。"

"您感冒了吗?"

"嗯。"沈劲懒得和他解释,直接挂掉电话。他这人向来如此,只管发出指令,然后等待他人服从即可。

第二天一早,阮朐醒过来,鼻子果然堵了。

估计是昨天拍水戏后又去江边吹了风的缘故。

旁边的沈劲已经起了,阮朐一睁开眼,就看见他光着的上半身,背脊利落,肌肉分明,在清晨里像头蓄势待发的兽,不知道他下一刻要扑向哪只猎物。

"醒了就把药喝了。"

他转过身,一边穿衬衫,一边指了指床头柜上他泡好的感冒冲剂。

阮胭提醒道:"沈总,早上是不能空腹喝药的。"

沈劲穿衣服的动作停住,"哦"了一声:"随你。"

他又没伺候过人,哪里知道这些?

这个女人真是——

他在心里骂了句,最后说出口的却是:"算了,你等着。"

说完他出了门。

回来时,手里多了两个面包。他将其摆在床头柜上:"吃了喝药。"

阮胭看了一眼那两个面包,叹口气,吃完后,慢吞吞地把感冒药喝了。

吃了药后,沈劲送阮胭去片场。

她本来不想让他送,他却说:"反正这两天也回不去,就当放假陪你了。"

阮胭犟不过他,只能说:"你到了那里就去休息室里待着,不要去拍摄的工作区,别干扰谢导他们。"

"行了,你自己拍你的去。"

他主要是看阮胭的唇色过于苍白了,喝了药也没见身上有几分力气,走路都不太稳的样子。

他听说了他们剧组前几天有一个男演员重度晕船的事,便有些不放心。趁着这天自己在,反正不忙,正好过去看看那剧组的医疗条件究竟是差成什么样了,别把阮胭给折腾坏了,亏他们拍的还是医疗类电影。

车子一路开过去。

到了片场,这次沈劲格外低调,把车子停得远远的,只让阮胭和她的助理一起去拍摄区域。他自己一个人则慢悠悠地在后面走着。

阮胭很诧异他居然会这么低调,殊不知这人直接去了片场的总监控室……

阮胭和往常一样,先去后勤检查医疗现场的道具是否合格,医疗设施的摆放是否规范,还有谢丏偶尔灵感来了在片场"飞纸"飞出来的剧本是否符合医学常识。

她穿着普通的蓝色衬衫,裸色半裙,露出来的小腿匀称纤细,鞋跟不高,可是走起路来,竟平白给人一种她真的穿了身白大褂的感觉。

有种"禁欲"的漂亮。

沈劲从来没见过这样的阮胭。

隔着监控和拾音器,她那边的声音有些嘈杂,却还是能听到她温和有力的声音:"呼吸机要放在病床床头,位于人体活动半径内;两个医药和生活垃圾桶都要备齐;嗯,盐水浓度标签这次打正确了……"

旁边监控室的工作人员说:"阮老师很负责,也很细心,专业知识比我们谁都强,再小的错误都瞒不过她。"

沈劲这才想起,她原来还是个学医的。

他其实根本不知道她学过医,刚和她在一起的时候,他甚至除了她的名字,什么都不知道。后来向舟把她的资料全部调出来了,放在办公桌上,厚厚的一摞。

他也只是公式化地问向舟:"没什么问题吧?"

"阮小姐没问题。"

于是他也没去翻那些关于她的调查资料。

一个替身而已,不需要讲究太多。

可是现在,看着监控里这个认真细致的漂亮女人,他竟然生出了一种奇异的悸动。

他抬手碰了碰胸口处的异样,他还是分不清悸动的原因。这种感觉很陌生,像是有什么已经破土而出。

他不懂,于是稀里糊涂把它归类为欲望。

阮胭检查完了,就开始准备一会儿的采访。

采访的记者是位年纪不大的女记者,知性温柔,光是长相就是很有亲和力,让人有倾诉欲。

她先提前和阮胭聊聊天,问了些电影相关的问题。

比如她是如何理解影片中姐妹俩的情感的,又是如何处理一人分饰两角的困难的。

到最后,话题不可避免地、渐渐扯到了一些比较生活化、私人化的问题上。

"你觉得和大帅哥赵一成拍戏怎么样?"

"赵哥是个很敬业、很严谨、很优秀的演员,能和他合作,我觉得非常荣幸和愉快,而且他也确实教会了我不少东西。"

"这样啊,那我再八卦一下,能否谈谈您的理想型呢?或者说,您觉得赵老师符不符合您的择偶标准呢?"

"其实我已经有喜欢的人了。赵哥对我来说,是很好的老师、大哥,所以请千万别传我和他的绯闻。"

女记者的眼睛一亮,敏锐地嗅到了卖点,连忙追问:"哇,那他是个什么样的人呢?"

"他啊,很高、很瘦,学历高,长得也好看,如果他出道,大概靠那张脸就能很快走红吧。念书的时候就有很多人喜欢他了,而且他对我很好很好。"

她连续说了两个"很好"。

那种发自真心的喜欢,是无论如何都藏不住的。

女记者笑笑:"那你们现在什么情况呀?"

阮胭这次没说话了,只是保持着那个笑容,没有点头,也没有摇头。

女记者知趣地不再询问,关掉录音笔,对阮胭微微鞠躬:"谢谢您的配合,阮女士。"

"嗯,也辛苦您了。"

阮胭送女记者出去。走到门口时,她一抬眼就看到了倚着门框的沈劲。

他穿了件衬衫,半挽着袖子,单手插着兜,幽深的眸子远远地注视着她,似笑非笑的。

连女记者的目光不小心扫到了他,也忍不住面上一红。

这是哪个男演员,她怎么没见过?

男人见女记者还不走,眼神扫过来,却没有方才的漫不经心,而是带了些不悦。

女记者不敢再多待,拎着包快步离开了。

阮胭问他:"怎么这么快就来了?"

"不乐意?"他迈开长腿,挤进她的休息室,原本不大的房间,因他的进入,瞬间变得有些狭窄。

"刚刚不是还对人说很喜欢很喜欢我吗?"

他站在门外,把她所有的采访问题都听得一清二楚。

她说他对她很好很好。

看来,没白送她那么多东西。她果然把他在她手摔伤时,对她的好都记着呢。

"既然你这么喜欢我,那我也不介意再对你好一点儿。"

他看着她的眼睛,那里面的情绪她看不懂。

"怎么对我好?"

"如果你想公开恋情,我不会反对。"他注意到了,刚才女记者问他们是否在一起的时候,她眼底的落寞。

是在落寞他没有给她一个名分吗?

原来昨天她不让他碰,是这个原因。

"以后我的势,你可以随便借。"

这是他允许她的。清和沈家,这个名头一出,她在演艺圈里想要什么资源要不到?

他不介意多给她几分宠,她是他的人,他想要怎么惯,他都惯得起。

阮胭沉默着没回答。他捏着她的手腕细细摩挲,像在抚摸一匹上好的锦缎。

最后,她抽回手,说道:"不用了,现在这样就挺好的。"

沈劲看她的目光凉了几分。

这还不够吗?

她还想要什么?她还敢想要什么?

最后,沈劲状似无意地说了句:"随你。"

沈劲没有在清和镇过多停留,即使没有找到三叔,他也得先回去了,公司还有一堆事情要处理。

闻益阳就是个狼崽子,专和讯光科技攻不下来的领域死磕,仅仅是他进入奇骏科技这短短的一段时间,就已经快把泰丰医疗的门给撬松了。

因此,他必须得赶回去了。

只是,临走时,谁也没想到沈劲会特地请了两名跟组医生留在剧组里。

"接替阮胭的活儿。"这就是沈劲对那两位医生唯一的要求。

这是什么破剧组,连两个专业的医疗顾问都请不起吗?非要扯上阮胭。

她已经出过一次事了,还要再被压榨一次。

方白坐在片场里,看着两个医生为阮胭来来回回地奔波,又是检查仪器,又是查询手术室布局,连连感叹道:"阮姐,沈总对您是真的好。生怕把您累到了,还请了跟组医生来。"

阮胭若有所思地说了句:"是吗?"

方白连连点头。

表面功夫,各有所需罢了。

阮胭稳了稳心神,没再让自己分心想这些。

几场大戏一拍完,阮胭只想躺回床上好好休息。偏生手机不安静,一直在振动,硬生生把她从梦里叫醒了。

她把手机拿起来,是张晓兰打的二十多个电话。她打开微信,微信里也有张晓兰的留言。

上面只有一句话,却看得阮胭心下一凉。

张晓兰:"夫人,鱼……鱼死了。"

"什么?你真正想当的居然不是医生?可你刚刚在船上救人时,那么专业,那么……那么好看!"她的背脊抵在船舷上,问他。

河风从峡谷里吹来,把她的头发吹得扬起,刚好吹到他驼色的风衣衣襟上。

她伸出小拇指拢了拢头发,几根头发丝缠在了他的风衣扣子上。

"别乱动,会把头发扯掉的。"

他伸手,替她把缠住的头发丝一根一根慢慢地解出来。他低着头的样子,温柔又耐心。

"是啊。如果不当医生,我就去研究动物学。"

"动物学?"她问他。

"嗯,研究鱼类。"

"你怎么会喜欢鱼啊?水里游的多没意思,我就喜欢鸟,要在天上飞的那种。我跟你讲,等我以后自己一个人住,我就养只鹦鹉,叽叽喳喳地跟我说话,说个不停,正好我话多……"

"嗯,看出来了。"他抬头,眼里闪着笑。

河风仍旧吹着,他手里的发丝也被风吹起。

她看得有些怔住,被他放回来的发丝不知被风吹回了哪里。

"那你怎么不去当动物学家,跑来当医生啊?"她问他。

"家里有人病了,我就去学医了。"

"这样啊。"她怕触及他的伤心事,连说话的声音都小了些。

他那么聪明的一个人,怎会不懂她的心思,于是笑道:"回去好好准备复读吧,等你考上清和医大,我送你一条鱼。"

"啊?怎么不是小鹦鹉?!"

"宿舍不准养。"

"鱼就可以养了吗?"

"嗯,可以养来做实验。"

"好吧。"

"别担心,我送你的,肯定是很漂亮的鱼,叫孔雀鱼。"

…………

阮胭看到张晓兰发的那句话后,抬眼看天花板时只觉得有种天旋地转的恍惚感。连眼前的吊灯都变得模糊,光束渐渐旋转,把光阴逼退。

逼退到六年前的三峡游轮上,十八岁的阮胭和二十四岁的陆柏良站在一起。

长江的风浪打来,船身摇晃,他们的影子也跟着摇晃。

阮胭闭了闭眼。

这条鱼,到底还是被她养死了。

她回复张晓兰:"知道了,你帮我把鱼捞出来处理掉吧。"

张晓兰收到消息后,对站在旁边等回复的沈劲说,"夫人好像没有很难过,感觉她挺平静的。"

沈劲"嗯"了一声。

沈总太腹黑了,明知道夫人有多宝贝那条鱼,居然让她去跟夫人说,让她来当这个罪人!

明明这条鱼的死是沈总发现的!

她看到沈总还为了这条鱼给兽医打电话了!兽医说鱼是正常老死的,沈总还松了口气!

"所以沈总，这个该怎么处理啊？"张晓兰问他。

张晓兰看着缸里那条浮在水面上的鱼，往日里漂亮的蓝色鱼尾断了半截，漂在水里，四周还有淡淡的腥气。

沈劲皱了皱眉："捞出来扔了吧。"

"哦。"

"等一下——"沈劲顿了顿，"你把水放干了，然后把这鱼缸和鱼一起埋院子里去。记得埋在那棵老榕树下。"

阮胭经常坐在那里看书。

张晓兰照做。

沈劲又问她："她真不难过？"

张晓兰点点头："应该不吧，感觉夫人回答得还挺平静的。"

沈劲没再继续问了，低头给顾兆野发了条消息："你那些女朋友难受的时候，你都是怎么解决的？"

那边很快就回复了："'包'治百病。"

沈劲皱了皱眉，算了，问这花花公子，没意思。

他思来想去，还是决定走温情路线。

于是给阮胭点了一堆吃的，当然，他也不知道她具体喜欢吃什么，好像她也从来没在他面前表现出来过，他喜欢吃的那几样，她也都没有排斥过。

于是沈劲照着自己喜欢的口味给阮胭点了一堆东西。

而当阮胭收到的时候，已经是晚上十点了。

她都洗漱完了，配送员才敲开她的房门："小姐，这是沈先生在我们酒店给您专门定制的晚餐。"

阮胭："……"

这么晚了，沈劲到底知不知道她的职业不允许她吃消夜啊？

阮胭跟配送员道了谢，刚关上门，沈劲的电话就打过来了。

"怎么样，东西收到了吗？"

"嗯，收到了，谢谢你。"

"视频，拆开，我看着你吃。"一如既往是命令式的口吻。

阮胭："……"

她到底还是挂了电话,重新发了个视频通话邀请过去。

沈劲在跑步,用支架把平板电脑架在健身室的柜子上和她视频。他穿一件白色的尖领运动衫,有汗水从领口滑进去。他把跑步机关了,站定,对着视频里的她说:"拆。"

阮胭无奈地把包装拆开。

松露、和牛、鹅肝,蒸炒煮脍……果然没有一样是她喜欢吃的。

"怎么不吃?"他问。

"吃多了要胖,下周要去拍宣传照了。"阮胭叹了一口气。她最近连吃鸡腿都要把皮撕了才吃。

沈劲没说话,隔着屏幕打量她。人依旧是那个人,表情也依旧是从前乖巧的模样。

但他总觉得哪里不对。

他不喜欢这样的阮胭,或者说,他不喜欢对他有些冷淡的阮胭。

他调了一下跑步机的速度,把心里冒出来的那丁点儿异样情绪压下去。好奇怪,最近越来越奇怪了,他和阮胭都变奇怪了。他居然开始在意她的心思,而她似乎变得没那么依赖自己了。

到底是怎么回事?

沈劲擦了把脸,把脸上的薄汗擦干,思索半天,最后得出结论:"你最近是不是缺钱花了?"

阮胭:"……"

沈劲有病吗?

她发现,和他在一起生活两年,她从来没弄懂过他的思维方式。

"下周拍宣传照,准备好礼服了吗?"

"没有,但是品牌方会借。"

"借?"沈劲从跑步机上走下来,眼尾微微沉了沉,"上次你穿经纪人的衣服时,我是不是说过不准穿别人的衣服了?"

阮胭在心底叹气,一件晚礼服动辄就要人民币六七位数,有几个演员不是穿赞助商的?她一个刚拍一部戏的新人,件件都买新的,是嫌自己的"黑料"太少了吗?她不想和他这"何不食肉糜"的人多加争辩,于是答道:"知道了。"

沈劲这才舒坦点儿了,挂电话前,嘱咐了她一句:"早点儿回来。"

"嗯。"

挂了电话,阮胭揉了揉眉心。

睡觉前,她想,"张晓兰"又死了。

这是不是意味着,她和沈劲的关系也可以终止了?

谢丐是个效率极高的导演。

很多投资人喜欢找他的原因只有两个:一是他能赚;二是他能省,能省钱,能省时间。

《两生花》在全组加班加点的赶工下,前前后后只花了两个多月就拍完了。

紧接着,一回到清和,他就又雷厉风行地开始联系摄影师拍宣传照,不给人留个喘息的机会。

阮胭还听到他和陈副导开玩笑说:"花了这么高片酬请演员,只要用不死,就往死里用。"

阮胭站在门外,心情很复杂。

抵达清和是在早上,过机场安检时,还有人把戴着口罩的她认成了宋筠,找她要合影和签名。

阮胭无奈地笑笑,也不忍点破,陪她合了影,然后当真给她签了"宋筠"两个字。小女生开心得不行,还夸阮胭:"宋姐姐,没想到你真人比电视上还要好看,连字都这么好看。"

她看着写真上龙飞凤舞的"宋筠"两个字,从心底发出了由衷的赞叹。

邢清来接阮胭的时候,看到的就是这场面——

小女生拉着阮胭,一口一个"宋老师"叫得亲切。

阮胭居然厚脸皮地一边应"好",一边摸着小女生的脑袋让她好好学习……

等人走了,邢清才冲她挥挥手:"这边,傻瓜。"

阮胭拖着行李箱,大步走到邢清面前。

邢清看着她:"没见过你这样的演员,被人认错了,不但不生气,反倒还笑眯眯认下了,是被人叫'宋筠替身'叫上瘾了?"

阮胭笑道:"不是,我提前感受一下像宋筠那么红的感觉,不行吗?"

邢清走到车前,替阮胭把行李放进去。"吧嗒"一声,车后盖合上后她才说:"我觉得你以后会红,而且肯定比宋筠红,我是认真的。"

"我知道。"阮胭看着她,抬了抬眼,说,"因为我也是这样觉得的。"

说完,两个人相视一笑。

开车的时候,阮胭问道:"我们直接去公司吗?"

"嗯,谢丐简直压榨人,他提前和杂志社约好了,今天下午我们先过去和杂志社沟通选题。"

"那还真是把我们'往死里用'。"阮胭看了一眼导航,问她,"不过,我们怎么不直接去杂志社?"

"亲爱的阮女士,这我可就得问你了。你惹上那么一个'高富帅'男朋友怎么不告诉我?"邢清趁等红灯扫了她一眼,眼神幽幽的。

"什么?"

"还装。方白都跟我说了,上次你的手摔断了,在片场急匆匆把你抱走,还对谢丐发火的那个,不是你男朋友?"邢清握着方向盘,眼神都不多给她一个,"况且,就今天这阵仗,你说那不是你对象我都不信。"

"今天?"阮胭顿了顿,问她,"今天发生了什么事?"

邢清踩了下刹车,这下她真的是一脸惊讶:"不会吧,你不会真的不知道吧?"

"你对象他装了一车的高定礼服送到我们工作室来。真的是一车!塞都塞不下的那种!我打开车门的时候,有好几大盒都稀里哗啦地滚了出来……"

听她这描述,阮胭也不敢想象那个场面。

"就是用这辆车运来的,我现在握着这个方向盘,坐在车里,感觉都是金钱的味道……话说回来,你不认识他的车?"

阮胭摇摇头。

沈劲有很多辆车,这辆 SUV 他不常开,她不认得。

邢清一下子就明白了,忍不住咂舌。这得有钱成什么样,才能这么任性?

原本想吓唬吓唬责备阮胭一下的心思也没有了,她转而开始八卦:"你和你对象是怎么认识的啊?"

阮胭愣了一下。

对象?

恋爱对象……

她想了又想,却始终沉默着。

就在邢清以为涉及她隐私,她不会回答的时候,她又忽然开口了:"我和他是在一艘去三峡的游轮上认识的。游轮也分一等舱、二等舱和三等舱,我那时候刚高考完,就是一个刚打完暑假工的穷学生,没钱,当然是坐三等舱了。后来遇到船上的导游推销天价人参,我怕他上当受骗,出言阻止了他,于是我们就这样认识了……"

但事实是,他在随后又买下了那支贵得令人发指的人参。

他说:"她也不容易,是位很负责的导游,照顾了我们一周,帮她完成一单,就当是谢礼吧。"

而从后来他们熟悉之后的交谈中,她才知道,更深层次的原因是,其实是他不想当众给他人难堪。

在阮胭站出来说对方坑人后,在满船大半乘客都用怪异的眼光打量那位导游后,他那时买下那根人参,实在是太会为人解围了。这就是"陆柏良式温柔"。

车子稳稳地停在公司前,邢清直接带阮胭去了公司的更衣室。

她一推开门,原本空旷的房间,全部挂满了各式各样的晚礼裙。

有的缝了蕾丝,有的嵌了碎钻,在灯光下熠熠生辉。都是高定,没有哪条少于人民币六位数。一条接一条地被挂在墙上、衣柜里,甚至是门背后……

阮胭真的被震惊到了。

"怎么样,浪漫吗?幸福吗?"邢清问她,"就这阵仗,挂衣服的时候,整层楼都是女生们的尖叫,都在说以后得给这衣帽间上个保险。"

阮胭说不出话来,只觉得沈劲疯了。她无法欣赏这种所谓的浪漫。

这种高调,对她平稳的生活是种打扰。这种在众目睽睽之下的"示爱",

只会让她觉得无比尴尬。她甚至无法想象,在尖叫之后,这层楼的女生们该用什么样的眼光去看待她、评判她,而她之前在网上尽力撇清的和有钱男人不清不楚的传闻,是否又会换一种方式卷土重来?

阮胭稍稍捏了捏手心,努力平静地说:"是该上个保险。"

"是吧?"邢清直乐呵。

"然后一辈子也别打开这间房。"

说完,阮胭转身就走,干脆又利落。

"去哪儿啊?胭。"

"去杂志社,商量主题。"

"我们不带礼服过去?"

除非她的脑子被门夹了才会穿这些动辄六位数甚至七位数的礼服出去招摇过市。

"不带,品牌方会赞助。"

帮忙拍宣传照的杂志叫《本质》,是一本准一线期刊。

如果在纸媒最繁盛的时代,它就是家喻户晓、人手必备的杂志。

但是在如今这个各类自媒体方兴未艾、纸媒日渐凋零的时期,它除了在时尚圈还有尚算高级的地位,再无其他优势可言。

谢丏那边提前联系的摄影师叫成俞,拍摄人物写真已经二十多年,是位德高望重的先锋摄影师,拍的照片都很有艺术感,也拿过许多奖,算是业内比较抢手的摄影师,很多明星都想让他帮忙拍照。

谢丏能联系上他,想来费了不少功夫。

只是……

"请问成老师在吗?"

在等了快一个小时后,喝了一个小时的"茶"后,邢清终于再也忍不住,问一个摄影助理。

"呃,他……他……我也不太清楚。"小助理胆子小,不敢说实话得罪成俞,又不敢说假话欺骗她们。

"他究竟来没来?我们已经等了快一个小时了。"

"要不，阮姐、邢姐，我们去咖啡厅等一下吧，我们杂志社的咖啡很好喝……"

"不用了。"阮胭出声，视线越过小助理，看着和成俞一起走出来的宋筠以及另一个高挑的女人。那个女人戴着口罩和墨镜，看不清脸。三个人一路相谈甚欢。

隐约有一两句谈话传过来："你放心，筠筠，叔叔肯定不会让她好过的。"

成俞说完这句话时，阮胭注意到那个戴着口罩的女人脚步一顿，微微摇头，墨镜外露出的眉头皱起，那都是表示不赞同的微表情。

果然，才说完这句话，他们就来了会客厅。和阮胭等人的视线在空中一撞，尴尬毫无征兆，像水一样泄出来。

成俞小声地对小助理说："不是让你把人带去咖啡厅晾着吗，放这儿什么意思？"

小助理说："她们不去啊……"

邢清性子急，不想和他们废话："我们过来和成老师定选题。谢导那边想必也和您沟通过了，这次的电影宣发要得很急，所以我们也是真的耽误不起。"

"嗯。可是我最新的一个选题已经在刚刚和宋筠他们团队谈妥了。如果你们急，我还是比较建议换一位老师……"

邢清直接把原本在手里翻阅的杂志"啪"的一声拍到桌上，打断他："成老师，你什么意思，早在十天前我们就联系您了吧？如今临门一脚又说没时间、没主题了，虽然我们没签合同，但良心总不能不要吧？"

成俞一脸歉意地说道："对不起，真不是故意的，实在是帮不了你们，选题策划案我已经给宋筠了。"

阮胭看了一眼宋筠。她下巴微抬，稍许的得意从眼里流露出来。

果真演技不过关，连点儿喜悦都藏不住。阮胭这样想。

阮胭边拉着邢清朝外走去，边说道："不用了，我们走吧。邢清，打电话给相熟的摄影师，看他们能不能抽出档期，另外，赶紧去找两个工作经验丰富的策划，把选题报上来，我们直接审核确定，然后交给摄影师进行筛选。"

"好。"

两个人踩着高跟鞋稳稳地往外走,尤其是阮胭,仿佛没事人一样,似乎对这个麻烦完全不在意。

"等一下。"忽然有道温柔至极的女声响起。

那个高个子女人摘下了口罩和墨镜,五官彻底露出来,把邢清看得心头一跳。

这个女人……怎么和阮胭这么像……

比宋筠像阮胭多了!尤其是那双眼睛。

如果说阮胭和宋筠的凤眸有七分相似,那么眼前这个女人,倘若同时蒙住她与阮胭的半张脸,不让眼里的情绪泄露,恐怕连邢清也分不清。

"您是?"邢清问。

"宋叶眉,我的姐姐。"宋筠说这话的时候,明明该对着邢清表达,眼睛却紧紧地盯着阮胭。

是熟悉的看好戏的眼神。

"阮小姐好。"宋叶眉看着她。

阮胭对她微微点了点头:"宋老师也是摄影师吗?"

宋叶眉没说话,成俞先替她把话说了:"叶眉是摄影专业,科班出身的。拍的东西很有灵气,很早就拿了许多国内外大奖。"

宋叶眉没理会成俞的奉承,只是温和地看着她:"阮小姐愿意让我试一试吗?我们拍'海水边的阿狄丽娜'。"

阮胭只打量了她片刻,便说:"好,明天我们就来试拍。"

"嗯。只是我们还缺一个道具,一艘具有年代感的汽艇。现在能借到的游艇都过于崭新,不具有入镜的艺术感。"

宋叶眉停了一下,看着阮胭二人继续说:"如果能借到,当然最好。借不到的话,我们再想办法。"她说话的声调温柔又有力量,让人不自觉地点头。

宋筠立刻笑了一下:"还去借什么,劲哥那里不就有一艘吗?让他找人开过来就是。"

宋叶眉摇摇头："那是阿劲他父亲送他的十周岁生日礼物，他嘴上不说，但我看得出他很珍视。"

"再珍视，你开口，他还有不借的道理？"宋筠冲宋叶眉挤眉弄眼，那是只有她们才懂的默契。

宋叶眉无奈地叹口气，问阮胭："你们介意再等我一会儿吗？"

阮胭依旧是淡淡地笑着："不介意。"

宋叶眉拿出手机，给沈劲打电话。只响了两秒钟，就立刻被他接了起来。她走到窗边，声音低低的，依旧是那温柔又坚定的调子。

他们不知说了什么，她的嘴角始终挂着恬淡的笑。到了最后，她低声喊了句："阿劲——"是无奈的语气。

片刻后，宋叶眉朝他们走过来，笑着说："明天我们去试拍吧。"

宋筠忍不住偷偷观察阮胭脸上的表情，然而依旧令她十分失望。

阮胭仍是那副清冷的模样，没有一丝变化，好像只是在看一个陌生的女人给男朋友打电话一样。

事不关己，高高挂起。

甚至最后还对她们说了句"谢谢宋老师"才离开。

回去的路上，已经是傍晚。

街边的霓虹灯亮得璀璨，邢清开着车，窗外的灯仿佛变成流星横向闪过去。

邢清跟阮胭感叹："看来讯光科技的总裁果然名不虚传，一艘游艇说借就借，估计只要那宋叶眉开口，他怕是送也愿意。"

阮胭"嗯"了一声，没多说。

邢清继续和她唠嗑："我看你家那位出手也不赖，是哪家的公子？什么时候带出来见见？让我也感受一下想坐游艇就坐的滋味呗。"

风呼啦呼啦地吹着，阮胭还在看街角的灯，但车速太快，没有一盏灯是她能看得清楚、抓得明白的。

过了一会儿，她说："也不是我家那位，马上就要分开了。"

邢清猛地刹住车："什么，你要分手？"

"嗯。"

"为什么?"邢清问她,"是他长得太碴碜了?"

邢清没见过阮胭的男朋友,但她知道,很多女明星找的男朋友都挺一言难尽的,往往颜值都是与财富值成反比……

阮胭摇头,一双沉沉的黑眸忽地映在她脑海里。

她说:"不是。"

"那你干吗和他分开?有钱,出手又大方,别人送女朋友衣服都是一件一件地送,他直接送一屋子,而且我听方白说你上次在片场被砸,他还差点儿为你打人是不是?后来怕你累到了又请医生过来帮你……我觉着挺好的啊。"

阮胭垂下眼睑,敛起情绪,淡淡道:"那你和他谈恋爱试试?"

邢清:"……"

倒也不必。

车子稳稳地停在清和别墅。从外往里看,在月光下只能看到它精致的外观,而屋子里的窗户,一盏灯都没亮。

阮胭皱着眉开门后,发现屋里一个人都没有。

这个点,本该下班的沈劲没在,连张晓兰也不在。

楼上的卧室里有轻微的响动。

应该不会是歹人,这个别墅区每年的物业费极其高昂,安保工作是全清和市做得最到位的。

于是她试探地喊了一声:"沈劲,是你吗?"

窸窸窣窣的声音立刻停了。

她踩着楼梯上去,脚踏在羊毛地毯上,声音被悉数吞没。

她伸出手,试探地推开卧室门。然而,只是刚伸了只手出去,整个身子立刻被拽了进去。

他的大手捂住她的眼睛,热气争先恐后地扑在她耳后。

"阮胭,过来。"

他左手搂着她的腰,如同牵引一只温顺的羔羊,将她牵至二楼平日里堆放杂物的房门前。

猎人俯身在羔羊的耳侧,极其危险、极其引诱地对她说:"推开它。"

他收回遮住她双眼的手,握着她的手,陪她一起拧开那扇门的把手。

"沈劲。"她忽地抽回手,一种无端的恐慌弥漫在心头。

未知即危险。她不习惯这样陌生的他。

"推开它。"他紧紧握住她的手腕,不让她离开。

下一秒,门把手被他强迫着拧开——

这是一个幽暗的世界。没有灯光,没有烛火,只有光明,只有一个巨大的,占据了几乎半间屋子的大型水族箱。

里面游动着一群又一群的蓝尾孔雀鱼。

漂亮的尾巴浮动在水中,月光透过玻璃,投射出一束一束细而小的光线,落在鱼儿们身上。

"喜欢吗?'张晓兰'死了,还有'李晓兰''王晓兰''宋晓兰''江晓兰'……只要你想,我可以再为你建一座'晓兰水族馆'。一千条、一万条,甚至十万条孔雀鱼,都是你阮胭的。"

持枪的猎人站在羔羊的身侧,双手是危险的枪支,抵着她的下巴,双眸危险,注视着她的一举一动。

"喜欢吗?"

阮胭忍不住往后倒退一步。

所有的鱼群仿佛也跟着掉了个头,纷纷凝视她。

她深吸一口气,努力让自己平静下来。

她掐了掐自己的手心,最终抬起头来,直视他:"不喜欢。"

"你说什么?"

"我说,我不喜欢,不喜欢,沈劲。"

这句话很玄妙。如果不加以停顿,如果说快了一秒钟,哪怕只是一秒钟,那么它就是——我不喜欢沈劲。

他眯了眯双眼。

酒店的工作人员说,他给她点的菜,她一口没吃;邢清说,他送的衣服,她一件也没有穿;而现在,她的鱼死了,他就给她造一座鱼馆出来,这里有二百五十条鱼……她要什么,他就能给什么,她还有什么不满足?

他打量着她,问道:"为什么?"

"今天不是我的生日。"她的语气有些疲惫。

"你身份证上是这样写的。"他查过她。

如果这天不是她的生日,那他每年让向舟给她送礼物时,她怎么没有指出来?

"真的不是。而且我不喜欢过生日,很不喜欢。"她的语气诚恳真切,几乎是在拜托他别准备这样的惊喜。

"行。"沈劲不再说什么,仿佛一切都没发生一样,把门关上,也把那些惊恐的鱼群一并隔开。

"今天做了什么?"他问她。

"今天去拍了宣传照。"她停了停,"我的摄影师很特别。"

他闻言,眼眸微动:"怎么个特别法?"

阮朐说:"她很漂亮。"

"还有呢?"

"她拍的照片很好看。"

"是吗?哪个摄影师?"

"宋叶眉。"

他缠着她头发的手指微顿:"嗯。我认识,她拍人物一向很出名。"

"他们都——"阮朐停住,看着他黑沉沉的眼睛。

"我和她长得很像。"她补了一句,"比宋筠还像。"

他一下子就品出味了。

原来问题是出在这里。她知道了吗?

她知道了他把她当替身,所以这些天才如此反常?才越来越变本加厉地玩欲擒故纵?

羊羔用犄角撞击猎人,借此吸引他的注意力?

但实际上,是在对他发出信号——逮捕我吧?

所以,是太过在乎他了吧?

"是有些像,尤其是这双眼睛。"他抬手,按住她的后脑勺儿,让她逼近自己,让那双潋滟的眸子贴近他的唇,"但是我希望你这双眼睛只看到该看到的东西,别去看不该看的东西。"

该看的，比如他，比如钱，比如他能给她的地位。

不该看的，一切他不想给的，都是她不该看的。

"嗯。"她的热气喷在他喉头的疤上。

"我要回去休息了，明天去拍宣传照。"

"等一下——"他拉住她的手，指尖在她的手背上轻轻地摩挲，"今天想要了吗？"

既然弄懂了她这些日子突然变得古怪的源头，他也就不再掩饰。她很爱他，他乐意在某些方面宠她，努力让她快乐起来。如果，做一些让两个人距离更近的活动，能让她的心情好起来，他也不介意陪陪她。

"不了。"她悄无声息地推开他，"生理期。"

他有些遗憾地松开她，却也不再勉强。

晚上睡觉的时候，他照例紧紧地搂着她。

她的睡相向来很乖，像只动物，蜷在一起。像刺猬，像猫，像位于母体中的婴儿。在心理学上，这样的姿势是没有安全感的体现。

阮胭，你没有安全感吗？

怕什么？他这辈子都不会和宋叶眉在一起，他有分寸。只要阮胭乖乖的，他会一直一直和她在一起。

一直一直……

心里出现的这四个字，让他自己也大吃一惊。

他关掉灯，把人搂得更紧了。

第二天，两个人都起得很早。阮胭醒过来的时候，沈劲已经去公司了。

她也收拾好衣服，开车去杂志社拍宣传照。

宋叶眉已经早早到了那里。她正站在窗前，调试相机的镜头。她穿着一身裸色的连体裤，衬得人高挑纤瘦。

不得不承认，她是极美的。

那样的眉目，和阮胭时常的清冷不一样。宋叶眉很温和，就像是一株水仙，静静地立在那里，光是看一眼，就让人想去温柔凝视。和她相处起来，也是极舒服的。她就是拥有那种磁场，让人不由自主地变得平和而舒适。

"你来了？"宋叶眉说话的时候，还贴心地递上来一杯温水。

"谢谢。"阮胭接过水。

她们在等杂志社派车送她们去拍摄地，两个人便坐下来闲聊。

宋叶眉说："你在此之前，有听过阿狄丽娜的传说吗？"

"听过。"阮胭抿了口水，对她笑笑。

陆柏良的硕士论文是关于希腊医术史的研究，那段时间，她读了许多与希腊有关的书籍。

皮格马利翁，一位厉害的雕刻家，爱上了自己雕刻的艺术品——一座美丽的女人雕像。

那就是"阿狄丽娜"。

"听过就好，你对这个主题越理解，我镜头里的情绪也越好捕捉。"宋叶眉也对她笑。

阮胭点点头："嗯。"

"听说你以前是学医的？怎么来学表演了？"宋叶眉给自己倒的是拿铁。她优雅地握住杯子，瓷身贴在她的小拇指处，瓷器与手指都很白。

阮胭没什么掩饰地答道："想成名。"

宋叶眉挑挑眉，没想到她会这么直接，但也只是笑了一下："会成名的，你很漂亮。"

"谢谢。宋小姐呢，一直是学人文摄影的吗？"阮胭问她。

"嗯，从前在国内学过两年，结婚后和丈夫一起去了英国，在那边又学了三年。算是一直在和摄影打交道吧。"她笑着回答。

阮胭环视了一下，这个房间算是《本质》给宋叶眉的工作室。窗明几净，屋子里挂满了照片，是不同女人的写真，都很漂亮，拍摄的角度大多不猎奇，很平淡，却细腻，光与影都被用得恰到好处。女人拍女人，的确很能找到彼此最美的点在哪里。

但阮胭注意到角落里，墙上那张最小的照片，拍的是一个大峡谷。

在宋叶眉的镜头下，雨水丰沛，冲刷着赤裸的岩石。视角很宏大，在一堆女人的写真里，显得有些格格不入。

"你一定很喜欢这张照片。"阮胭说。

"为什么你会这样觉得？它的篇幅那么小，只不过是我房间里刚好差一张点缀的风景照，便将它挂在那里而已。"宋叶眉的目光依旧恬淡。

"可是那里正对着你的办公桌，按照桌面高度、你的身高以及人体视线的惯常移动角度，这个地方，恰好是你一抬头就能看到的。"阮胭顿了顿，才继续说，"唯一一张。"

宋叶眉对她笑笑，没否认，也没肯定。

助理进来告知杂志社已经调到了车，可以前往西海外拍。

阮胭的目光在那张峡谷照片上停留了半秒，便跟着走了。

西海是清和邻市江城的一个海域，不是很大，风景却很好。

按理来说，《本质》照片的取景地应该都是要精心策划的，但宋叶眉把地点定在了这里。

她说，这里的龙沙宝石月季开得很好，很适合阿狄丽娜佩戴。

于是在阮胭化好妆后，宋叶眉又给阮胭摘了很多的龙沙宝石月季，亲手为她插在白色的编织帽上。

宋叶眉在岸边给她拍了许多照片，每张都很漂亮，宋叶眉的确是一位技术相当到位的女摄影师。

拍得差不多的时候，宋叶眉表示接下来可以去游艇上拍了。

宋叶眉问自己的助理小圆："驾驶员联系好了吗？"

"联系好了。"小圆指了指已经坐在游艇里等候的驾驶员。

宋叶眉问阮胭："那我们上去吧？"

"好。"

最后，宋叶眉的助理小圆留在岸上等她们。阮胭、宋叶眉，还有方白，三个人上了船。

开船的是个中年男人，有点儿胖，看到插了月季、却人比月季还妖娆的阮胭，红着脸打了个喷嚏，脸甚至变得越来越红。

方白偷偷跟阮胭地小声道："宋老师这找的什么人，怎么看起来色眯眯的？"

阮胭看着男人通红的脸，没说话。她不觉得那是色眯眯，而像是……

"走，我们去外面多拍几张。"宋叶眉拍拍阮胭的肩膀，对她说。

阮胭"嗯"了一声，看了一眼仍然满脸通红的驾驶员。

出去的时候，宋叶眉特地向驾驶员指了指开到距离岸边多少海里的地方，这样他们拍出来的照片才会视觉效果更好。

"你知道我为什么要找你拍阿狄丽娜吗？"拍了一会儿，宋叶眉坐在甲板上休息，忽然问她。

"为什么？"阮胭顺着她的问题问道。

"因为我觉得你不像阿狄丽娜，你像皮格马利翁。"宋叶眉看着她，仿佛把一切都看穿了似的，"你和阿劲一样，都是皮格马利翁。只有我和陆柏良，才是你们的阿狄丽娜，对吗？被你们爱戴，被你们仰慕，被你们崇敬。无论你们如何挣扎，我们依然是高高在上的美丽神像。"

宋叶眉依旧笑得温婉。侧目的瞬间，却像极了某种伺机而动的、却最易被人忽略的温婉蛇类。

阮胭问她："你查我？"

"嗯，查了一些。你不喜欢阿劲吧？"宋叶眉嘴角的笑意很浓。

阮胭不言语。

"那不如把他让给我吧，我比你更需要他。"

让给她。

她这种凉凉的语气，让阮胭裸露的肌肤浮起一层淡淡的鸡皮疙瘩。

"怎么让？"

"你和我，今天掉一个下去。"宋叶眉笑开来，及肩的头发被吹得向后扬起，笑得像要消失。

"你想做什么？"阮胭皱了皱眉。

宋叶眉偏过头看她，忽然张开手，说道："算了，还是我不小心摔下去吧。好像男人的怜悯更值钱一些。"

游艇忽然剧烈地摇晃了一下。

宋叶眉一个趔趄，也跟着船身一起晃了下去。

阮胭眉头一紧，正准备喊她上来。方白就急匆匆地跑来，喘着粗气，焦急道："阮姐，那个驾驶员师傅，他好像……要喘不过来气了，他的脸全部青了……"

阮胭看着已经掉入海中的宋叶眉，又看了看驾驶舱，只犹豫了一瞬间，便问方白："你会游泳吗？"

方白摇摇头。她只会爬树，不会游泳。

阮胭又看了一眼还浮在水里露了个头的宋叶眉，说了句："那她爱泡就泡吧，反正死不了。过来，跟我去救人。"

那个驾驶员师傅已经一头栽倒在桌上了，整张脸都变成了紫红色。

阮胭远远看了一下，然后立刻摘下头上的帽子和那堆月季扔进海里。

"快，方白，把窗户打开。

"找找他身上有没有沙丁胺醇气雾剂，他有哮喘！你去他身上找，我身上到处是花粉。"

"阮姐，是这个吗？"

"是。"

阮胭教了方白如何使用后，又连忙跑出去看宋叶眉。

她仍在水里起伏，就靠在游艇下，只是脸色已经发白，完全没有刚"落水"时的从容了。

"阮胭……拉我上去，我……我的胃病犯了……再待下去我会死的。"宋叶眉咬着唇，这下真的不是装出来的虚弱了。

阮胭冷冷地看着她："你死了活该。你把这一堆花拿过来的时候，你把那个有哮喘病的师傅找过来的时候，你没想过他有可能会死？"

"他有药，不会死的。"

"宋叶眉，你真的让我觉得无比恶心。"

宋筠虽然心思下作，但从来不会干伤人的事情，宋叶眉却是真真切切藏得最深的一株食人花，五脏六腑都已经烂透了。

阮胭忽然就想通了，这人世间，多的是这样的宋筠和宋叶眉。

——我们谦卑，我们忍让，我们宽容，我们大度，我们温良恭俭让。可是，不过是为这么多个宋筠和宋叶眉创造了一个任由她们恣意妄为的失乐园。

所以，凭什么？

阮胭摸了摸隐隐作痛的下腹，闭了闭眼，咬咬牙，一鼓作气跳入水中。

"你……你干什么?"宋叶眉看着突然下水的阮胭,一种无端的惊恐浮上来。她下来干什么?她只需要把自己扶上去就行了。

"干什么?"阮胭重复她的问句,彻底笑开来,

"干你。"阮胭说完就抓起宋叶眉的长头发,把她死死地往水里摁。

宋叶眉的胃病是真的犯了,又在水里泡了这么久,浑身虚弱,哪里拧得过阮胭。

阮胭牢牢地扣住宋叶眉的后脑勺儿,每让她在水里捂十秒钟,就捞起来两秒钟,再摁进去十秒钟,再捞起来……如此循环反复。

宋叶眉已经记不清自己被呛进去多少水了,直到她以为自己要被阮胭玩死的时候,对方忽然捞起她的身子把她往船上带。

"既然查了我,怎么就没查清楚呢?没查到我那早死的爹妈是开船的吗?沈劲这破游艇对我来说,不过是个玩具而已。我告诉你,我今天不仅要玩死你,我还要救活你,还要亲自开着游艇把你送回去。"

阮胭轻轻拍着躺在地上奄奄一息的宋叶眉的脸,轻嘲道:"宋叶眉,你凭什么啊,凭什么把别人的生命不当回事?"

沈劲匆匆赶到医院的时候,宋叶眉正躺在病床上。

游艇驾驶员也躺在隔壁房的病床上。

阮胭捂着小腹,坐在走廊的椅子上,唇色依旧惨白。

沈劲问医生他们的情况。

医生说:"宋小姐落水了,肺部吸入过多海水,且胃痉挛犯了,情况有些严重;那位师傅吸入过多花粉,哮喘犯了,情况也不太乐观……"

沈劲又指了下阮胭,问医生:"那她呢,有什么事没有?"

"没有。"

沈劲握紧了拳头,把方白和小圆都叫过去问话,弄清楚了大概的情况后,只问了阮胭一句话:"为什么四个人里,只有你和你的助理没事?"

阮胭忽然就笑了:"所以呢?我把那个师傅的命保住了,我把宋叶眉从海里救起来,我把游艇开回来,就因为我命大,我惜命,所以我就要成为你的怀疑对象,是吗?"

沈劲皱了一下眉:"阮胭,你冷静一下,这件事必须有个解释,叶眉的丈夫……"

"别说了,沈劲,你用这种怀疑的目光,一上来就质问的目光,多看我一秒都让我觉得反胃。"

阮胭捂着一阵一阵抽疼的小腹,急剧的下坠感全部堆积在那里。

突然剧烈爆发的疼痛让人的大脑也短暂失控,于是她说:"我不想陪你演这替身的戏码了,沈劲,我们分手吧。"

"阮胭,你知道你在说什么吗?"沈劲看着她,有那么一瞬间,他甚至以为自己听错了。

她是在拿分手威胁他吗?

阮胭点头,不甘示弱地看着他:"我知道,我很清醒,甚至这两年来,我从来没这么清醒过。我想和你分手,沈劲。"

沈劲的右手五指已经用力攥起,青筋鼓起在腕处,然而他把手背在了身后,没有人发现。

他面上依然不动声色:"阮胭,我希望你不要用分手来逃避。把今天这件事情解释清楚,我可以当什么都没发生过。"

"不必。具体发生了什么,你可以等开船的师傅痊愈了去问他。我没有给你解释清楚的义务;其次,在我说出分手的时候,就已经把这一切都当成什么都没发生过了。"

阮胭顿了顿,苍白的双唇吐出一句话:"我说的什么都没发生过,指的是我们这两年,而不是今天。"

医院的高级病房走廊里,此刻安静得仿佛针尖落地的声音都可以听见。

吊灯的光自上倾泻而下,把她的脸色照得越发苍白。

她看着沈劲,一双眼里很平静,比泻下来的光束还要平静。

只有沈劲那个"好"字偏偏就如在喉头烙了印一样,无论如何就是滚不出来。他的拳头越握越紧,最后,他深吸一口气:"阮胭,宋叶眉的丈夫是我的堂哥,不是个善类,手段阴狠,你动了她,会被他发疯般地报复。我不是在逼你,也不是在怀疑你,我是希望你把事实一一解释清楚,我帮你善后,懂吗?"

阮胭看着他，目光没有移动半分。

"听话，别闹了。"沈劲伸出手，想去牵她的手，大手触及那柔弱的手腕时才发现她的右手一直在抖。

"你……你怎么？"沈劲这下是真的慌了。

他把她的手拽过来，她却抖得更厉害了，连带着指尖都在发颤。

"阮胭。"他喊她的名字。

她一句话也不说，只想把手抽出来。

他紧紧攥住她的手腕，不肯放。

"告诉我，你怎么了？"

她伸出另一只同样在颤抖的左手，虚浮地想拨开他的手。

"放开。"她从牙齿里挤出这两个字。

沈劲怕伤到她，只有依言松开了手。

下一秒，她立刻抽回去，仿佛在避开什么秽物一样，那样的姿态，就像是一根针，扎得他的眼睛发疼。

阮胭哆哆嗦嗦地从包里拿出镇静药物，水都不喝，直接生硬地干吞。

由于吞得太急，她的喉咙发出一阵一阵的干呕和咳嗽。

沈劲连忙跑过去，拿纸杯替她接水，也是在那个时候，他才发现自己握住纸杯的手也在颤抖。

他掐了掐自己的掌心，让自己镇定下来。他把水接好后，递给她："喝水。"

阮胭早已经把药吞下去了，看都没有看那纸杯一眼。

"沈劲，我们真的结束吧。"

沈劲却像没听到一样，问她："你在吃什么药？"

"沈劲，分手。"她看着他，眼神倔强。

"说，你在吃什么药？"

"我说，分——手。"

"我问你在吃什么药！"

沈劲"啪"的一声把水杯扔到地上，水流了一地。

"镇静药物，我不能下水，有严重的应激反应。整个身子一泡到水里，我就变得像只瘟鸡一样,浑身上下抖得不能自理,我吃的就是这种治疗疯子的药物。"

阮胭看着他,抿着唇,眼神尖锐又倔强,"怎么样?我说完了,现在我们可以分手了吗?"

沈劲的喉结滚动。

说不出口,他真的说不出口。明明是最简单的两个字,却像是被石头哽住了喉咙一样。

阮胭却不想再等他的回答,吃过药,她的四肢渐渐稳定下来,自己捂着小腹往外走去。

看着她趔趄的背影,他才想起来,她昨晚说她的生理期来了。

那她现在是不是很疼?

疼着下水,疼着自己在茫茫海上开船回来,疼着和他争执,疼着和他说分手。

他闭了闭眼,走过去想扶她:"阮胭。"

"别过来。"阮胭没有回头,自己扶着墙,一步一步地往前挪,"算我求你。"

沈劲动了动脚步,最后还是给一直在医院外等候的向舟发了条消息:"把她送回去。"

发完,他关掉屏幕,走进最角落的那间病房。

"阿劲,是你吗?"病房没有开灯,宋叶眉躺在床上,看不到来人,却闻得到他身上的气息。

"嗯。"沈劲没有伸手开灯。

黑暗里,两个人谁也看不清谁的脸。

"还痛吗?"他问她。

"还好,不痛了。"她说。

"嗯。"他说。

两个人又陷入无言的状态中。

"阿劲,可以把窗帘拉开吗?别开灯。"宋叶眉的声音是飘着的。

沈劲依言照做。他把窗帘拉开,淡到几乎快要消失的月色和路灯光束落进来。

她说:"阿劲,你还记得吗?你十岁的时候被沈伯伯锁在房间里,一锁就是七天。那七天,每天晚上我都去陪你。那时的月亮,和现在的不一样,要大一些、圆一些、亮一些,你觉得呢?"

"嗯。南城的月亮很好。"他靠在窗边。

她看着他。男人挺拔的身材在冰凉的月色下显得冷冽。她忽然觉得,她小时候照顾着的这个孩子,在这些年里,早就长大了。

他变了,是吗?

"阿劲,我今天很痛。"这是最后一句,她的试探。

他沉默良久才说:"以后照顾好自己,别再伤害自己了。"

她的表情剧变,难以置信地看着他。

"我没怀疑她。"他偏过头,看见夜色里,向舟替楼下那抹单薄的影子打开车门。她微弯着腰,坐了进去。

宋叶眉躺在床上,一颗心彻底沉寂:"如果……如果我以前拒绝了那桩荒唐的婚事,你是不是会……"

"不会。"他打断她,"你不会拒绝。"

宋叶眉所有的防线被他这句话一击即中,全盘崩溃。

"是,我是不会,可是你呢?你也不会!你不会来!我在机场等了你那么久,然后呢?我什么也没等到。"

"我去过。"他拉上窗帘,所有的月色被隔开,房间再度恢复昏暗。

满屋寂静,只剩他粗重的呼吸。

"去的路上,我遇到了意外,你见到的喉咙这道疤,就是当时留下的。我以为我会死,可是我没有。我到的时候,看到你的那趟航班飞走了,那时我才知道,我是真的死了。我没有对不起你。"说完,他在黑暗里转身。

宋叶眉的手紧紧地攥着床单,问道:"你还会帮我吗?"

"会。但不会是因为喜欢。顾兆野、周牧玄,他们谁出了事,我都会帮。你也是。仅限于此。"

最后,他喊了她一句:"堂嫂。"

他关上门离开的刹那,屋里的呜咽声传出。

宋叶眉一声又一声压抑的哭声回荡在走廊里。

阮胭回了家，屋里的灯光大亮。

张晓兰连忙跑出来迎接她："夫人，你终于回来了！"

阮胭扯了扯嘴角，有些疲惫地笑笑："嗯。"

张晓兰连忙给她端了一杯热水："这是怎么了？弄得这么湿。"

指尖触及热水的一瞬间，阮胭才觉得自己有活过来的迹象。

"没什么，今天拍杂志，把身上打湿了。去帮我把止痛药拿来好吗？"

张晓兰听话地去医药箱里找，一边找，一边跟阮胭絮絮叨叨："夫人，你知道我昨晚去哪里了吗？"

"去哪里了？"阮胭很配合她。

"嘿嘿，沈总说要放我假，给你准备生日礼物，所以我昨晚就和一个男生去看电影了。"

"嗯，恋爱了？"阮胭问。

"嗯，他说我瘦了，瘦了好多。"张晓兰把止痛药拿给阮胭，红红的脸上变得更红了，"夫人，我这才知道，原来你让我每天跟着你吃蔬菜沙拉，每天走路去城西买鱼食，不是为了报复我以前天天喂您喝大骨汤，是为了帮我减肥。"

阮胭服下药，神色未变："你想多了。"

"嘿嘿，夫人就是刀子嘴豆腐心。"张晓兰笑得开心，"希望夫人和沈总也好好的，你们这么般配。"

"般配吗？"

"嗯！般配！"

"哦，我去睡了。"阮胭恢复了些精神，就往楼上走去。

张晓兰看着她疲惫的背影，忽然想到一件事："夫人，你别怕，鱼没了，你还可以养鸟嘛。"

"养什么鸟？"

"比如鹦鹉啊，我们镇上以前的陆医生就有一只鹦鹉，叫'张德全'，可惜不会说话，但是会叫，这不比您养鱼有趣多啦……"

"你说他养了什么？"阮胭猛然顿住脚步，问她。

"鹦鹉啊。"

"鹦鹉吗……好,我知道了。"

阮胭扶着楼梯,一步一步,慢慢地往上走。

她这晚还有很多事情要做,比如要收拾带走的东西,比如提前找下一处落脚的房子,比如彻彻底底离开沈劲……

第四章
我只想和你分手

RU CI MI REN
DE TA

星雾会所。

光滑的大理石桌面上,摆着二十瓶啤酒。啤酒被人拧开,啤酒花立刻冒出来。

"喝几杯?"一个穿着西装的男人,身子半隐在沙发里。

"堂哥想让我喝几杯?"沈劲坐在他对面,嘴角浮着笑,笑意却未抵达眼底。

沈崇礼手里转着打火机,漫不经心地看着这个传闻中的堂弟。当年还是个想和他抢女人的毛头小子,如今竟然长成了一手把讯光科技做起来的传奇。

传奇?

可惜,他这个人,最喜欢摧毁传奇。

沈崇礼把打火机扔到桌上:"先来三杯吧,当见面礼,怎么样?"

"可以。的确很久没有见到堂哥了。"沈劲端起杯子就往嘴边送,一杯接一杯,泡沫花在杯子里浮沉。

三杯下去,沈崇礼依旧在笑,说道:"再来三杯,为你这么久还没拿下耀丰医疗的案子。"

"可以。"沈劲依言,又端起三杯喝下去。

沈崇礼笑得很满意的样子,屈起指节,在桌上敲了三下:"最后三杯,为你的情人向我赔个罪。"

这下沈劲笑了:"她是什么身份?还不配让我替她赔罪。这三杯我喝了,不过,是为我没照顾好堂嫂。"话音落地,他浑不在意地端起三杯,一一送进嘴里。

沈崇礼看着他一杯接一杯地喝,才心满意足地笑了:"三年不见,倒是比以前能屈能伸了。"

沈劲没说话,双眸沉静,等他继续说。

沈崇礼点了根烟,长腿跷起,笑得有些邪气:"只是,你家小情人的那个罪,还是要赔的,看把你嫂子都害成什么样了。"

"堂哥想怎么样?"

"说实话,你小时候和你嫂子的那丁点儿微妙情绪,我是知道的。我听说她和你嫂子长得很像，要不你把你那个阮胭送过来，让我仔细看看她和你嫂子到底有多像……"

他话还没说完，沈劲就幽幽地喊了一声："堂哥。"

"怎么，不愿意？"沈崇礼咬着烟，依旧是半倚在沙发里，灯光把他的脸照得恣意放荡。

"我不喜欢把玩具借给别人玩。"他捏着杯子，尽力克制，以免因为过度用力而将杯子猛然捏碎。

"玩具？"沈崇礼把烟拿出来，笑得肩膀直抖，"你小子，还真把人当个玩具，你比我还狠。"

沈劲不声不响地又喝了一杯酒："耀丰医疗我不做了，全部交给堂哥，以前的、以后的，与这个项目有关的，全部交给堂哥。今天我那个玩具玩出来的这件事，一笔勾销，怎么样？"

"弟弟，你这个样子，让我对那个玩具突然更感兴趣了。你是知道的，我最喜欢做的事，就是和你——"沈崇礼打量了他片刻，蓦地笑开来，"抢东西了。"

"那你可抢不走了。"沈劲看着沈崇礼，对上他狂妄的目光，说得笃定。

——她爱惨了我。

沈劲在心里补上这句话。

他相信，他和阮胭仍有回旋的余地。

这晚的她，或许只是因为害怕，因为摊上事了、摊上大事了而害怕，人在极度恐慌下说出的话，他一个字都不会信。

现在，他帮她把问题都解决了，她就会回到他的身边。

有点儿小心思也没关系。

他可以接受。只是，不能离开他。

他又倒了杯酒，一饮而尽。

阮胭看着眼前晃荡的红酒，大脑有片刻的放空。

红酒有助于思考，她很喜欢这种精神处于麻痹与清醒之间的感觉。

这个时候，她的脑子能够达到思考的最佳状态。

"方白,两个小时后来清和别墅接我。"

她刚发完这条短信,方白的电话就打过来了。

"胭姐,怎么了?这么晚了,你要去哪里吗?"

"随便去哪里,先去酒店吧。"

"你……你是和姐夫分手了吗?"

"嗯。"

方白听邢清说过,阮胭有男朋友,还是个送一屋子高定礼服的阔少。

只是,想到这天在医院里冷声质问阮胭的那个男人……那个人好像是姐夫。方白不知道沈劲和宋叶眉的关系,她只是在想,这个姐夫是不是误会胭姐是个心思歹毒的女人了……

"胭姐,你别难过,你放心,我马上过去接你。实在不行,我们跟姐夫解释清楚就好了。"方白斟酌了一下说辞。

"谁说我难过了?"阮胭听了反倒笑了,"你也不用去解释。"

"啊?"

"我没有难过。"

阮胭晃了晃酒杯子,此时她已微醺。她爱在这个时候运转大脑,这让她感到兴奋、清明、通透。

"方白,我教你一个道理,一个宋叶眉一直错了的道理。"

"什么?"

"男人不值钱,男人的怜悯也不值钱,只有男人的愧疚才最值钱。不用解释,沉默打破了就不是沉默,委屈说出口就不是委屈了。"

真正要离开,就要把他最后的一丝愧疚也算计进去。

这样才可以离开得足够彻底,不留余地。

"胭姐,我没听懂。"

"没关系,来接我就好。"

酒杯里空空如也,而盛酒的玻璃杯依旧剔透。

沈劲放下空了的杯子,和沈崇礼道别,出了星雾会所。

上车的时候,他按住眉心,对前排的向舟说:"查一下国内有哪些治疗应激障碍症的专家,帮我约一下。"

"好。"

夜风吹过来,有些凉意。

他只眯了会儿,手机便响了起来:"沈总,夫……夫人她走了。"

车子行驶在大道上。此刻已经是深夜十二点,车少,行人少,灯和树影从旁闪过,好像整个世界都处于一闪而过的状态里。

沈劲单手支在车窗上,忽然开口:"向舟,你平时是怎么和你女朋友相处的?"

向舟愣住片刻,说:"就……她喜欢什么就给她什么,随时随地想着她、担心她,她开心了就陪她开心,她不开心了就哄她开心。而且女人嘛,都很喜欢撒娇,必要的时候,我们也可以撒娇回去。"

说完,他透过后视镜看了沈劲一眼,刚好对上他凌厉的目光,没来由一个哆嗦。

还是算了吧,他可别给沈总出什么馊主意了。

"嗯。"沈劲回应了一声,不再说话。

她到底喜欢什么,钱吗?他给的钱还不够多吗?

他不够担心她吗?她一出事,他总是最先出现的那一个,为她解决。

沈劲皱了皱眉,还是说,她喜欢撒娇的?

他无端想起闻益阳,那个年纪很小的男生看起来很会撒娇,她是不是喜欢那种男生?

沈劲仰头,按捺住想打人的冲动。

"到了,沈总。"

"嗯。"

沈劲进了屋,张晓兰对他说:"沈总,夫人拎着个行李箱就走了。我拦都拦不住……"

"什么时候走的?"

张晓兰说:"她回来大概一个小时后。"

沈劲说"好",然后背过身,上楼,走至楼梯口的时候,才又问她:"她出门的时候穿外套没有?"

"披了件薄外套。"

"嗯,那就好。"外面有些冷。

他上了楼,推开房间,摆设没有变化,连梳妆台上的那些瓶瓶罐罐,她都没有带走。

送她的衣服和包亦是,一样也没带。

沈劲这才恍然明白,她根本就没他想的那么爱钱,也没他想的那么在乎这些虚的。

也是,她那么乖,要是真的想攀附他,早就会利用他的身份,像宋筠那样,在他身上使劲捞资源了。

但她从来没有开口求过他。

沈劲掏出一根烟点燃。往日里阮胭在,他从来不在家里抽烟,现在她走了,多好啊。

他想干什么就干什么。

但为什么,明明自由了,却总觉得好像有根绳索被阮胭牵着,让他逃也逃不开。

他压住胸口的闷痛,深吸一口气,烦闷地把烟头扔掉,扯了扯领带,下楼去为自己倒水。

张晓兰还没有睡,正站在阳台上。

沈劲问她在做什么。

张晓兰说:"我在给这些栀子花浇水。"

沈劲想起来了,上次阮胭就是站在那里,把手放在栀子花架子上,花儿还没有开,白嫩的手就是花儿。

沈劲的喉头滚了滚,艰涩道:"早点儿去睡吧。"

张晓兰点点头:"嗯,等我浇完水就去睡。我已经把夫人的鱼养没了,不能再把她的花给养没了,不然她回来看到了得多难过。"

沈劲顿了一下,才说:"嗯,你好好照顾它们。"

嗯,她会回来的。

他点了根烟,出门去抽。

青白烟雾朦胧了他的侧脸。

他仰头,喉结上的那道疤,在灯下晦暗不明。

他犹豫了很久,最后还是下了很大的决心——

"在哪儿?"他掏出手机,给她发消息。

聊天界面上却收到了系统的一句话:请先发送朋友验证请求,对方验证通过后,才能聊天。

沈劲盯着屏幕上最后那几个字,按住屏幕的指节因用力而发白。

他给阮胭打电话,是机械的女声回应道:"您好,您拨叫的用户正忙,请您稍后再拨。"

无论打多少次,始终是这冰冷的提示音。

阮胭把他所有的联系方式拉黑了。

他想骂人,可是怒气之后,只有一种脱离掌握的无力感。

大晚上的她究竟去哪里了?

"查一下邢清和方白的电话,发给我。"沈劲打电话给向舟。

也是在这时候,他才意识到,阮胭的朋友,他一个都不认识,或者说,他甚至不知道阮胭有没有朋友。

他带她去见顾兆野和周牧玄宣示主权,但她从来没带他去见过她的朋友……

是因为太小心翼翼了吗?怕他不开心吗?

大可不必,他都说了他们可以公开。

向舟把邢清和方白的手机号码发过来后他逐个打过去。

方白犹豫了一下,看了一眼正坐在露台上吹风的阮胭。

阮胭对她微微颔首。

方白这才说:"嗯,我和胭姐在一起……嗯,我们在酒店。"

她犹豫了一下,转身问阮胭:"胭姐,他说想和你说话。"

阮胭摇头。

"胭姐说她不想。"

"嗯。那我可以加你的微信吗?你拍张照片给我,让我确认你们是在酒店。"沈劲顿了顿,加了句,"别告诉她。"

方白挂掉电话,沉默了会儿,还是通过了那个好友请求。

在风吹起的时候，她拿起手机，拍了张阮胭立在阳台上的模糊背影照，发给沈劲。

那边只是隔了半分钟，就立刻转过来五万块钱。

方白一头问号。

这个姐夫什么脑回路？

她只是不想让他们的关系这么僵着，想帮他一把，他转钱干什么？仿佛她是个卖情报的人一样……

隔了半秒，那边又发过来一句："谢谢。"

方白这下直接看都没看，钱也不收，干脆利落地把人拉黑。

这姐夫活该单身一辈子。

方白起身，对阮胭说："胭姐，你早点儿休息，明天还要和邢姐去看剧本。我就在隔壁，有事你叫我。"

"嗯。"

方白把门带上，屋里又恢复了寂静。

阮胭像以往一样，洗漱，收拾衣物，泡姜茶给自己喝，然后拉好窗帘。

一切收拾好后，她上床关灯，盖上被子。

她把自己裹得紧紧的，像沈劲以前做的那样。先把腿两侧的被子悉数掖好，还有腋下，接着两只手各抓着被子的一角，以一种被拥抱的姿势压紧，再压紧；最后蜷着身体，像猫，像刺猬，像母体中脆弱的婴儿。

阮胭早上醒来的时候，方白来接她。两个人到公司时，邢清已经坐在办公室里等她们了。

邢清依旧是一身白衬衫、黑裙子，风格干练："拍杂志的事情，我已经听方白说了，相信我，《本质》杂志我们绝不会再合作。"

现在对外的解释是游艇驾驶员突发哮喘，拍摄过程中，摄影师意外落水，所幸全员平安。

阮胭点头："嗯，让他们务必按时出刊，记得告诉《本质》，后期一定要摄影师亲自操作，我和宋小姐合作很愉快，也很欣赏她的拍摄风格。"

邢清有些惊讶："你还想把你的图给她修，不怕她故意将你修坏？"

阮胭说:"不怕,我纯粹是想硌硬一下她。你不觉得,让宋叶眉对着几百张我的脸,一张一张慢慢修,一个死角都不放过,这个场景,这种精神上的折磨,光是想想都觉得身心舒畅吗?"

邢清被她这番话说得怔住了,除去震惊,她不知道该说什么:"我决定了,以后惹谁都不能惹你。"

阮胭笑着抿了口水:"哪有那么吓人?"

邢清也笑,其实她还挺喜欢阮胭的性格。在这一行里,如果没有强大的背景、人脉和权势,一个新人要想出头是非常艰难的,而在出头之后,要保护好自己更是不容易。像阮胭这样的性子刚刚好,沉稳、不锋利,把刃藏着,被侵犯的时候,懂得隐晦地捅回去。

"跟你说一下接下来的工作安排。下星期是《两生花》的首映礼,还有一个宣传电影的综艺以及一个广告代言,现在我帮你审核了两个剧本。一个是谢丐把你推过去的,大IP改编的古装剧,可以吸引粉丝;还有一个是一部剧情片,演一个哑女,本子我看过,绝对是谁演谁拿奖的那种,但有个问题——"

阮胭问她:"什么问题?"

"这部片子的导演是周子绝,他拿奖的片子几乎都是讲述社会边缘人物的故事,叫好不叫座的文艺片,我也不知道他为什么会找上你。"

阮胭皱了皱眉:"有剧本试读吗?"

"有,我发你。"邢清手机,整理好文档发给阮胭,"女主角的声带受过损,相当于半哑,表演难度会很大,但剧本故事相当有张力。"

阮胭凝眉,喃喃道:"声带受损吗?"

"嗯,这个设定怎么了吗?"

"没什么。"片刻后,她抬起头,看向邢清,"你联系一下导演,看我们什么时候方便过去试镜吧。"

"你想接这个?"邢清有些讶异。

"嗯。"阮胭的目光闪了闪,下巴微抬,"是时候拿个奖了。"

讯光大厦。

"沈总,上个季度的财务报表和新项目的研究进度在这里。"向舟把文件夹放到桌上。

他了解沈劲,这个人表面上不着调,实际上所有重要的消息从来是只进行纸质版的汇报。

向舟看了他一眼,继续说:"另外,沈崇礼那边已经派人过来接洽我们和耀丰医疗的案子了。"

"给他。他就是条野狗,不从我身上咬口肉下来,他是不会善罢甘休的。阮胭现在没在我身边,我护不住。"

沈劲拧开笔盖,把向舟送过来的文件一一查阅,时不时伸手画两笔。

这支钢笔还是阮胭前年送他的生日礼物。

那时他们刚在一起没多久,她不知道他从来没有用钢笔的习惯,因为钢笔要吸墨,墨迹干得慢,在文件上写字容易洇开。

他开玩笑道:"估计只有那些学医的才会喜欢用钢笔这玩意儿,洇不洇墨的对他们也没影响,反正都龙飞凤舞一笔带过,只有他们自己才看得懂写了什么。"

阮胭没有纠正他,只是温和地对他笑笑:"那你好好写,好好用这支笔写字。"

那时候沈劲不知道她学过医,也对她的过去不感兴趣,只知道把人搂怀里,手里把玩着那支黑色钢笔。他想,她还学会了送礼物,他该送些什么还回去……

他猛然搁下手中的笔,一个字也难以写下去,黑色的墨汁在A4纸上落下。

他定了定神,抬头对向舟说:"不行,重做。"

"怎么了?"向舟不解。

"我们主打的是ASR(自动语言识别技术)和NLP(语言识别),没有必要再做图像。楼上的奇骏科技已经把这蛋糕咬死了,我们没必要再去掺和一脚。所以,没必要再一直重复搭建很多个与我们无关的算法模型,这太耗时耗力。同样,还有这个摄像机和机器人的视觉定位系统计划也可以取消。"

沈劲合上笔盖，整个人往后微仰："记住，力往一处使，少做无用功。"

向舟说了声"好"，抱着文件离开的时候，目光停在沈劲背后的书架上。从最基础的自然语言处理相关书籍到各类实践操作书籍都有。他暗自汗颜，看来让一个学数学的来执掌讯光科技这么大一家计算机公司果真不是件容易的事。

向舟出去后，整个办公室就安静下来了。

沈劲转着手里的钢笔，钢笔的笔扣冰凉，那种触感让他想起阮胭细嫩的手背，三秋九伏里，她的手也总是这么凉。

沉寂片刻后，他拿出手机，给顾兆野和周牧玄发了条微信消息："出来喝酒。"

群里那两个人回得飞快——

顾小二："好嘞，劲哥。"

牧玄："可以，你买单。"

沈劲摁灭屏幕，收拾收拾起身离开。

只是，电梯门打开的时候，他没想到会在这里遇到闻益阳。

光滑的电梯内壁，把两个人的脸照得清晰。

沈劲看着他眼下的那颗痣，真心觉得晃眼睛，没来由想起上一次峰会上，他走前说的那句话："沈总长得真是好看。"

他压下心里的不适，默默把腿往后挪了一步，站到了电梯最里端，和闻益阳刚好呈对角线。

方寸电梯间，最远的距离。

闻益阳笑了一下："沈总好。"

"嗯。"

"沈总这是要回家？"

沈劲看了他一眼，依旧不动声色地"嗯"了一声。

"挺好的，这个时候您还愿意回家。"闻益阳看着他。

"你什么意思？"沈劲微微眯了一下眼。

"没什么意思。"闻益阳的嘴角噙着笑，"耀丰医疗的合作案到了如此紧急的关头，沈总竟然不加班，让人很难理解啊。"

沈劲看了他一眼:"你不也没加班吗?"

闻益阳慢悠悠道:"嗯,我去酒店。沈总要一起吗?"

沈劲闻言,脸色一沉,又微不可察地往后退了一步。

然而,他已经退无可退,西装裤快要贴上电梯壁了。

好在电梯门在这个时候打开了。

他深吸一口气,率先迈开腿,留下生硬的两个字:"回聊。"

"好啊。"闻益阳答得闲适。

——回聊,谁要和你回聊?

他越来越怀疑闻益阳是不是追求阮胭失败,从而对他产生了某种复杂感情……

他松了松领口,快步往地下车库走去。

星城酒店。

阮胭揉了揉脖子,抱着厚厚两摞剧本。这些都是邢清去周子绝那边要过来的剧本,还有过些天要拍的广告资料以及下个阶段和柏良娱乐的合同规划。

从车库到酒店内有一段路铺满了鹅卵石和小木梯。

阮胭刚从公司回来,脚上还踩着高跟鞋,走着走着,鞋跟忽然就卡在了木梯的缝隙里。

她试着往上抬了抬,奈何高跟鞋卡得死死的,无论如何都抬不起来。

她只有先把脚抽出来,将文件放到地上,再弯腰去取鞋跟才行。只是这里的地有些脏,文件放在地上肯定会……

"姐姐,你怎么在这里?"一道清澈的男声响起。

她转头,闻益阳正站在她身后看着她。

"我在这酒店里住几天。"

闻益阳点点头,又看了看她的脚下:"姐姐是被……卡住了吗?"

"嗯……"

"没关系,我帮你。"

没等阮胭回话,他已经来到她身前,弯下腰,左边膝盖点着地,昂贵的西裤料子蹭在泥上,他的眉却半分也没皱一下,只是专注地看着那只银色的高跟鞋,说:"姐姐,你可能得将脚先拿出来,我才好帮你取。"

"啊,不用了,不用了,你帮我把文件拿一下,我自己来就是了……"阮胭有些不好意思。

她的话还没说完,一只手已经握住了她纤细的脚踝。他的掌心和他的人一样冰凉,与沈劲的炙热完全不同,他仿佛没有温度一样。

"姐姐,快把脚拿出来吧。"

阮胭赶紧将脚挪了挪,从他的手心抽离出来,他也好似一点儿不流连似的,相当尊重地松了手,只是隔空护在她的脚踝边,防止她跌倒。

阮胭五根小巧圆润的脚趾露了出来,泛着樱花一样的粉。

从阮胭的角度看不到闻益阳的视线究竟在她细嫩的脚趾上停留了多久,目光有多沉……

她只是觉得,单脚站得久了,她有些撑不住了。

"益阳,取出来了吗?"

"姐姐再等等,鞋子卡得有些紧。"

说完,他慢悠悠地把目光从那只脚上收回,手稍稍一用力,那只银色的高跟鞋便被他轻巧地取了出来。

"姐姐,要我帮你穿吗?"

阮胭连连摇头:"不用了,我自己来就好,谢谢你了。"

她将脚伸进去,那五朵圆润的"樱花"藏进了银色的鞋里。

"你怎么会在这里?"

"到这边来开一个会。"

闻益阳慢慢直起身,他比穿了高跟鞋的她还高半个头,她不得不微微抬头和他说话:"这样啊,读博累不累?"

为了缓解两个人独处的尴尬,她只能找一些日常的话题来聊聊。

说实话,闻益阳这个孩子,真的出乎她的意料。她想象不到当初那个在大山里局促不安的小男生,竟然会成长得如此迅速,已经是个可以独当一面的男人了。

一举考上全国首屈一指的清和大学,进了全校最好的计算机学院,大一下学期就跟着导师做课题，大二疯狂地发论文，频出研究成果，大三上学期就被院长推荐直博……

比她原来在清和医大时还要顺遂，她当时也是沾了陆柏良的光，才能跟着在程千山的实验室里到处转悠。

"还好，有些忙，跟着老师做课题。"闻益阳站在她身侧，陪她一路往前走。

"你们现在研究的方向是？"

"做人工智能的图像识别。"

"类似OCR（光学字符识别）？像扫描仪那种的东西吗？"阮胭不太懂人工智能，虽然这个是目前整个人类科技最前沿的热门研究方向。

"嗯，算是其中的一种。不过，这都不重要。"两个人走到电梯口，按电梯的时候，闻益阳问她，"姐姐，你住几楼？"

"九楼。你呢？"

"这么巧？"闻益阳笑了笑，有些惊讶道，"我也在九楼。你住哪间？"

"真的吗？我住0923房。"

"我住0920房，看来，我们之间只隔了两个房间。"

他说完这句话，阮胭稍稍松了一口气。还好不是相邻的，也不是对门的。

隔了两个房间，应当是巧合。

电梯门打开，阮胭先出去，没想到他也想先出去，两个人撞在一起，她的手机被撞到了地上。

闻益阳赶紧弯下腰，替她把手机捡起来。手指无意识地摁了一下解锁的按钮，一张青山碧水的锁屏图片出现。

他若无其事地关掉了屏幕，还给阮胭："姐姐，不好意思啊。"

"没关系。"阮胭接过手机。

"手机屏保是？"

"就是普通的山水风景而已，看到好看便存下来了。"

阮胭有些不自在，闻益阳知道她的事情，在他面前提到过往，她总有种无处遁形的羞耻感。

"嗯，确实还挺好看的。"闻益阳附和了这么一句。

闻益阳的房间离电梯口更近，先阮胭一步到。

阮胭看着他掏出房卡，打开了0920房的门，她心里那口气才彻底吐出来。

还好住在同一家酒店同一层楼真的只是巧合。

"姐姐，晚上注意安全。"

"好，你也是。"

门关上，闻益阳的背直直地抵在门上，一言不发。整个室内安静无比，直到他听到同样寂静的走廊上，传出房门关上的声音，才把身子从门上挪开。

隔了半分钟，他从钱夹里又掏出两张房卡，放在桌上。

是0921房和0922房的房卡。

他笑了一下，拿起那两张房卡走出去。

走廊尽头打扫卫生的阿姨狐疑地看着这个年轻人，挨个刷开0921房和0922房的房门，最后停留在0922房，把房门关上，没再出来。

她想，有钱人是真的好，有钱人毛病也是真的多，连开三间房，搞不懂。

沈劲走进地下车库后，就直接开车去了星雾会所。

顾兆野和周牧玄早就坐在那儿等着他了。

一人点了一瓶会所里最贵的酒，知道是沈劲请客，这两个人就差没去前台摇铃请全场的人一起来宰沈劲一顿好酒了。

"出息。"沈劲看着他们穷凶极恶的样子，嫌弃道。

"难得你主动约我们一次，平时怎么喊都喊不出来的人，可不得逮着机会宰你一顿。"顾兆野笑得没心没肺。

"是吗？"沈劲冷笑了一下。

只有周牧玄看出他的不对劲来了，问他："今天这是怎么了？"

沈劲给自己倒了杯酒，一口喝完，却没说话。

"工作上的事？"周牧玄问他，"耀丰医疗唇腭裂儿童语音修复系统的那个项目推不动了？"

沈劲还是喝酒。

顾兆野"呸"了周牧玄一声："喝酒的时候还说什么唇什么裂什么修复系统，你没看出来劲哥是为情所困吗？我猜多半是和嫂子吵架了。是吧？

劲哥。"

他说完,沈劲冷冷地扫他一眼,那目光里的寒气,让他忍不住抖了一下。

他连忙噤了声。

"沈崇礼回来了。"沈劲把酒杯放下,这句话是对着周牧玄说的。

"嗯,他这些年一直待在英国,沈氏的子公司在那边被他发展得很好。这次回来,应该是要和你好好拼一拼了。"

周牧玄为人比顾兆野靠谱:"但我昨天听耀丰医疗的人说,你们讯光科技已经准备把这个项目全交给你堂哥做了,怎么回事?"

沈劲说:"是我提的。先送他点儿肉吃,免得他去打阮胭的主意。"

"嫂子?"顾兆野的耳朵灵,前面的他都听不懂,但一听到"阮胭"两个字,他立刻就来劲了。

沈劲又冷冷地扫了他一眼,他才自觉地把心里的期待压下去。

沈劲继续说:"她和宋叶眉发生了些矛盾,沈崇礼为人睚眦必报,我怕他借着这个由头向阮胭发难来报复我。"

"嗯,所以你今晚是?"周牧玄饶有兴味地看着他。

"阮胭知道了我拿她当替……"那两个字他说不出口,他怕说出来,自己的"渣"会显得过分明了。

"总之,现在她要和我分开。"

"真的吗?"顾兆野这下眼中的期待与喜气是真的压也压不住了,连忙问,"劲哥,你们真分了?嫂子现在在哪儿,她一个人吗?有没有地方住?我马上去找……"

顾兆野的"她"字还没说出口,在看到周牧玄捂脸的动作时,他才赶紧把那个字咬死在喉咙里。

沈劲"啪"的一声把酒瓶子往桌上一磕,玻璃碎了一地,玻璃碴儿泛着冷光。他捏着瓶口,冷声道:"顾小二,你再说一个字就给我滚出去。"

"劲哥,我……我错了。"顾兆野咽了咽口水,"但是我真觉得,嫂子人是真的好。她又漂亮又温柔,死心塌地地跟着你,跟了你两年都不作妖,学历也高,还对你那么好。我听说她连一句重话都没跟你说过,我们几个谁不羡慕你?你是不知道我以前那些女朋友有多作,可把我给羡慕惨了。"

"少打你不该打的主意。"沈劲扔开酒瓶子，端起酒杯灌了自己一杯酒。

顾兆野乖乖地低下头。

都怪周牧玄，那天在沈劲家里非说什么嫂子的事，整得他现在看哪个女人都能想到这位嫂子。

周牧玄看着沈劲，问道："你找她了没？"

"找了，她和她助理一起住在酒店。"

"怎么不接回来？"周牧玄又问。

那也得她肯回来才行。

沈劲把这句话吞回肚子里。

想到这里，他又想到昨天方白发给他的那张照片——阮胭清瘦的背影立在阳台上，风吹起她空荡荡的衣角，整个人淡得像要消失。

——阮胭，阮胭，你怎么就这么倔呢？还把我的联系方式都删了。

她那个破助理也是，性子还真是随她，刚转钱过去，就把他给拉黑了。钱也不收，不知道她们身上的钱够不够用。

"先让她待在酒店吧，免得沈崇礼以为我太在乎她，对她动手。"

"嗯，也好。对了，昨晚你让我查的事情我去查了，宋叶眉落水确实与阮胭无关。"

周牧玄顿了顿，看着他，斟酌了一下，怕接下来的话破坏宋叶眉在他心里白月光的形象："开游艇的驾驶员是宋叶眉提前找的，她特地找了个有哮喘病史的，那些月季也是她要求阮胭戴上的，目的就是诱发驾驶员的哮喘，这样船上就只剩阮胭和阮胭的助理了，她自己再跳进水里，看起来就仿佛是阮胭一手策划的谋害她的事件。如果你相信她，阮胭就是有十张嘴也说不清。"

周牧玄没说的是，可惜宋叶眉算漏了最重要的一点——她低估了沈劲对阮胭的信任。

这一点，估计连沈劲自己也没意识到。

还有一处算漏的是——

"可是阮胭跳下去救她了，她没想到这一环吗？"沈劲直接发问。

"她想到了。因为她查了阮胭，她笃定阮胭绝对不会下水。"

沈劲猛地抬头看向周牧玄："为什么？"

"为什么？"
——为什么会是我？
这是阮胭连续追问了自己十年的问题。
大概是从十岁生日那天开始，父母和她开玩笑，说："再过十年，胭胭就该谈恋爱了，妈妈结婚结得早，二十岁的时候就生下了胭胭呢。"
啊，原来十年前她就出生了啊。
然而，那个时候，在零点吹灭蜡烛的时候，阮胭无论如何也想不到，生命最残酷的一件事是，在教会她"生"的同一天，也教会了她"死"。
她的父亲是开船的，那种会出海的大货船。
阮胭很小的时候，是在船上生活的。她的母亲也不是什么惊天动地的大人物，只是一个卖馄饨的普通人，却在一次坐船的时候，遇到了她的父亲。
从此以后，母亲就不卖馄饨了，她把家安在了船上，猪肉馅儿的馄饨也不做了，只做各种海鲜味的馄饨给父亲吃。
船的老板让父亲去哪里，母亲就跟着父亲一起去哪里。
小小的阮胭在船上出生，也在船上长大。她是船上那群小孩子里水性最好的一个，没有哪个男生比她游得快、比她潜得深，她以为自己会在咸咸的海风里生活一辈子。
直到有一次船上来了个数学老师，出了好些题逗这个漂亮的小姑娘。
从兔子和小鸡被关在一起数脚丫，到船上的左边水排出去，右边的水排进来，排完要多少时间，再到一加二加三加四加到一百等于多少……
小小的阮胭说话奶声奶气的，一个接一个，全部答对了。
那个老师整个人愣在原地，问她："小姑娘，你今年多少岁啦？上大班还是学前班？"
阮胭那时候还不懂这位老师眼里的期待，只是把那番话拿回去问母亲："妈妈，学前班是什么呀？"
于是，那天晚上，父母的房间亮了一夜的灯。
此后，母亲就从船上走了下来。

她也终于吃到了猪肉馅儿的馄饨。

阮胭有了两个家，一个在船上，一个在有猪肉馄饨的陆地上。

一处有母亲，一处有父亲。

她也背上书包，去念了学前班，然后念小学……

直到十岁的蜡烛被吹灭。

那是她这辈子最后一次吹生日蜡烛，以后都没有人再给她过过生日。

那一年母亲陪着父亲上了船，然后他们永远地生活在了海上，再也没有回来。

她再也没有吃过虾仁馅儿和小鱼馅儿的馄饨……

于是她有了第三个家，她被舅舅接去了平水镇。

在那里，没有人知道这个小姑娘曾经在很深很深的海里潜过水，没有人知道这个小姑娘曾经弄得懂出海大货船驾驶舱里的所有复杂零件，更没有人知道这个小姑娘曾经是世界上最厉害的大副的女儿……

因为她怕水，怕了好多好多年。

后来的光阴浑浑噩噩的，她把自己的生活过得一团糟，除了"数理化"，她什么都不学。

她觉得人生差不多也就这样了。

高考后，她拿着打暑假工赚来的钱，钱不够出海，却够她买一张去三峡的船票。

她想，就这样结束吧。结束在水里，去见父母，去吃小虾小鱼味的小馄饨。

然后她遇到了陆柏良。

阮胭再次从梦里惊醒。

打开手机，看到那张青山碧水的照片，她的心才渐渐平静下来，像是在海上飘摇了很久，终于找到了歇脚的浮木。

青山碧水，山峦叠起，叠成恋人相拥的模样。

阮胭闭上眼，手指触碰屏幕，小声地喊道："哥哥。"

一片寂静里，回应她的，只有门外响起的叩门声——

"姐姐，你在吗？"

阮胭蓦地睁开眼,看了一下手机,深夜一点四十分。已经这么晚了,他来干吗?

阮胭回道:"有什么事吗?"

"姐姐,我身体有些不舒服,你可以来帮我看看吗?"

阮胭犹豫了一下:"怎么了?"

"我觉得额头烫得厉害。"他说话的声音有些有气无力。

阮胭想了想,可能是他平时科研工作强度太大,累到了。她想了想,还是开了门出去找他。

闻益阳看着她。

走廊灯光昏暗,照得他的双眸湿漉漉的。发烧导致的满脸通红,衬得他眼下那粒泪痣好看得令人心惊肉跳。

"姐姐。"他喊。

她叹了一口气,看到他这个样子,心又忍不住软了下来。她抬手,用手背碰了碰他的额头——的确是发烧的温度。

她跟在闻益阳身后走着。

闻益阳拿出房卡,打开0920的房间。

房间很整洁,布局和阮胭的几乎一模一样。

闻益阳想关门,阮胭叫住他:"不用关。"

"姐姐在防着我,难道你还怕我对你做什么吗?"他说这话的时候,有些委屈。但也真的听她的话,没有关门。

只是,他那湿漉漉的眼看得阮胭直在心里叹气。她问:"有没有体温计?"

"没有。"他摇了摇头。生病的虚弱让他整个人看起来很乖巧。

估计真是发烧了。阮胭赶紧拿出手机,想找个闪送服务,替他买些药送过来。偏偏这么晚了,药店也都关门了。

看着他因发烧而泛红的脸,阮胭说:"去医院吧。"

"不要,医院的气味很难闻。而且明明不是什么大病,去医院不吉利。"

不吉利,这个搞科研的怎么还这么迷信?

阮胭的嘴角浮上淡淡的笑:"好吧,不去就不去。"

她又伸出手背碰了碰他的两只手背:"还好,没有出现手脚冰冷的现象,说明末梢循环是好的,我去找找有没有酒精,给你物理降一下温。"

"嗯,好。"

他看着阮胭在屋里为他忙来忙去,一种莫名的愉悦与满足感从心底升起来。贪心的孩子想把这种满足感一直留住。

——所以,怎么办呢?姐姐,想把你一直困在这里了。

"屋子里好像没有酒精,我去冰箱里帮你找点儿冰块湿敷一下吧。"她说着就往冰箱处走去。

闻益阳脸色一变,几乎要从床上坐起来:"不用,别去!"

"嗯?怎么了?放心,用布包着冰块降温是可行的。"她笑着打开冰箱门。

闻益阳立刻从床上跳起来去拦她,然而还是晚了一步。

她还是看到了那个东西——

一个小小的、透明的玻璃瓶子被放在冰箱里。有蓝色的鱼鳞浮在瓶中,福尔马林的气味隔着塞子也能闻得到。

那是三年前,她和他关系还很亲近时,送他养着的那只"张晓兰"的孔雀鱼尸体。

阮胭记得和闻益阳发生那件事,他们的关系完全闹僵的时候,他说过,"张晓兰"死了,他已经把它"处理"掉了。

原来,竟然是这种"处理"方式……

沈劲不知道自己在听周牧玄说完阮胭的身世之后,是如何从星雾会所里走出来的。

怪不得,怪不得她说她一碰到水,就浑身上下止不住地发抖。

怪不得,她把自己说成"瘟鸡"和"疯子"……

"所以宋叶眉笃定阮胭不敢跳下水救她。她只知道阮胭怕水,却没想到阮胭还是跳下去了,不仅跳下去了,还自己开着船把她给送到医院去了。"

周牧玄每说一个字,就像是在拿锤子往沈劲的胸口处锤一下,让他的心口痛得发闷。

他究竟对她做了些什么……

这两年来,她全心全意地对他好、依赖他,她在这世上没有一个可以相信、可以依靠的人。

他可能是她唯一亲近的人了。

他却一点儿一点儿地把她推开。

他不知道她的生活习惯,不知道她对水的畏惧,也不知道所有与她家人、朋友有关的一切,更不知道她说的"从来不过生日"真的不是在和他闹脾气。

他把那堆可笑的高奢礼物送给她时,无异于又往她的胸口插上一把尖刀。

每一年,他送她一次生日礼物,就是在往她的胸口插上一刀,提醒她,这是她父母的忌日。

他究竟都做了些什么?

他还是个人吗?!

"我有点事,先回去了。"沈劲握着玻璃杯的手,蓦地松开。

周牧玄看好戏似的看着他:"你喝了酒,记得别自己开车。"

沈劲拿出手机,沉默着叫了个代驾,车子一路开到昨晚方白发给他的那个酒店地址。

到了酒店,按电梯门的时候,他发现自己的指尖微微地蜷缩了一下。

电梯缓缓升上去,明明只是半分钟的时间,他却觉得比半辈子都长。

他深吸一口气,踏出电梯门,径直朝0923房走过去。

在路过那扇敞开的0920房的大门时,他止住脚步,看到了难以置信的一幕——

闻益阳把阮胭圈在冰箱门前,脸色通红,几乎是半抵着她的脸,语气危险道:"姐姐,你不该打开看的。"

冷白的灯光自上而下倾泻,闻益阳的脸由红渐渐发白。他眼角的那滴泪痣,黑得像粒尘,仿佛不该出现在那张如玉的脸上。

阮胭甚至不敢看他,只觉得血管里有无数惊涛骇浪齐齐拍打而过,宛如回到了三年前,在发生那件事后,和他僵持对峙的那个夜晚……

她伸出手猛地推开他:"益阳,你不是说把'张晓兰'处理掉了吗,那这是怎么回事?"

"是,这就是我的处理方式。"闻益阳看着她,"姐姐生气了吗?"

阮胭不着痕迹地往后退了一步,努力使自己平静下来:"我没有生气,我只是在想,你为什么要这么对待这条鱼。"

她的余光扫过那个装满福尔马林的瓶子。

鱼身已经被泡得发白,蓝色鱼鳞四处浮在瓶中,显得那么了无生机……她甚至不想再称它为"张晓兰"。

"因为我喜欢它啊。这是姐姐送的鱼,我想一直把它留在身边。可是姐姐,你是学医的,你是知道的,生命一旦消逝,所有的细胞都会跟着一起消失,那些细小的菌落会一点儿一点儿地攻陷原本属于生命的城池,然后将它们吞噬,最后,彻底败落。"

闻益阳把那个透明的瓶子拿过来,冰凉苍白的指节覆在上面,将那些裸露的鱼身也一并覆盖。

"姐姐,这是我唯一能留住它的方法了。我没办法想象它在泥里或是下水道里日益腐烂发臭的样子。于是用了一些科技的手段,这样错了吗?"

阮胭把手背在身后,藏着。

从沈劲的角度,刚好能看到她指尖轻微的颤抖。

他再也忍不住,想冲进去,却在抬脚的一瞬间,听到闻益阳问:"难道说,姐姐你喜欢上后来养的那条'张晓兰'了,就彻底厌弃这条鱼了吗?"

"不是。"阮胭用左手握住自己的右手,她已经平静下来了,"既然把鱼送给你了,你想怎么处理当然是你的事情。我只是想提醒你,长期接触福尔马林对身体不好,对皮肤和呼吸道都有很大的损伤。"

"嗯。"

闻益阳把瓶子放回冰箱,将冰箱门关上。转身的瞬间,他瞥见门外那只露出来的黑色鞋尖。他扯了扯唇,意味深长地问了句:"所以姐姐这次的'张晓兰'养得怎么样了?"

"也死了。鱼龄过大,是自然老死的。"阮胭说。

"有点儿可惜,我还以为它能陪姐姐一辈子的。"闻益阳单手撑在冰箱门上,嘴角的笑意未散去,"所以,你这次也分手了吗?"

"嗯。分开了。"

闻益阳看到门外那只鞋尖往后退了一步，嘴角的笑意加深："为什么呢，是因为不喜欢吗？"

阮胭没回答，也没注意到门外的异样。

她看了一眼他因发烧而微红的耳根，提醒他："你好好休息，去冷冻室里找些冰块出来，用纸巾裹着敷敷脸能稍微退一下烧。太晚了，我要先回去了。"

"好。"

阮胭看了他一眼，转身就走。

而闻益阳站在她身后，没有挽留，目光扫过瓶子里的孔雀鱼。

——怕什么呢？姐姐，反正我等得起。

像他的"张晓兰"，永恒地被放在瓶子里，永恒地存在，永恒地等待。

门被关上。

阮胭没想到一出来，手腕就被人拽住。

熟悉的松木香气猛地袭来，像夏天里失去控制的热气。他将她的手腕钳得死死的："阮胭，说清楚，今晚你和他是什么意思？"

他觉得最气的，不是她和那个姓闻的单独出现在一间房里，她不喜欢那个弟弟他看得出来，他最气的是，他听不懂！

听不懂他们究竟在说些什么！

每个字他都懂，可是连在一起就像是在打暗号一样。

那是只有阮胭和闻益阳的世界。

他被隔绝在外……

"没什么意思，你可不可以把我的手松开？"

阮胭用力挣脱，却挣不开。她连跟他对视都不想，只是无力地看着地上他的影子。

"弄疼你了吗？"沈劲松了点儿力气，却还是没放手。

然而，仅仅是这句话就让阮胭震惊了。

他居然学会问她疼不疼了？

她气极反笑："疼倒是不疼，只是不舒服。但我已经习惯了。"

"什么习惯？"沈劲问她。

"习惯你总是做一些让我很不舒服的事。"她趁着他松开手的瞬间，立刻把手抽出来。

她的手抽离掌心的瞬间，他觉得心口仿佛也被人扯了下。

"比如呢？你说。"

走廊昏暗，沈劲的侧脸隐在黑暗里，她看不清他的五官，便低头看他的影子。

嗯，影子不像那个人。

于是她说："我不想说，我只想和你分手。"

"除了这个，换个别的要求，我都会尽量答应你。"他顿了顿，把喉头的苦涩压下去，"我给你建一座水族馆好不好？在里面你可以养任何你想养的鱼，还有'张晓兰'，我没有闻益阳那么变态，我把它和它的鱼缸都埋起来了，就埋在你经常看书的那棵树下……"

"别说了，沈劲。"她打断他，"说实话，说'分手'这两个字，我觉得已经是在给我们这段感情足够的尊严了。"

"我们之间，你对我，对着我这张脸，你敢说，没有一点儿别的想法吗？"阮胭说得隐晦，她在试探他的底线。最后，看到他沉默的表情，她直接戳破道，"这种关系不正常，不是吗？"

不正常。她竟然用这三个字来形容这两年。

沈劲闭了闭眼，想到最初时那些和她亲密纠缠的日子，想到每年公式化地让向舟送她情人节礼物的时刻，想到他对她的生活习惯一无所知、故意忽略的样子。

"清和那些榆叶梅是为宋叶眉种的吧？睡觉的时候，总是亲吻我的眼尾……还有，把我的照片挂满一整间屋子，却连门也不安，那个角度，正对着你的书房，当你累了，抬头就能看到……"

"别说了。"沈劲垂下眼，一直紧绷的下巴陡然松下来，像是被抽干了所有力气，再也无力反驳，"你现在想怎么样？"

"想结束这种不正常的关系。"

她这句话说完，走廊上的灯忽地闪了一下，亮了一瞬，把他的脸也照亮。

那一瞬间，他脸上变幻的失落清晰地浮现，让她有那么一丝丝的动摇。

可惜，灯只亮了一瞬，又熄了。

"别来找我了，沈劲。"她转过身，往自己的屋子里走去。

"我只问你最后一个问题。"沈劲双手紧紧握成拳又松开，"刚刚闻益阳问你，是不是因为不喜欢才分开的，你为什么沉默了？"

"因为我不是因为不喜欢你才分开的。相反，是因为太喜欢了。"说完，阮胭就转身，径直往自己的房间走去，然后"啪"的一声将房门关上，留沈劲一个人在原地。

因为太喜欢他了才分手。

太喜欢了。

所有的血液仿佛沸腾，冲入他的四肢百骸，他忽然就想抬手给自己一耳光。

——你这两年都做了些什么破事？

他深吸一口气，返回闻益阳的门前，然后用力地拍门。

"闻益阳，开门！"

厚重的门板被打开，闻益阳半倚着门框，淡淡道："怎么，沈总不回家？"

"这就是你说的来酒店？"

沈劲想起白天时，他在电梯里意味深长的话。

"是啊，来酒店陪姐姐。"闻益阳睨了他一眼，"怎么，沈总连这也要管？我可不是讯光科技的员工。"

沈劲紧了紧拳头："你刚刚跟她的话什么意思？她为什么要送你鱼？为什么也取名叫'张晓兰'？"

"为什么要送我鱼？"闻益阳的嘴角噙着笑，说道，"很简单，因为姐姐喜欢我呀。"

闻益阳的话音一落，沈劲的呼吸陡然加重，一把揪住他的领子，握起的拳头狠狠地往他面门上挥去。

"你打，姐姐就住在隔壁。"闻益阳镇定又平静，眼里一丝惊惶都没有，一副巴不得他把自己打残，然后转身去跟阮胭告状的模样。

沈劲猛地吸了一口气，在心底骂了句脏话，拳头狠狠往闻益阳旁边的门上砸去："你离她远点儿！"

"沈总还是先出去吧，现在是半夜两点，就你留在我衣服和门上的指纹，还有走廊上的监控——"闻益阳顿了顿，"你知不知道就算我指控你入室抢劫，我也能稳赢？"

沈劲松开了他，整了整衣领，往外走去："你敢动她，我就敢弄死你，你信不信？"

闻益阳笑着把门关上，把这个暴怒中的男人关在门外。

沈劲还是不放心，走到前台去开房，这家酒店就是沈氏旗下的，打个招呼的事而已："给我把0922房开出来。"

前台摇头道："沈总，0922房住人了。"

"那就0921房。"

"也住人了。"前台查了一下，道，"0923房、0922房、0921房都是住的闻先生。

"九楼都住满了，沈总，给您开一间十楼的1020房好吗？"

沈劲："……"

好，很好。

闻益阳从0923房返回0921房时，看了一眼不远处亮着"10"的电梯楼层，笑了笑，然后满意地刷开房门。

于是，三个人，一堵墙，一层天花板——

天花板的上层，沈劲躺在床上。他裹紧被子，想象着刚刚捏住她手腕时的感觉，催眠自己快睡着。

天花板的下层，闻益阳惬意地靠着墙，听那边传来的窸窸窣窣的走动声——她在洗澡了，她在刷牙了，她在……

阮胭停下来靠着墙，听了听外面的动静。

直到整个走廊彻底安静了，她才松了口气。

终于结束了。

她闭上眼，回想起自己刚刚说的话。

"和你分开，不是因为不喜欢，而是因为太喜欢。"

——是啊，太喜欢你的那张脸了，沈劲。

——所以再也无法忍受你顶着那张脸肆意挥霍我对你的感情了。

——对不起，只能利用你的愧疚，来做彻底的了断了。

——因为只有这样，我才可以从那样暴戾的、有权有势的你手中，逃离得足够体面、足够彻底。

——所以，其实从宋叶眉跳下水的第一步开始，我就知道她后面会怎么做，我也知道我后面该怎么做。

——抱歉，男人最值钱的是他们的愧疚，而女人最不值钱的也是她们的愧疚。

第二天，天花板上层的人先离开。沈劲要去公司开会，走的时候他提醒酒店不要给0923房那位住户送含有牛奶与花生的食物。

天花板下层的人后走。闻益阳要去做新研发的图像课题。走的时候，他敲了敲墙壁，用只有他自己能听到的声音说："姐姐，起床了。"

墙壁那头的人自然没听到，阮胭一觉睡到了十点。

她要去试周子绝的片子——那个哑女的角色。

昨晚睡前，她提前翻了本子。周子绝这个人很有意思，年纪轻，只有三十岁，所有人都说他有望扛起新一代导演的大旗。他却执着于拍文艺片，惯用的模式是：拍一部拿奖的文艺片，再拍一部商业片。文艺片倒是部部都拿奖，可惜商业片的质量低得不行，甚至有人开玩笑说他的商业片就是用来圈钱的。

总的来说，和他合作，是个赌局，赌他这次会拍文艺片带自己冲奖，所以看中他这部片子的人也不少，凡是想再上一层台阶的人，都来了。

周子绝不仅给阮胭发了试镜卡，与她一起竞争的，还有刚出道的花旦姜甜，人气高，是很多资方都青睐的演员；另外还有实力派青衣，于百合。都是不可小觑的对手。

本来出门时，阮胭还有些没把握。

邢清却给她发消息说："你放心，周子绝昨晚跟我说，他邀请你去试镜，就是因为你是学医的。他这部剧是以他一个学医的朋友为原型改编的。好好演，别紧张，他这个朋友和你一样，也是清和医大的。"

阮胭回道:"好,知道了,我会尽全力去试的。"

她想了想,最后只涂了点儿素颜霜和淡粉的口红,黑棕色直发披在肩后,整个人看起来并不是特别精神。

她打了辆车去试镜的辰光影视。

阮胭到的时候,于百合已经等在那里了。

于百合人不高,却很瘦,一张瓜子脸小小的,五官十分端正。阮胭以前学生物的时候,老师说世上没有绝对对称的生物。但是于百合的脸,端正得基本上把这张脸的对称发挥到了极致。

无论是从哪个角度,她都好看,而且是不锋利、可塑性极强的那种好看。

一看就是导演要她是什么,她就可以是什么的脸。

大概这就是诸多影评人所说的"电影脸"。

她看到阮胭,朝她微微颔首:"你好。"

阮胭亦点头:"你好。"

而后再也无言。

"咦,怎么这么安静呀?"一道甜甜的声音响起。

阮胭回过头看去,一眼就看到了一个女孩儿,脸小眼睛圆,整个人像一颗亟待采撷的蜜桃,带着轻盈的甜。

"于姐,好久没见了,可把我给想死了。"她走过去,径直给了于百合一个大大的拥抱。

但显然,于百合那种性子清冷的人,并不吃这一套。

她往后退了一步,淡淡地说道:"好久不见,姜甜。"

姜甜咧开嘴:"是啊,姐姐也来试周导的戏吗?"

于百合"嗯"了一声,并不想和她过多交谈。

阮胭趁她们聊天的时候,往窗外瞥了一眼。这里是十七楼,辰星大厦的玻璃用的都是幕墙玻璃,外面看不到里面,里面却能清晰地看到外面。

她注意到有三个戴着眼镜、手一直扶着镜框的人,就站在辰星大厦楼下的大门拐角处。

过了会儿,一个中年女人走过去,给他们三个一人买了一杯咖啡,然后嘱咐了几句又离开。

阮胭记得她,她是宋筠的经纪人。

她为什么会出现在这里?

宋筠也要来试周子绝的戏?

"你就是胭姐?筠姐以前和我提过你呢。"姜甜冲阮胭笑笑。

阮胭把目光从窗外收回,落在姜甜脸上:"是吗,她是怎么提我的?"

"说你长得不像她,你比她好看。"姜甜依旧笑,笑里带了些讨好的意味。

"是她自谦了。"阮胭也不想和姜甜多说。

"没有,没有,她是我的同门师姐,这话是她亲口说的,你和她长得很像呢。"

她和宋筠是同一个公司的?故意说出来挑拨她和宋筠的关系?

阮胭想回句什么,于百合忽然开口:"时间到了,我们要进去签字了。"

姜甜这才作罢,先她们一步往办公室走去。

她们签的是签保密协议。大部分剧组都会在试镜时要求演员签署保密协议,诸如对剧名、剧情片段以及幕后人员配置的保密,就连邢清前天发给她的剧本也是签了协议的。

路过于百合身边的时候,阮胭低声跟她说了句:"谢谢。"

"嗯,别掺和,他们华耀公司的最喜欢在试镜上动手脚,离她远点儿。"于百合压低了声音,从她身边走过。

阮胭抬起头看向她。

她为什么要帮自己?

三个人签了保密协议后,就去试镜室内等候。

签完后三个人抽签,果然,和阮胭预料的一样,姜甜第一个演,于百合第二,她最后。

一看就是华耀偷偷安排过的。

于百合是老青衣了,演技肯定远在姜甜之上。如果把于百合放在姜甜的前面,那么毫无疑问,对比之下,姜甜会被碾压得很惨。

但如果把于百合放在中间,姜甜既可以避开于百合先出场,又可以让于百合来碾压阮胭……

一箭双雕。

华耀虽然没那么大权力去直接干预导演的选角，但是在试镜顺序上做做手脚还是可以的。

阮胭凝了凝神，捏着号码牌，进了试镜室。

周子绝坐在正中间，一左一右坐着副导演和制片人。

阮胭总觉得一走进去，周子绝就以一种非常奇怪的眼光打量她，且这种眼光绝不是导演对演员的审视，更像是——探寻。

阮胭稍稍直了直背，和于百合一起坐在了旁边的椅子上。

副导演先安排："都准备好了吧？今天麻烦三位老师试的戏，是这一段——女主角是一名优秀的医生，在一次医患问题中被割了喉，性命保住了，但是声带完全受损……"

阮胭猛地抬头，看向周子绝。

这个剧本的编剧是谁，是周子绝还是别人？他们是怎么写出这个故事的？邢清说是以周子绝的朋友为原型，他的哪个朋友？他的朋友又是谁？

"现在，你们要试的就是：你醒来后，发现自己已经不能再正常言语，失去了再成为一名外科医生的可能。你就站在医院里，"看着曾经熟悉的手术刀，却因为医疗事故留下的心理阴影，而无法再拿起它……好了，开始吧。"

副导演的话音落下，阮胭几乎快要按捺不住自己手指的颤抖。

她坐在角落，只有她知道自己此刻的呼吸有多沉、有多重、有多急促。整个身体里的血液像是被灌了风，一阵接一阵地翻涌……

她只有紧紧扣住椅子的把手，扣到手指都发白，才能让自己平静下来。

副导演还诧异地看了阮胭一眼，这个剧本真的写得那么好吗？光是念一个片段的梗概，就已经让这个演员如此心绪难平了？

好在姜甜终于上场表演了，所有人都把目光集中在她身上。

她只是略微地整整衣领子，就走到试镜室内的中央，找了一个最适合她自己的角度，对着摄像机展示那张被粉丝们誉为"被神祇钦定"的侧颜。

阮胭看见制片人露出了一丝满意的笑容。

人气代表、颜值代表,姜甜的确是个极好的人选。

然而下一秒,只见她拿起一把手术刀,凝了凝神,然后像切牛排一样开始对着空气切起来,一下切得比一下用力,老费劲了……

阮胭的嘴角抽了抽。她想,要是程千山看到了,能把这画面拍下来,作为史上最佳反面例子,然后做成幻灯片,在清和医大的阶梯大教室里给全校师生循环播放二十遍。

"我……真的不能再做医生了吗?"她发出不可思议的一问,然后猛地将手术刀往地上一扔,最后仰着头撕心裂肺地吼了一句,"不,我不信!"

她这一声吼完——

阮胭沉默了。

于百合沉默了。

周子绝和副导演也沉默了。

只有制片人愣在原地——我是谁?我在哪儿?我是不是该说点儿什么?

"演得……还不错,挺……挺……"制片人顿了半天,终于想出个夸奖的词,"挺正常的。"

周子绝瞥了一眼僵在原地的姜甜,冷笑了一声:"是挺正常。江副导不说,我还真没看出来她演的是个声带不正常的人。"

制片人:"……"

姜甜也自知可能演得不是很好,于是演完了就赶紧红着脸下场。

她本来以为自己是稳赢的,因为制片人给她的经纪人打过招呼,这个角色的赢面很大,周子绝上部片子拍的是文艺片,这部肯定该是商业片了,所以他多半会选择人气高的演员。

没想到周子绝会评价得这么不留情面……

"好了,于老师,你来吧。"副导演咳嗽一声。

于百合点点头。

她上场前先把头发弄乱了些,步履有些不稳。

光是这走位的两步,其实就已经有"戏"在里面了——像一个大病初愈的人。

她拿起手术刀,其实她也不知道手术刀的正确使用方法,但她心思巧妙,不演操作过程,只是眷恋地拿起,仔仔细细地端详,沉默着,闭了闭眼,又睁开,再放下时,眼里已经有泪意了。

她张了张口,发出低沉的声音,说了句:"再见。"

话音落地,泪水刚好砸在手术刀上。

整个过程不到三分钟,情绪却层层递进,完成度相当高,不愧是从艺多年的实力派演员。

阮胭看到周子绝的眼里也隐隐含了些肯定的意味。

接下来,副导没有说话,周子绝亲自喊了一声:"阮胭,到你了。"

他的声音很低,阮胭一颗心跟着紧了紧,"对不起,我演不了"七个字险些脱口而出。

最后,在周子绝长久的注视里,她深吸一口气,平静地走了上去。

她的步伐没有虚浮,只是那张妆容素净的脸上,已经昭示她的虚弱。

她先走到墙角,拧开并不存在的水龙头,然后挤出几滴洗手液,认真地清洗,接着她拿起一件不知是什么的东西,在手指中间反复刷,刷了三次后,才拿起旁边桌上助手刚刚用来给周子绝他们擦桌子的毛巾。她仿佛一点儿也看不到上面的污渍一样,将它叠成三角形,尖端朝下,开始擦拭起来。

做完这一切,她才张开手,对身后并不存在的护士说:"麻烦帮我系一下。"她用的是气音,没有一点儿喉咙声带的振动感。

也许是这气音惊醒了她自己,她意识到已经没有机会再做手术了,也没有巡回护士帮她系手术衣了。

于是,她做了唯一一个违规的动作——

她将手术刀拿起,放进自己左胸前的衬衣口袋里。

那是离心脏最近的位置。

她伸出手,久久地按住那里。

她没有像姜甜那样夸张地大喊大叫,也没有像于百合那样无声地流泪,只是平静地环视了一圈这个手术室。

然后迈着不稳的步子离开。只有这点儿踉跄,才能透露她心绪的起伏。

最后,走到门口的时候,她回望了一下这个房间,然后关门离开。

副导演和制片人都被她的表演给镇住了。场面一下子就静了下来,然而大家都知道这种静与姜甜表演结束后的安静完全不一样。

他们是在惊叹,惊叹她的处理方法,竟然能如此含蓄,却又饱含张力,每个动作的设计都有"戏",甚至连她这天的妆容,也满满都是"戏"。

演艺圈里的导演挑人,最讲究的就是"贴脸"。

一个演员,只要与塑造的角色外形有一定的贴合度,那么她就成功了一大半……

这也是为什么阮胭这天出门时妆容会这样随意。

"我有几个问题想问你。"周子绝目光深沉,平静地看着她,"第一个,为什么念台词时,要用这种声音?"

"因为喉外伤导致的喉骨断裂……声带全无后,做完喉裂开手术后……"阮胭微微顿了顿,后面的几个字几乎是艰难地挤出来的,"只能……只能发出气音。"

"你怎么知道?"

"可以不说吗?"阮胭别过头,把脑海里浮现的那个人的身影赶出去。

周子绝深深地看了她一眼,继续问:"可以。第二个问题,你刚刚在洗手后做了一个刷的动作,那是什么意思?"

"医生手术前,都会要求洗手,洗完手后会要求用一把小刷子刷洗甲沟等位置,虽然现在很多医院都取消了这一步骤,但这是主角人生中最后一次手术……"

阮胭停了停才继续说:"所以我想,他一定是想严谨地、一丝不苟地完成。"

"很好。第三个问题,你为什么要这样处理这场戏?我的意思是,正如你刚刚说的,为什么要一丝不苟地按照固定的手术步骤来表演?"周子绝盯着她。

"因为他就是这样一个人啊。"阮胭几乎是脱口而出,说完却立刻噤了声。

她这句话一说完,周子绝的眼睛顿时就危险地眯了眯。

他发给经纪人的剧本试读都没有写主角的人物小传,为了绝对保密,只给了几个重要配角的对手戏。好的剧本,只看几场戏,就能看出它的张力,哪怕是这几场，也足以将演员吸引过来……

所以阮胭知道他找她来演这部戏的原因了吗？

"她是什么样的人？"

阮胭说的是"他"，周子绝问的是"她"。然而，他们都没有意识到。

"平静、温和、尊重悲苦。他是不会哭的，他太好了。"阮胭闭了闭眼，睫毛颤抖了一下。

即使刚出事后，在最艰难的那段日子里，她也没见他流过一次泪。

周子绝推了推眼镜，笑了一下，却不是满意的笑，是那种暗含了些讽刺的笑。

"可以了，感谢三位的到来，请你们回去等消息吧。"

她们三个起身，一起微微鞠躬，对几位导演和制作人回以同样的感谢。

只是，出门的时候，姜甜想过来拉着她们一起走，于百合悄无声息地先拉过阮胭的手腕："你先回去吧，我想和阮胭讨论一下一些表演的处理方法。"

姜甜有些不悦，小声地说了句："给你们机会还不知道珍惜，别后悔。"说完就走了。

等到人走远了，阮胭才说："谢谢你，于老师。"

于百合挑挑眉："你知道了？知道她说的'机会'是什么？"

"嗯。"阮胭和于百合一起按下电梯，等电梯降下来，"我刚刚看到了，她们公司的经纪人偷偷喊了几个人蹲在楼下，估计是娱乐记者。"

于百合笑笑。不错，这阮胭倒还有几分心眼。她说："华耀就喜欢玩这些，试戏的时候先请记者偷拍，然后发通稿，先炒一轮热度，如果最后女主角敲定是她，就可以吹实至名归，如果不是她，就暗示有内幕操作。总之，先把这热度给蹭上。真是家大业大，不怕违反保密协议被周子绝找上门。"

阮胭笑了一下："我估计她想把我们拉上就是想着让我们跟着她一起炒作，毕竟法不责众咯。"

于百合嗤笑了一声："谁稀罕？"

阮胭看着于百合，笑了。她还挺喜欢于百合这性格。她又说："多谢你今天的两次提醒。"

于百合摆摆手:"小事,上次一成拍戏时晕船差点儿把人晕没了,你救了他一命,还没谢谢你呢。"

"啊?赵大哥?"阮胭小小地惊讶了一下,难道于百合和赵一成……

"嗯,隐婚一年了。别说出去哟。"于百合冲她洒脱地笑笑。

"好。"

电梯到了,两个人一起走进去,门"叮"的一声合上。

周子绝沉默地站在不远处,看着她们的背影消失,看着电梯数字一下接一下地变小,最后凝成一个"1"。

她们离开了。

周子绝拿出手机,点开一个微信头像:"还在皖南?我的新戏即将开拍,缺个医学顾问,来吗?"

那边很快就回了他两个简洁的字:"不了。"

"行,以后你看到成片别后悔。"他发完关掉了屏幕。

他走了几步,透过玻璃,看着已经走远的那道纤细身影。

他漠然地笑了下。

——阮胭,如果把那个人经历过的痛苦,一一加诸在你身上,你怕不怕?

"永远平静,永远温和,永远尊重悲苦。他不会哭。他太好了。"

真是讽刺。

可惜了,他是真的哭过。

不是为了那破掉的喉咙和被毁掉的学术生涯。

——是为了你。

——只为了你。

第五章
三叔回来了

RU CI MI REN
DE TA

阮胭试镜结束后，就接到方白的电话，说她已经找到了合适的房源。

房子在市中心的东洲花园，是一处两室一厅的小公寓，不管是地段还是价格，方白都很满意。

"难得的是安保措施竟然做得这么好！私密性也做得很到位！而且你知道有多巧吗？"方白有些激动，"这本来是我大学同学堂哥的房子，一直没人住，我今天发朋友圈问了一下，她立刻就说她哥在准备把房子倒腾出来租出去。都是老同学，还能给我们优惠价……"

阮胭点点头，方白办事，她还是很放心的。

"我这几天事情有些多，过几天还有首映礼要去，得准备一下。你实地去看完后，如果觉得不错那就定下来吧，拍个视频，晚上回酒店给我看。"

"好！"

阮胭打车往回走。她还没有完全从那场戏里走出来。

周子绝，周子绝到底是谁？为什么会写那样一个剧本，还有他那种审视打量的目光，让她心里有些不适。

他似乎知道什么。

阮胭坐上车，摇起车窗，把沉思的眼睛遮住。

车窗缓缓降下，一双冷峻的眼睛露出。

车子停住，沈劲抬眸，打量着眼前的"东洲花园"四个字。

"沈总，房子已经订下了，就在阮小姐的隔壁。"

"嗯。保密工作记得做好，她知道了肯定不会住过来。"

"好的。"向舟顿了顿，"沈总要过去住吗？"

那边的房子有些小，他怕沈总住不惯。

"不去。她很聪明，我住过去肯定会被发现。"

向舟纳闷道："那我们为什么非要租那么一间房子？"

沈劲冷笑一声，修长的手指敲着车窗，想到闻益阳前几天把阮胭隔壁的酒店房间全部包下来，只对向舟说了两个字："防盗。"

向舟听不明白，但照旧跟他汇报道："阮小姐今天去给新戏试镜了，导演是周子绝。"

"周子绝是谁?"

"一个导演,拿过很多大奖,是个奇才,但片子总是效益不好。"

沈劲听了眉头皱得更紧了。

她不是一心想成名吗,怎么跑去拍这种小众题材的电影,那她还怎么提高知名度?

"什么题材的?"

"好像是一个因为医闹而声带受损的女医生。"

声带受损?他见识过那是什么样,他家那个便宜三叔以前就出过这种事。后来再见面,整个人的嗓子都哑了,辗转治疗了一年才勉强好转。

阮胭怎么会想接这样的戏?

沈劲不悦道:"她那什么破经纪公司,给她接了个这样的剧本。"

问完,他又想起她的经纪公司的名字跟他三叔的名字一样。他捏了捏鼻梁,无奈道:"算了,先不用管,随她去吧。"

他现在手里的事情实在是太多了,沈崇礼拿走了之前在耀丰医疗的所有项目上的筹备;闻益阳那边在疯狂开发新的项目,试图和讯光科技抗衡;沈老爷子最近也开始防着他了;还有三叔,上次出现是在松河镇,这一次又消失了……

"沈总,现在还回酒店吗?"

"不回,你打电话给酒店,让他们打扫卫生时检查好门锁。"

沈劲看着"东洲花园"四个字,睫毛微垂,前两天是他太不冷静了。尤其是她说的那些话……

沈劲稍稍紧了紧手指,他心知自己不能把人逼急了。

"那过几天《两生花》的首映礼您还去吗?"向舟试探地问。

沈劲是这部电影的投资商之一,去参加是理所应当的事,但他现在的态度让人有些拿不准了。

沈劲把手搭在车窗上,表盘在光下折出微冷的光。沉默片刻后,他说:"去。"

阮胭回了酒店。

路过的时候,她往旁边闻益阳的房间看了一眼。房门紧紧地关闭着,不知道他是没回来,还是已经走了。

她没多想,回到房间后,就接到了邢清的电话。邢清问她:"在哪里?"

"酒店。"

"方白给你找的住处去看了吗?"

"还没,我在看后面我们要拍的一支广告,还准备熟悉一下首映礼的流程。"

"嗯,我来找你就是为这两个问题。广告的台本你也看了,对方是做智能家电的,给的报酬很丰厚,我们公司已经请人评估了,是很不错的代言。首映礼结束后,如果没意外,我们可以过去签合同。"

邢清一边说,一边传来笔记本电脑的敲击声,她应该是还在看策划案。

"还有首映礼,有一点需要注意的是,场地原定的酒店改成了露天的。我看了天气预报,当天应该是晴天,所以那天你需要和方白说一声,让她找擅长用光的化妆师,还有礼服的颜色与材质,记得依照温度和湿度选择……"

阮胭靠在窗边,手里捧着一杯蜂蜜水,蜂蜜安眠。

"听到了没有?"邢清问她。

"嗯,听到了。"阮胭笑了一下,"我只是在想,我们合作多久了?"

"一年了。"邢清敏锐地嗅出她语气里的不对劲,立刻问她,"干吗,你想解约?"

"当然不是,我说了要和柏良永远一起,所以绝不会解约。"阮胭端起咖啡,抿了一口,"我是觉得,你这一年来,挺好的。"

邢清那头敲击键盘的声音停了下来。隔了片刻,她才说:"是啊。"

是啊,当时两个人见面时,阮胭是个长相生涩的小姑娘,她自己也不过是怀揣一腔热血投身演艺圈的小经纪人助理。

转眼一年过去了,阮胭主演的第一部电影即将首映,广告、片约成堆地飞往公司,而邢清手下也开始带第二个艺人。

"阮胭,谢谢你。"邢清合上笔记本,认真地说道。

她知道,在应对剧组纠纷时,在选择片约与通告时,在面对铺天盖地的舆论风暴时,很多时候,都是阮胭自己冷静地做出核心判断,她执行工作……她知道自己的进步在何处,她只是惊讶于阮胭仍如初见时处变不惊。

一如既往冷静、从容、清醒。

"等一下,我去开个门,好像有人在敲门。"阮胭说。

"这么晚了,谁还来敲门?你别挂电话,我这边听着。"

"嗯。"阮胭把杯子放到窗台上,走过去打开门。

门外是两位前台工作人员:"不好意思啊,小姐,我们是过来提醒您,酒店帮您在门后又重新加了一道安全门栓,还有您的床头也安装了防盗按铃。如果您有任何需求,可以随时按铃呼叫我们的安保。"

阮胭沉默了一瞬才问道:"这是每间房都有的服务吗?"

前台也沉默了一瞬,而后才说:"嗯……是为您特别定制的。"

阮胭一下子就明白了:"好的,我知道了,辛苦你们了。"

"咦,有情况?"邢清笑得不怀好意。

"没有。"

邢清还在笑:"真分开了?"

"嗯。"阮胭走回去把杯子拿回来,把窗户关好。

"那工作室那边的衣服什么的怎么办?就他送你的那一堆金光灿灿的高定礼服,给他寄回去,还是转手卖了?"

"不了,就放那儿吧,锁上。"

"不怕硌硬人?"邢清打趣她。

"嗯,之前我很不喜欢他这样,总觉得他这种做法会把脏水往我身上泼。现在我看开了,凡事有好有坏,放在那里也不失为一种办法,震慑一下那些把心思动到我头上的人。"

寄回去他不会收,卖掉实在是太低级了。如果非要物尽其用,还不如把这些东西供在那里。借一借他的势,这大概是他最后能被利用的价值了。

"好。"邢清另一台工作手机振动了起来,新的工作又来了,她又得忙碌起来了。

挂电话之前,邢清进行最后的八卦:"最后一个问题——他到底哪里让你不满意呀?"

阮胭有片刻无语，最后反问了邢清一句："你知道马斯洛需求层次理论吗？"

"啊？"邢清愣住。

阮胭没再说什么，跟邢清道了声"晚安"，让她早点儿休息，就把电话挂了。

一大早起来，阮胭就和方白把东西收拾好，准备搬家。

阮胭向来喜欢简洁。她的东西不多，只有两个箱子，不大，却很沉。

等电梯的时候，方白忽然拿起手机冲阮胭直笑："胭姐，姜甜真的发通稿了。"

网上都在转发，称"实力派小花"姜甜已经秘密试镜周子绝的新片，清一色地吹姜甜即将起飞，还整了个姜甜演技炸裂瞬间的混剪短视频。

方白小声地抱怨道："还什么'秘密'试镜，没见过把脸拍得这么清晰可见的'秘密'。"

"不用管她。"

反正现在把自己捧得越高，日后必然会摔得越惨。

阮胭倒是被那个"演技炸裂"的小标题给逗笑了。无论这混剪视频配的背景音乐多煽情、选的画面多精美，她脑子里始终还是姜甜那句"不，我不信"……实在是太洗脑了。

阮胭勾勾唇，没再继续想这件事。两个人出了电梯，正好遇见回来的闻益阳。

他这天戴了金丝边框眼镜，身上穿着西装外套，白色衬衫领口解开了一粒扣子。

她每次见到闻益阳，他总是一丝不苟的，哪怕是穿程序员们最常穿的格子衫，也要把扣子端正地扣到第一粒。

很少见到他这么稍稍"凌乱"的样子。

以至于他整个人看起来和往常很不一样，身上那股稚气完全不见了。

"姐姐，你要搬走了吗？"他开口问她，下巴处还有青色的胡楂。

"嗯，你现在是去上班？"阮胭握着行李箱的拉杆问他。

闻益阳单手摘下眼镜，按了按睛明穴："不是，是刚下班，前天去公司开会，项目太急了，在关键阶段，忙到现在。"

阮胭看到他这个样子，心里还是有些不是滋味，毕竟他是她从那样苦的环境里亲自带出来的人。

清和市里人才济济，闻益阳刚来的时候，几乎处于一无所有的境地——学费是贷款的，连一日三餐都是喝五角钱一碗的白粥和咸菜，吃完饭后去免费的菜汤窗口打一份汤，就着汤里的一点儿蛋花就凑合过去了。

那时候阮胭还不知道他那么苦，直到去他们学校食堂陪他吃饭时，她才发现他居然不知道打肉菜的窗口在哪里……

后来她就时常带些吃的过去，两个人也是在那段时间亲近起来的。

虽然后来他们发生了那件让双方此生最难堪的事情，但她也没舍得删掉他的联系方式。

她只是有些心疼，这个此刻看起来面色苍白的男生不知道要比常人多吃多少苦、费多少心力才能走到如今这一步……

"怎么不回学校休息？"她问他。

"因为你还在这……"说到这里，他觉得不合适，立刻改了下口，"不知道你什么时候会离开酒店，我就想能过来就过来看看，万一你还有需要我帮忙的地方。"

说完他看了看阮胭，又伸出手，想帮她们拎行李箱："姐姐，我送你们去乘车吧，你的手之前不是受伤了吗？"

阮胭轻轻地摇头："不用了，益阳，你赶紧回去休息吧。"

闻益阳讪讪地收回手，然后从包里拿出两盒小蛋糕，试探着递出去："姐姐，还没吃早餐吧？给你买了蛋糕，我特地嘱咐过了，里面没有放花生。"

他没有问过她是否对花生过敏。但他有眼睛，他会看，哪怕他们只亲近地相处过短短一段时日，他也会偷偷记住她所有动过筷子的食物、目光停留过的场地以及无意中说出的一些话。

他都记得，并且悄无声息地记了两年。

阮胭叹口气，把蛋糕收下："谢谢你。"

她转身和方白拉着箱子往外走去。

闻益阳仍站在酒店大厅看着她们离去的背影,而后掏出手机,漂亮白皙的手指在上面滑动,黑色冰冷的大理石上映出一枚细小的红色光点。

像是这太阳的某道光束。

太阳的光束打在车窗玻璃上。

阮胭稍稍抬起手,遮了一下眼睛。阳光有些晃人眼,面前"东洲花园"四个大字被照得敞亮。

也是在这抬手的瞬间,她没看到和她们的车擦身而过的那辆黑色SUV。车里那个人瞥见了她,目光只停留了一瞬,便立刻摇上车窗。

"沈总是被风吹到了吗?"

"不是,你继续往前开。"是险些被她发现了。

于是,两辆车彻底背道而驰。

阮胭拿起手机,微信界面只有邢清发的消息:"后天的首映典礼上,宋筠会来。今天有保安人员在酒店里查到了两桶掺了玻璃的油漆。注意安全。"

清和的天说变就变。白日还是蔚蓝的天,到了夜里就下起了淅淅沥沥的雨。

阮胭和方白在白天已经把屋子收拾好了,奶油泡似的灯光落下来,周遭很安静。

她一个人蜷在被子里,投影仪里放着老电影,手机里忽地跳出一条好友请求信息。

备注是"周子绝"。

阮胭点了通过。

那边很快发消息过来:"阮小姐,很开心与你合作!你的试镜,我们几个人都很满意,如果你愿意,我们过几天就可以签合同。"

"好的,谢谢周导。"

阮胭看着他的头像,微微出了神。

是一只白色水鸟。

诸多回忆跟着那只白色的水鸟涌了过来——

"其实我不是想养鸟,是看到你的第一眼,我就觉得好像回到了小时候,那种白色水鸟从海面上掠过后,心里满满都是它们留下的那种飒飒水声。哥哥,我这个比喻好吗?"

"如果你放进语文作文里,那么这次高考,语文一定能过。"

阮胭一直以为他没听懂她背后的隐喻。

直到她终于考上清和医大,结束了她的第二次高考,她开始使用微信,才发现他的微信头像是一只停在海面上的白色水鸟。

"周导的头像挺好看的,是您自己拍的吗?"阮胭沉思了片刻,给他发了这样一条消息。

"不是。是和朋友一起去海边玩的时候,他拍的。"

阮胭犹疑一瞬,回他:"您的朋友拍得真好,不知道是哪位大摄影师,我能问一下他的姓名吗?"

他还没回,奶油泡灯光就"啪"的一声熄灭了。

好像是短路了。

阮胭放下手机。

黑暗里,室内的寂静显得无比真切。大门外有窸窸窣窣的脚步声,并且离她的门越来越近,越来越近。

阮胭攥了攥被子,一边在心底告诉自己,这里的安保做得很到位,不会是什么歹人;一边思索着白天把菜刀放在了哪个位置……

然而,那脚步声到了门前,忽地停了。

接着是盒子被放到地上的声音。最后,脚步声渐渐离开,只剩钥匙插进钥匙孔的声音。

"吧嗒"一声,大门被关上。

阮胭从被子里爬起来,透过猫眼往外看,走廊的灯仍然亮着。她看到门前放着一个小小的红色木制盒子。

她犹豫了一下,把门打开,将盒子飞快地拎了回来,然后把门关上。

她打开手电筒,将盒子打开,里面放着一个白瓷盅,盅里盛着一碗晃悠悠的小馄饨。

皮薄薄的，鼓出来的肉馅不多，汤里浮着几只小虾米。

她只是看了这汤一眼，心绪就已经开始不平静了。

这是……是海鲜馄饨。这样的香味，她再熟悉不过了。小时候，母亲在船上时最常做给她的就是海鲜馄饨。船上没有猪肉，只有鱼肉、虾肉，母亲便把它们捣成泥，包在里面。

阮胭眨了眨眼睛，把快要从滚出来的眼泪眨回去。食盒里还有一张字条，字迹娟秀："你好呀，新来的邻居朋友。我和先生在经营一家私房菜馆，平时早出晚归，没来得及在你刚搬来的时候跟你见面，不知道你喜欢吃什么，就做了些馄饨。希望你会喜欢。"

阮胭把字条收回，将白瓷盅盖上。馄饨虽好，但她没有吃一个陌生人赠送的食物的习惯。

她把白天里在花店里买的一盆栀子拿出来，将盆上的泥土擦干净，然后端出去，敲开了对面邻居的门。

"啊，你好呀！"开门的是个年轻的女孩儿。她身后的男人围着围裙，在打扫桌子。

"你好，我是对面新搬来的住户，我叫阮胭。"

"啊！我叫谢弯弯，那是我先生江标。我知道你，我刷到过你的微博。你真人好漂亮啊，宋筠和你长得真的好像啊……"说到这儿，谢弯弯的先生咳嗽了一声，她立刻解释道，"啊，不好意思，不好意思，我不是那个意思……"

阮胭笑了笑："没关系。这是我今天在花店买的栀子花，谢谢你的馄饨，我很喜欢。"

她说的是宋筠像阮胭，不是阮胭像宋筠。

"谢谢你，好香啊！"谢弯弯眉开眼笑地接过花盆。

两个人寒暄了一下，互道"晚安"后，阮胭就回了房。

她拿起手机，周子绝回了她消息："不好意思，不方便告知。下周一记得和经纪人一起来公司签合同，期待合作！"

阮胭放下手机，在满屋的海鲜馄饨的香气里渐渐睡去。

雨还在下，雨水砸在花叶上，留下水痕。

谢弯弯伸手碰了一下栀子花的叶子，问江标："老公，你说劲哥真能把人追上吗？"

"难说。"江标认认真真地擦着桌子，笑道，"反正帮个忙就白捡套房子，如果天天都有这种好事，那我希望沈劲那货天天都追老婆。"

谢弯弯瞪了他一眼，然后掏出手机给沈劲发消息："放心，馄饨已经送过去了。她还留了一盆花，您看您什么时候有空过来拿。"

沈劲回她："好，谢谢。"

雨水砸在他的车窗玻璃上，滴答作响。

响声里，周牧玄发了条信息过来："查到了，你三叔早在松河镇被你家老爷子先一步给接走了。是姚伯亲自去接的人。"

沈劲盯着这行字，看了片刻，看到手指发白，才跟向舟说："掉头，去沈家老宅。"

"沈总，今天不是周日，不用回去给老爷子问安。"

"不，去问我那个三叔的安。"

大雨仍然在下，如断线的珍珠般砸在雨棚上。

一个老者和一个年轻人行色匆匆地从一家饭店里走出来。

"我们是时候该回去了，老沈总还在家里等着。"

陆柏良"嗯"了一声："放心，我不会离开，就是来给老爷子买些汤。阴雨天，他年纪大了，积痰多，该多吃一些川贝。"

"这些家里的保姆会做。"姚伯无奈地劝他。他实在没必要晚上再出来，自己还得跟着。

"这里的老板以前是我的中医老师，药膳做得更好。"

姚伯叹口气，陪着他一起往回走。

两个人走到黑色的车前时，身后的饭店忽然一阵喧闹。

"打120，快，快打120！"

陆柏良脚步一顿，往后看去——

只见一个中年妇女不停地拍着中年男人的背，嘴里喊着："老头子，吐出来,你快吐出来啊!"

中年男人伸出手,疯狂地用手掐住自己的脖子。他整张脸已经发紫,说不出一句话来。

旁边有服务员想拿水给他喝,帮助他把食物吞咽进去,可是男人的手始终掐着自己的脖子,连张嘴都困难,那杯水刚送到他唇边,就在他的挣扎里不断地洒出水来……

"气道异物梗阻……我是医生,让开,他不能直接喝水,让我来。"

一个学生模样的年轻人立刻拨开人群,冲上前去。

陆柏良注意到他的背包上印着"清和医大"四个字,是校庆纪念日每个学生都会有的。

应该是清和医大的学生。

陆柏良停住脚步,对姚伯抬抬手:"等一下。"

他站在玻璃窗外,看着里面年轻人的动作。

年轻人站在中年男人身后,将双手环绕在患者腰部,左手握成拳,将握拳的拇指侧紧抵患者的腹部脐上,右手向上快速按压患者的腹部。

他按得又快又急。

片刻后,那个中年男人口中终于吐出一堆黄色的黏状物,脸上可怖的青紫也终于慢慢地散去。

连姚伯也忍不住感叹道:"不愧是清和医大的学生。"

陆柏良微微颔首:"嗯,基础急救知识。难得的是这份医者善心。"

就在他转身准备离开时,身后中年女人的哭声更惨烈:"怎么回事,为什么?老头子,你醒醒啊!你醒醒!"

陆柏良连忙回过头,那个男人脸上的青紫已经散去,但整张脸呈现出灰白色,原本挣扎的双手已经无力地垂在身体两侧,显然已经失去意识,陷入昏迷中。

而那个帮忙的年轻学生顿时愣在了原地:"这……"

"120!快叫120!"所有人已经乱成一团,

陆柏良站在窗外,眉头紧紧地拧起。

下一秒,他赶紧把手中的食盒递到姚伯的怀里,迈开长腿,大步走进店里。他伸出手拨开人群，对那个学生说："来不及了，他呼吸受阻，已经耽误了四分钟。"

店里声音嘈杂，陆柏良的声音沙哑，那个学生完全听不到他在说什么。

陆柏良用大拇指按了一下自己的食指，让自己冷静下来。他凑到学生的耳边，努力扯着嗓子，使自己的声带发出正常人的声音："我说，来不及了，做环甲膜穿刺，快去找刀。"

大雨依旧倾盆而下。

诸多无端的画面悉数跟着雨声一起砸进阮胭的梦中。

第一个片段是她回到了第一次高考后的暑假。

她在纸厂里打工，没有空调，只有闷热的吊扇在头顶慢悠悠地转动，风力小到几近没有。

她就坐在吊扇下，一个接一个地叠硬纸壳盒子。计件算薪，一个盒子八分钱。

阮胭的手指很灵活，动作最快的时候，一天能叠一千个。

她从考完第二天就进纸厂里叠盒子，叠了两个月。不管是查分还是等录取通知书，她一点儿也不急，旁边一起做工的阿姨问她最后考上了哪儿，她说："就一个普通二本。"

阿姨说："二本也好，二本也算是大学生了，比我们这些县里的女工要强多了。"

阮胭笑笑，说："是吗？"

"不是。"有个男声立刻回答她。

画面转到那辆开往三峡的游轮，那个男人站在风里，他们并肩靠在船舷上。

他说："阮胭，去复读吧。

"你看到这三峡了吗？神女、瞿塘、西陵，这一路的景色这么好，但是，阮胭，你知道你本来能看到更高更远的风景吗？

"我是指，人生固然是由诸多遗憾组成的，但你知道最大的遗憾是什么吗？是跟在'本来'后面的那句话……

"我希望你不要在未来留下太多'我本来……'。"

船晃悠悠地往前开,下一站是神女峰。

她低着头看向波光粼粼的江面。

他说这番话的时候,她有些想哭。她的十八年都被她自己给辜负了,辜负了当初那个在船上满心期待望着她、教她鸡兔同笼的数学老师,辜负了为她从海上走回陆地的母亲,辜负了总是忍着舅妈异样眼神、依旧偷偷给她塞钱的舅舅……

"可是,我怕我做不到。"她忽地抬头,看着他。

他在清风细雨里笑开来,对她说:"人生本来就没有什么必须要去做到的,不是吗?去做就好了。"

去做就好了。

他一定不知道,这五个字在她日后的生活里,究竟支撑她做出了多少重大的选择。

"既然三峡的风景不是'更高更远'的风景,那你为什么还会来呢?"她看得出他整个人气度不凡,哪怕是坐在一等舱里,依旧那么格格不入。

"为了帮一个人来看看这里的风景。"

"帮一个人?他来不了吗?"

"嗯,她来不了。"

"好吧。"

阮朒蓦地睁开眼,瞥了一眼窗外,雨仍在下。她最怕半夜惊醒,饿意袭来。不过她还是屈服了,起身去把谢弯弯做的馄饨放进微波炉里热了热。

馄饨送进嘴里的时候,她总觉得有哪里不对。

这个口味和她母亲做的太像了,现在怎么还会有私房菜馆用鱼肉和虾肉做馄饨馅儿呢?

窗外一声闷雷响起,她没来得及再去细想,赶紧吃完上床继续睡觉,关上窗户的时候雷声依旧。

"打雷了。"饭店的员工更着急了,这雷不知为现场增加了多少恐慌。

这么大的雨,等医院那边召集护士和医生出车赶过来完全来不及了。

"找到了,找到了!我在隔壁诊所找到了!手术刀、血管钳、碘伏、气管套管和球囊,他们都有。"

"好。"陆柏良赶紧和姚伯把中年男人横放到地上,拿出碘伏开始为刀具消毒。做完初步的准备后,他立刻找到中年男人的环甲膜,果断下刀,动作利落又干净,整个过程甚至十秒钟都不到。

接着他立刻把血管钳一分一扩,戴上球囊为他做人工呼吸,年轻学生赶紧在旁边进行心脏按压。

所有人都屏住呼吸,注视着这个清瘦的男人。

一分钟左右,中年男人的呼吸和心跳终于慢慢地恢复了。

而外面,闪着红蓝两灯的救护车终于冒着大雨赶过来了,紧接着便有专业的护士和医生走了下来。

年轻的学生流了一头的冷汗。他这年才大二,这是他第一次为人做手术。在这两分钟的生死关头,他回想起来,双手仍是止不住地发抖。

他看向面前这个依旧一脸云淡风轻的年轻男人,问:"您也是医生吗?"

陆柏良的目光落在他背包上印着的"清和医大"四个字上。

而后,他用沙哑到极致的声音说:"清和医大,第三临床医学院,08级,陆柏良。"

第六章
回来，胭胭

RU CI MI REN
DE TA

大雨噼里啪啦地砸在雕花的檐角上，又噼里啪啦地砸下来，跟碎了一地的珍珠似的。

沈劲的车刚开到老宅门口，姚伯就跑出来接他，看到他左肩和脸上的雨水，又瞥了一眼车后窗的那抹粉色，不解地问："您车上明明有伞，怎么不撑？"

沈劲回头看了一眼，这才看到了那把粉色小伞，那应该是阮朒上次开他的这辆车去机场时留下的。

他顿了一下，收回目光："雨不大，没事。爷爷呢？"

"老沈总在二楼。你三叔回来了，他们在说话。"

"三叔回来了？"沈劲表情讶异，仿佛什么都不知道。

"是的。您先喝碗姜汤祛祛寒吧。"姚伯赶紧摆手势，立刻有人端着托盘上来。

"不用了，我先去给爷爷问个好。"沈劲摆摆手，大步朝楼梯口走去。

沈劲上了二楼，走到书房门口，门也不敲，直接推门就进去了。

里面正中间坐着一名老者，头发半白，穿灰色中山装，袖口绣着银线祥云纹，整个人透着一股不怒自威的气势。

老者的旁边坐着一个年轻人，在给他的左手施针。

一直闭眼假寐的老者忽地睁开眼："怎么门都不敲？"

沈劲笑笑，随意地找了把椅子坐下："爷爷，反正这楼梯是木头的，我一上来您不就知道了吗？"

沈万宥右手扶着拐杖，笑道："就你不着调。"

"三叔是什么时候回来的？"沈劲问道。

陆柏良没有抬眼，手里依旧悬着针，答道："前几天。"

沈万宥微眯着眼，看着沈劲："前些日子你去哪儿了？怎么没在公司？"

沈劲如实作答："去皖南探望一个朋友，她在那边拍戏。"

"拍戏的朋友？"沈老爷子沉吟了会儿，才又开口，"是宋家排老二的那小姑娘？崇礼的妻妹，宋筠？"

"不是，是另一个朋友，有机会领回来给您见见。"沈劲顿了顿，补了句，

"她以前跟三叔一样,也是学医的。"

"哦。"沈老爷子对演艺圈里那些女孩子不太感兴趣,学医学艺对他来说都没差别。

"爷爷,我想跟三叔单独说会儿话。"

沈劲看向沈万宥,为了打消疑虑,他还笑嘻嘻补了句:"我跟三叔讨教一下,学医的女孩儿该怎么追。"

沈万宥扯了一下嘴角:"没出息。"

等陆柏良把针都取下来后,沈万宥才挥挥手道:"去吧。"

两个人一起走下楼,沈宅很大,一楼的后院还有一个抄手游廊。

沈劲和陆柏良走在游廊上,周围没有人,噼里啪啦的雨声不停地响着。

沈劲率先开口:"三叔,我一直在找你。"

陆柏良站着笔直,看着雨帘,点头道:"我知道。"

"三叔,我只想弄清楚一件事——"沈劲看着陆柏良,"四年前,我出事的那次……你有没有插手这个局?"

雨声渐小,陆柏良没有立刻回答他,周遭恢复了安静。

安静的东洲花园,阮胭又从梦里惊醒了一次。她睡得早,醒了一次,就很难再入睡,总是做些乱七八糟的噩梦。

她索性不再试图入睡,直接拿起手机看微博和新闻。

果然,周子绝一把消息发过来给她,双方接洽无误后,周子绝方就官方宣布:阮胭饰演周子绝新戏的女一号,于百合饰演女二号。

而前一天还蹦跶得厉害的、发实力派通稿的姜甜,这脸被打得简直不要太响亮。

也是托姜甜的福,她强大的粉丝号召力又把阮胭送上了热搜。无非就是嘲讽阮胭背后有金主,或者是暗骂周子绝选角不公正。

邢清现在已经把阮胭的"茶艺"学到七八成了——遇到这种事,先不回应,先享受几天对家送她上热搜的快乐。

邢清说:"等过几天,周导把试镜视频放出来,我估计姜甜就扑腾不起来什么水花了。"

阮胭回复她:"这次不行,早点儿应对,联系公关公司明天尽早回复吧。"

"啊?"邢清不解,这次怎么和上次应对宋筠泼脏水的方法不一样?

"周子绝不一定会帮我们。"

阮胭没说的是,周子绝总给她一种似敌非友的感觉,不知道是不是她的错觉。她补了一句:"周子绝和谢丐不一样,谢丐为人正直、见好就收,热度够了、黑料到了一定的程度,他就会主动帮我们澄清。但是周子绝,这个人我完全捉摸不透……我们还是尽早澄清吧,不要太被动。"

"好。"邢清立刻回复她。

阮胭关上手机,尝试再次入睡。

房间内又重新恢复了安静。

安静不过维持了半分钟,便被陆柏良笃定的声音打断:"没有。我没有参与过当年那个害你的局。"

沈劲停下来,认真地打量着陆柏良。事实上,他和这位便宜三叔的关系并没有多亲近,但他知道,这人不是个所谓的伪君子。

陆柏良的淡泊纯正不是装出来的,但是……

"但我就是因为看到你和那个女孩儿一起,我以为她是宋叶眉,我才会拼了命地上去救她,直到我以为我要死了,周牧玄才赶过来告诉我,宋叶眉早就已经乘飞机离开了……"

沈劲闭了闭眼,喉头的疤痕跟着滚了滚。那一夜黑暗的记忆涌上来,他心里仍是止不住地产生痛意。

"我才知道是有人设了局,找了个假的宋叶眉,故意引我过去。一边拖住我去找宋叶眉,一边暗地里趁机整死我。"

他永远也没办法忘记那个晚上。

那年,沈劲也不过刚回国,刚接手公司,还没来得及站稳脚跟,还没来得及跟宋叶眉正式表露心意,就收到了她要和他堂哥沈崇礼联姻的消息。

沈崇礼是个什么人,变态,心狠手辣,交过无数个女朋友,除了沈家长房长孙的名头,完全就是个人渣败类。

他以为她会反抗,她却温顺地答应了。

在他们订婚的前一周,他找她,对她说,他可以带她走,只要她肯信他。

她答应了。

就在他们原定去英国的前一天凌晨,他收到消息,说看到宋叶眉和陆柏良在一起,就在清和医大。

那时候,宋叶眉的胃病极其严重,她会找陆柏良定期拿药调理。沈劲几乎没有怀疑,立刻赶了过去。

果然,他在清和医大偏僻昏暗的北门巷子里,看到了"宋叶眉"。

她好像对陆柏良说了什么,但陆柏良只是伸出手,想拥抱她,最后克制地收回手,转身就走了。

陆柏良走后,她就蹲在地上呜呜哭了起来。

昏暗里,他看不清她的脸。灯下,那双眼却是与宋叶眉一模一样的凤眸,可又有些不一样,那眼里有着过多的倔强。

他想跑过去扶她起来,可是巷子深处忽地窜出五六个男人。他们齐齐朝她走过去,她被吓到了,像只四处逃窜的兔子,拔腿就往外跑。

沈劲毫不犹豫地冲出去,她在前面跑,他在后面拦,一个人赤手空拳对上那群男人……

直到天色渐明,他在血泊里醒来,是周牧玄找到了他。他才知道,他掉进别人做的局里了,而等他赶去机场的时候,宋叶眉早就已经离开了……

"那个女孩儿是我的一个朋友,沈家这些事她都不知情,别去查她、打扰她。"陆柏良说。

沈劲"嗯"了一声。其实他当年查过那个女孩儿,可周围全是监控死角,没查到。后来,他想去找陆柏良对峙,结果陆柏良很快又在医院出了事,被送出国去治疗,就此消失了这么多年。

沈劲说:"放心,既然与她无关,我就不会动你的朋友,也不会查她。我只想找出当年在背后做局之人,让他把该偿的,全偿还给我。"

"偿还给你?"陆柏良说,"你现在还对叶眉有那种感情?"

他以为沈劲仍对当年的宋叶眉耿耿于怀。

沈劲摇头:"原先几年有,而且是浓烈到折磨人,想起来就后悔。"

"后来呢？"

沈劲怔住，笑了一下："后来遇见了一个女孩儿，她让我想通了。以前没有宋叶眉，是后悔；现在对那个女孩儿，我是后怕。"

陆柏良问："怎么说？"

沈劲笑笑，过分肉麻的话不是他会说出口的。

他问："对了，问你件事，你们以前医学院那些女生，我是说，学医的，到底该怎么追？"

陆柏良忽地就想起来一张倔强的脸庞，下巴瘦而精致，漂亮的眼睛对着一根根银针犯了难……

"别怕，你可以往我手上扎，拿我来找穴位。"他伸出手，衬衫袖子半挽，递到她面前。

她小心翼翼地找着穴位，又生怕扎错了弄疼他，眼睛湿漉漉的……

陆柏良沉默了片刻，对沈劲说了两个字："用心。"

"用心？"

"嗯。尊重、包容、理解，以及永远站在她身后，坚定不移。"

沈劲反复琢磨他话里的意思，最后说："谢谢三叔，我先回去了，明天还得参加一场首映礼，你也早些休息。你快找个三婶，好让爷爷放……"

说到这儿，他忽地想起周思柔。三叔似乎一直在周思柔的事情里没有走出来……

他连忙改口："三叔，抱歉。"

"没关系。追到了记得把侄媳妇——"陆柏良笑了一下，"是这样称呼吧？把她带回来让我们见见。"

"好。"沈劲也笑开来。

首映礼那天的天气很好。

方白一早就按照邢清嘱咐的那样——给阮胭找了擅长日光摄影造型的造型师。

造型师给阮胭挑了一条红色的镂空挂脖连衣裙，背后漂亮的蝴蝶骨完完全全地展露了出来。

她的头发也被不高不低地盘了起来,浓密蓬松的发丛里,被造型师心机地插了好些小茉莉。

造型师说:"两生花,两生花……就这电影名,你身上没有花儿,还有什么意思?"

阮胭一想,也是这个道理,索性任她折腾了。

到了酒店,方白先去露天停车场停车,然后陪阮胭去首映礼的会场。

她们刚把车停好,一个人便跟在她们后面,以她们的角度根本无法看到。

空气里弥漫着某种熟悉的味道。

一种莫名的惊惶漫上她心头,这种感觉很多年都没有出现过了。她想到邢清前几天发的短信:"宋筠也会来,酒店里还放着掺了玻璃碴儿的油漆……"

她问方白:"备用礼服准备好了吗?"

方白点头:"都备好了。"

"好,你再去车上把西装外套给我拿过来。"

如果有人泼油漆,她得先拿外套把那些恶心的东西挡一部分……

方白转身回车里去取。

然而,方白刚离开,阮胭刚走到停车场门口,一盆透明的液体就向她猛地泼来。

"去死吧!"

阮胭条件反射地往旁边一闪,透明的液体泼在了地上。

还好她平时一直坚持做体能训练,反应比常人快那么两三秒,不然这液体肯定会泼在她身上。

那人戴了黑色的头套,浑身上下罩得严严实实的,阮胭只能通过对方的身形和声音判断出是名女性。她见没泼中阮胭,立刻拔起腿就往外跑。

阮胭赶紧跟上去,方白拿着外套也在后面追。

阮胭穿了高跟鞋,不方便追,追到那人消失的拐角处时,已经是气喘吁吁了。

她捂着肚子直喘气。

然而,下一秒——

"胭姐,小心!"方白在她身后大声地喊道。

阮胭抬头。那个本来已经消失在拐角的人,不知什么时候折返了。这次,她手里又提了一桶不明液体。

她顿了一下,举起桶,准备朝阮胭泼过去……

已经疲惫不堪的阮胭知道这次躲不过了。

她认命地闭上眼,然而意料中的疼痛并没有到来。

她落入一个温暖的怀抱里,整张脸都被人紧紧地护着,滚烫的体温将她包裹住。

紧接着,她听到一声闷哼。

她连忙推开他,从他怀里钻出来。

空气里到处是那种发涩的气味——是烧碱水!

"沈劲!"

阮胭转头看他,他刚刚用后背替她挡下了那个人泼出的一整桶烧碱水……

那个人见状想跑,阮胭看了一眼脸色灰白的沈劲,然后直接踢掉高跟鞋,快步追上去,几下就把那人的胳膊抓住。

她抬脚往那人的肚子狠狠踹去!

阮胭打小就是在船上长大的,海里游惯了,看着柔弱,实际上身体素质比好多男人都强。

那人当场就被她踹到了地上,捂着肚子直叫唤。

她抬起右脚死死抵在那人的下巴处,抵得对方不敢乱动,只能眼睁睁看着她捡起地上的桶,里面还残余一些烧碱水……

阮胭的脑海里仿佛有一道声音在不断地回响——泼下去,阮胭,朝她的脸上泼下去,就像她对你做的那样,泼下去,当个坏人也没什么不好。

她闭了闭眼,拿起桶,狠狠地往脚下踩着的人泼下去——

但她终究还是只泼在了那人裸露的手臂上。

真要泼到那个人脸上,她做不到。

因为就在她想那样做的一瞬间,在她的脑海里,有个人站得笔直,温和宁静地告诉她:"医者,要有仁心。"

脚下那人被烧碱水烫得直叫唤。在这声声的惨叫里,阮胭回过神来,看着她,一字一板地提醒道:"你听着,我很坏,但我没你那么坏。我不会把毁人面容这种低劣的手段往同为女性的人身上使。但是,你既然敢做,就要敢承担后果。"

说完,阮胭松开脚,把装着烧碱水的桶往地上狠狠一扔。

那声音震慑得地上的人抖了又抖。

对方忍着痛,颤抖着身子站了起来,甩着快要被烧碱水灼烂的手往外疯狂地跑去。

她要去看医生!再不去,她的这双手就要废了!

阮胭没有去追,而是回头看向沈劲。

他的整个后背上都是烧碱水,她刚刚听到了他的痛呼声,应该是什么地方被灼烧到了。

"沈劲,你过来。"她定定地看着他。

他的眉头微皱着,走向她。

阮胭又说:"低头。"

沈劲很高,阮胭的身高只到他的肩膀处。她猜测,刚刚的烧碱水一定是溅到了他的后颈。

果然,沈劲微微弯身下来,她就看到他整个后颈上布满了斑驳的红点……

阮胭心下一惊,直接拉起他就往最近的洗手间跑过去。

而在他们身后的不远处,站着一个男人。他推了推鼻梁上的眼镜,看着眼前发生的一切,自嘲道:"又来晚了一步。"

"把头低下。"

阮胭拧开水龙头,把沈劲的头往流水的水龙头下按。自来水冲上他的后颈,凉意稍稍盖住了痛意。

他的右手还紧紧地攥着她的左手,让她抽也抽不出来。

"放手,沈劲。"

"不放。"他更加用力地拉着她,自来水顿时呛进了他的嘴和鼻腔里,呛得他连连咳嗽。

阮胭拿他没办法,只能任由他攥着自己的手。

"你为什么要帮我挡？"

"不挡你就废了。"

"不会，我躲得开。"

"你躲不开。"他说得笃定。

被他戳破，阮胭无言。

水龙头哗啦啦地流着，冲在沈劲的后颈上。沉默里，他突然开口："现在，是你欠我了。"

"嗯。"阮胭不得不承认，在这件事上，她的确欠了他一个人情，"你想怎么样？"

"回来，胭胭。"他还攥着她的手不肯放。

"除了这个，你换个其他的。"

她生硬的语气落下，他忽然觉得被水冲走的疼意又重新涌了回来。

"可是除了这个，其他的，我什么都不想要。"他攥着她的手越发用力，像在忍着疼。

"不想要，那就让我一直欠着你吧。"

她说完这句话，他怔了一下，以为这是他们可以纠缠很久的信号。

结果下一秒，她一句话又将他重新打回地狱："你别多想，我不是什么好人，我的良心也不会因为欠你而不安，我依旧会正常地生活，所以你最好提一个合理的要求。"

沈劲只觉得后颈上的灼伤真痛啊，痛得他牙关都在轻轻地打战："那……你可以来照顾我吗？"

阮胭没回答。时间和水龙头的水声一点儿一点儿地流逝。

洗手间外，方白问她："胭姐，谢导在喊首映礼要开始了。"

阮胭回了句："好，知道了。"

说完，她对沈劲说："一直这样用水冲刷三十分钟，稀释碱水，避免烫伤，然后打电话给向舟，让他送你去医院。我先走了。"

说完，她想要抽手离开，他却不肯放。

在阮胭用力地挣扎中，他再次被水呛住。

而这一次，阮胭没有停下动作，直接头也不回地离开。

只留他一个人,埋首在水龙头下。自来水顺着他的后颈流向口鼻,他被呛得眼泪都快要流出来。

他不明白,阮胭怎么舍得?

以前那么喜欢他,满心满眼依赖着他喊他"哥哥"的阮胭,怎么就舍得放他一个人在这里?

大厅里已经坐满了人。

为了契合医疗片的主题,整个大厅都被白色填充。白布、白色凳子、白色桌子,策划得十分独特。

因此,那抹红到极致的红走上台时,才显得足够万众瞩目。

太美了!和当初开机仪式上那个站在一隅安静、不争的白衣黑裙女孩儿判若两人。

所有的记者都敏锐地举起相机,对着阮胭一顿狂拍——这就是新一任的"谢女郎",一人分饰两角的绝对女主角。

宋筠也在台上,穿了条白色连衣裙,站在制片人旁边,以客串助演的身份。

时隔三个月,两个人和开机仪式上的身份对调,阮胭成了绝对的中心位,宋筠则成了媒体人口中"不争不抢"的那位。

于是,阮胭像宋筠当初所做的那样——对她露出一抹淡淡的笑。

而宋筠无比惊讶地看着她:"你……"

"我没有被泼,失望吗?"她站到宋筠旁边,嘴角依旧噙着笑。

宋筠的神色有些不自然:"什么泼不泼?"

"明明只是客串,上次和谢导已经闹得那么难看了,这次却还要赶来参加首映,真的是为了看这首映的电影吗?"

阮胭看着她,没有遗漏她脸上的每一丝惊惶。

下面有无数镜头在拍着她们,宋筠僵着脸笑道:"你在说什么?"

"我说,你喜欢看,就要看到底,好不好?"阮胭的嘴角依旧挂着得体的笑,神色一点儿都没变,"首映礼结束后,别走啊。"

宋筠稍稍往后退了一步,有些站不稳。

阮胭开始如常地应对记者的各种提问。

她很聪明,说话会留余地,能接哏,也能抛哏。就连谢丐也有些惊讶,他一直以为她是个安静的姑娘,没想到她也有如此圆滑的一面。

直到有个记者尖锐地提问:"阮小姐,昨晚周子绝导演官宣您是他下部影片的女主角,那也是一部医疗题材的电影。我想问一下,您一连接两部医疗题材电影是为什么呢?有人说,您是要演一辈子医生,为了维持自己清和医大的高才生人设,您怎么看呢?"

场上一下子就安静了下来。这个记者很年轻,一看就是个新人,前半句问得还行,后面的问题简直像是把网友们的提问直接拿过来的一样,没有半点儿水准,还得罪人。

但其实大家也都很好奇她为什么又选了一部医疗题材片……立人设有好有坏,加深观众记忆的同时,也很容易限制死自己的戏路。

难道说,她真想演一辈子的医生?

阮胭拿着话筒,看着那个记者,嘴角微扬,说道:"是。我就是要立住我医学高才生的人设。"

她一说完,全场哗然。

然而她只是抬眼,继续坦然地往下说:"我是清和电影学院的学生,但我也是清和医大的学生。我热爱医疗事业,正是因为热爱,我才比谁都更希望我能够站在医生的立场,为医生发一次声。有人思考过当一名医生究竟要付出多少年的时光吗?五年本科,三年规培,如果要留在三甲医院,还得再度过三年硕士和三年博士生涯……诚然,医者仁心,理应保持终身学习。因此,我想和这些有志的导演、编剧们一起,把我所知道的这个行业的种种不易,尽力地指出来、说出来、演出来。我无比骄傲在成为一名演员之前,曾触碰过手术刀,曾接触过人性的善恶,曾感受过生命的美丽……我爱这个行业,并且,将永远爱着。"

这段话很长,她说的时候却无比镇定,只有说到最后一句时,她的眼眶里才稍稍有湿意涌现。

摄像机对着她的脸一顿拍,想要在她掉落那滴泪时,拍下那个瞬间。

然而她把泪止住了,淡淡地笑道:"另外,今天是《两生花》的首映礼,还请不要提到其他影片,谢谢大家了。"

谢丐立刻笑着接道:"没关系,丫头,我可以免费帮你的下部戏打广告,记得给我分成就行。"

他的话音一落地,所有人都笑了,气氛便又渐渐地活跃了起来。

直到首映礼结束,所有人都是"满载而归"——记者们拿到了他们想要的料,电影方达到了想要的宣传效果。

除了宋筠。她的脸色极不好看。她往外走的时候,阮胭忽地拉住了她:"筠姐,等一下,说好请你看的戏,还没看完呢。"

宋筠脸一白:"你还要干什么?

"报警。"

阮胭这两个字一吐出来的时候,不仅宋筠一脸震惊,就连谢丐也看着阮胭:"怎么回事?"

"我说我要报警。"阮胭看着宋筠,一字一板地说道,"我要控告你故意伤人。"

宋筠整个人僵在原地:"你在乱说什么?!"

谢丐和一旁的制片人也蒙了。宋筠是资方请过来的,说她人气高,号召力强,哪怕以前拍摄时期发生过不愉快,但如果宋筠的团队愿意让她来首映礼露个脸,对双方都有好处。

怎么又搞出这些事?

"你雇人对我泼烧碱水。"

阮胭注视着宋筠,目光寒冷,看得宋筠的指尖都在发抖。

"可惜找的人水平太低,没有成功让我毁容,反倒让自己折进去了。我让方白跟过去了,那人现在就在市二医院里待着;还有那个装烧碱水的桶,我也留着了,到时候采集指纹比对就好了……"

"我没有。"宋筠终于承受不住,发出尖锐的叫声,打断阮胭,"我没有请人给你泼过什么烧碱水,这东西我连听都没听说过!你别在这里污蔑我!"

阮胭看着她崩溃的神情,甚至有那么一瞬间就要信了,会不会事情真的不是她做的……

她定了定心神:"是不是污蔑,等警察来查就知道了。"

宋筠抬头，用怨毒的眼神盯着她。

旁边的制片人也觉得事情过于吓人了，于是打圆场道："阮胭，既然你现在没事，就先不要轻易报案，今天是首映礼，对剧组影响不好。"

阮胭笑了下："因为我没受伤，就可以不计较她的违法行为了吗？"

制片人动了动嘴唇，没说话。

阮胭从他的表情就可以看出他心里的话：就算你受伤了，也不可能因为你而得罪宋家千金。

"可惜了，受伤的不是我，是讯光集团的总裁。"阮胭又补充道。

"什么？劲哥住院了？"

顾兆野这边还在被一个妹妹喂酒，那边周牧玄的声音在电话里传过来。他当场就把身上的妹妹给推开了，连忙叫了个代驾赶去医院。

是因为担心吗？

嘿，还真不是。纯属看热闹去的。

那可是沈劲！他们那拨人里从小打架最凶狠的一个！在人人得水痘、过甲流的时候，就他跟头野兽似的，身高一直往上蹿。

据说当年填志愿的时候，沈老爷子因为陆柏良在医学上的成就，也动过几分让沈劲去学医的念头，偏偏这人嚣张地说："不好意思，打小没去过几次医院，对这玩意儿不熟。"

于是转头就去美国念了他最熟的专业——金融数学。

没有人比沈劲和钱更熟了。

顾兆野到医院的时候，沈劲已经包扎好了，脖子上缠了一圈白纱布。

"劲哥这是，因为失恋……上吊失败了？"顾兆野小声地问周牧玄。

周牧玄冷嘲道："逞英雄，赤脚空拳替人挡烧碱水。"

顾兆野皱皱眉，十分不解："什么水还又烧又剪的？"

周牧玄："呃……"

一直半坐在病床上用电脑看文件的沈劲，抬头吼了一声："滚。"

顾兆野无言。

周牧玄扔了个苹果给顾兆野，让他拿去洗。

他问沈劲:"真那么喜欢?"

沈劲按着键盘的手顿了一下,没说话。

"不是说只是个替身吗?"周牧玄看了他一眼,"为了这么个人把自己折进去,值?万一你穿的不是西服,万一那个女人再高点儿,直接把烧碱水往你头上浇怎么办?"

沈劲收回手,沉默片刻才道:"她是演员,不能留疤。"

"合着你的脸就能随便留了?你就不怕你毁容了,更追不上了?"

沈劲扫他一眼,不悦道:"滚,她喜欢的是我的人,又不是我的脸。"

"少干些蠢事,英雄救美也要带个脑子,别像以前和宋叶眉那次,被人设计得害成那副鬼样子,还要我来替你收拾残局……"

周牧玄说到这儿,猛地顿住,看着沈劲:"你现在对阮胭这样要死要活的,那宋叶眉呢?"

"放下了。"沈劲继续处理工作的事情,头也没抬。

"怎么放下的?"

沈劲打字的动作停住。

怎么放下的?

他也不记得了。

可能是在阮胭靠着他一声一声地喊他"哥哥"的时候,可能是在这两年里无数次和阮胭的缠绵里……也可能是在更早更早,在他看到宋叶眉说答应和他离开、眼里却没有半点儿心动的时候。

他作了个茧,把自己束缚在了年少的喜欢里。

是阮胭,一丝一丝地将他厚重的茧剥开,给他空气,给他自由,给他救赎。

他忘不了。

"阮胭帮的。"沈劲合上笔记本,只说了这四个字。

"你真是……"周牧玄叹口气,无奈道,"我以前都提醒过你了,别玩替身这把戏。"

沈劲摁摁眉心,有些烦闷道:"一开始我也没真想找阮胭当替身,当时是个意外。"

"什么意外?"

"我们都被人下药了。"

沈劲说完,又把话收回去,这事他不想多说。

周牧玄挑挑眉,也不多问,生意场上这种事很多。

"但我提醒你,阮胭那姑娘,难追。"

"再难追,也能追得上……"

说到这儿,他想到白天在洗手间里,阮胭头也不回地离开的样子。他顿了顿,又道:"总之,不用你管。"

顾兆野拿着洗好的苹果推开门进来,一脸不解道:"我天,劲哥,外面有好多警察在找你!你是犯什么事了吗?"

清和市青白区公安局。

阮胭平静地跟做笔录的女警叙述下午在酒店发生的事情。从她们去停车场,再到走至外面被沈劲救下,事无巨细。

尤其是在说到烧碱水几乎把沈劲的后颈全部灼伤时,女警也愣了一下,往外面在另一处做笔录的宋筠身上看了一眼。她还真的没看出来,那么漂亮的人,心肠却那么黑。

"关于你提到的泼烧碱水的女人,还有救你的沈劲先生,请你把地址说一下,我们去接。"女警合上笔盖,对阮胭说道。

"这是沈劲助理的电话,你们可以问他。"阮胭把向舟的手机号码找出来给女警看,然后又抬头说,"那个泼水的女人现在在市二医院。"

"医院?"女警问。

"嗯,她被我不小心泼了回去,没有泼中脸,只泼在了她的手上,我支持做伤情鉴定。但我想,我这应该属于正当防卫吧?"阮胭说。

女警"嗯"了一声:"鉴定那是后面的事情,我们的记录就先到这里,等队里的人去把酒店监控和沈先生以及那名女子找过来再说。"

"好的,谢谢。"

阮胭站起来,走到外面。

宋筠那边的笔录也做得差不多了。

阮胭出去的时候,听到宋筠依旧对警察说:"我真的没有,那桶烧碱水的确与我无关。"

看到她们出来，负责给宋筠做笔录的警察抬头，冲阮胭旁边的女警无奈地摇摇头。意思是：这位不太配合，问不出来。

于是，一行人坐在大厅里沉默着。谢丏和制片人也坐在旁边，两个人的脸色都很难看。

谢丏不悦是因为他对宋筠一直不满意，上次在组里作妖，这次又来，他想不明白她到底为什么非要和阮胭一个新人过不去。

满室的寂静里，走进来一个女人，高跟鞋踩得嗒嗒作响。

"您好，我是阮胭的经纪人，我想和她说几句话行吗？"邢清走进来，先看了一眼旁边的阮胭，才对警察说道。

"去吧。"

邢清看着阮胭身上的红色挂脖晚礼服，赶紧把身上的风衣脱下来，然后从挎包里把刚买的软底拖鞋拿出来，一起递给她。

"冷不冷？"她问阮胭。

阮胭摇摇头，把高跟鞋脱下，换上拖鞋，再拢紧身上的风衣，整个人立刻就放松下来了。

"你怎么来了？"阮胭有段时间没见过邢清了，她最近一直忙着带一个新出道的歌手。

邢清看了一眼大厅里的其他人，最后拉起阮胭，问警察："能帮忙指一下洗手间的位置吗？"

女警带她们过去。

直到她们走进隔间，邢清才用手机打字告诉她："我怕方白镇不住场子，就过来帮你。东西我带过来了，我已经看过了。"

"怎么回事？"阮胭拧住洗手间的门把手，问她。

邢清摇头，非常严肃地说："不是宋筠。"

话音落地，阮胭猛地抬头看她，拧着门把手的手僵住。

"咔嗒"一声，门被关上。

"咔嗒"一声，门被打开，一个身材高大的男人走进来。

他站得笔直,皮肤白,一滴泪痣浮在眼尾,没有半分女气,只是添了两分书生气。

茂林修竹。

这是章媛在见到这个男人时,脑子里冒出来的第一个词。

然后接下来,她就看到从来板着脸、没有什么表情的程千山教授,几乎是颤抖着手,撑着桌子站了起来。

他走到那个男人面前,重重地往那人肩上一拍:"你个不孝徒,还敢回来!"

而那个男人,只是站着,任凭程千山使劲地拍打他,等到老人终于停手了,他才开口唤道:"师父。"

这两个沙哑得不成样子的字一出来,程千山的泪水已经忍不住了。

"不是去美国治疗了吗,怎么还没好?"

"已经好很多了。"他说。

程千山叹口气,跟章媛说:"给你师兄泡杯茶。"

章媛这才回过神来。

救命,这也太帅了吧!他们这小破院什么时候有这么帅的师兄了!

她连忙红着脸,小步走过去替他倒水,结果起身的时候,因为太慌张,一个不小心就把桌上的书本碰掉了。

他走过来,弯下腰,替她把书捡起来。

干净白皙的指节覆在湛蓝的书封上。

"是泰戈尔的《飞鸟与鱼》?"

他把书本递过来的时候,章媛觉得自己的心都要从嗓子眼里进出来了:"是……是程老师让我们多看些文学书的,他说我们不能一直被理科思维给固化了。"

"是该多看看,一个两个没点儿巧心思,脑子直得跟木头似的,还怎么治病救人?"程千山瞪了章媛一眼。

章媛悄悄地吐了下舌头,把书收好,然后把茶水递过去套近乎:"师兄,您是几级的啊?博士还是硕士?怎么称呼啊?"

"陆柏良。我已经毕业了。"他温和地笑道。

章媛整个人当场就蒙了。

陆柏良？

那个当年本硕博期间发了三十篇SCI（科学引文索引）、影响因子总和大于120的绝世学霸？！

居然还长得这么好看！

章媛简直要哭了。

她手忙脚乱地从旁边的抽屉里抽出一支钢笔，哆哆嗦嗦地递上去："师兄，可不可以帮我签个名？让我沾沾您这学霸的气息。"

程千山觑她一眼——

丢人的丫头！

陆柏良笑笑，目光在触及她手中那支钢笔的时候顿住，黑色的笔帽旁有一道重重的划痕。陆柏良问她："这支笔是你的吗？"

章媛愣住："不是，不是，我哪里买得起这么贵的钢笔，是我前几天给程老师打扫办公室的时候，在柜子下面找到的，我就放这抽屉里了。"

陆柏良"嗯"了一声，接过它，在那本诗集的扉页签上自己的名字。

字如其人，清雅隽永。

章媛捧着它，如获至宝，恨不得晚上睡觉都枕着它，这样就可以沾一点儿学霸的气息了！

程千山挥挥手，让章媛先回去做实验。章媛知趣地抱着书溜了，出门的时候，趁二人没注意，拿出手机，往门缝里偷偷一拍——

呜呜呜，果然，高糊画质也没影响学霸的颜值。

章媛心满意足地关上门。

门关上，阮胭和邢清一起走了出去。

可能没人注意到她们的步子有多坚定，仿佛手里已经握好了必胜的筹码。

公安局大厅里，上午泼烧碱水的那个女人已经被警察从市医院接了过来。那个女人现在没戴头套，阮胭认得那张发白的脸，是宋筠的助理。

除此，厅里还站着一个阮胭没见过的男人。

他穿着黑色风衣，左腿搭在右腿上，手里夹着烟，整个人坐在正中间的皮椅上,虽是笑着的,笑意却未达眼底。

旁边的几位警察都频频对他颔首,态度亲近得不可思议,甚至连谢丐和制片人的嘴角都带了一丝赔笑的意味。

阮胭出来后,他微微抬眸,冰冷的视线在她身上流连。

她只觉得那视线像是刀尖一样,一点儿一点儿地割着她身上的衣服。

让她不适,非常不适。

"你就是沈劲养的那个玩具?"沈崇礼先开口。

阮胭皱了皱眉,忍住恶心感,问他:"你是谁?"

"你怕是还没资格知道。"他把腿收回来,对旁边的警察说:"赵队,人我就先保释带走了。"

阮胭皱了皱眉,走上前阻止道:"你不可以带走她。"

沈崇礼垂眼看她,像看某种微不足道的生物一样,忽然就低笑起来:"你想搞她?"

他问得过分直接。

宋筠也愣住了,喊道:"姐夫……"

阮胭明白了,原来这就是沈劲喜欢的"白月光"的丈夫?

他堂哥?

也是这时候,她才发现,他果然和沈劲有几分相似,甚至和陆柏良也有几分相似。但是相似的地方并不多,他比沈劲和陆柏良都长得更为阴柔。和闻益阳也完全不同,闻益阳整个人都是苍白瘦弱的。严格来讲,闻益阳和陆柏良甚至不是很像,他们只是身上那种温润的气质和那滴泪痣最像。

但是阮胭知道,面前这个男人十分危险,是与陆柏良截然相反的人。

"也不是不可以给你个机会,你问吧,有本事今天就把这事给问出来。"

沈崇礼右手夹着烟,随意地搭在左臂上,好整以暇地看着她。

"如果真问出来,我自然不会偏袒,法律也不会偏袒。"

法律?

沈崇礼这个疯子。

宋筠往后退了一步,她就知道,沈崇礼这个变态不会这么好心来救她。

他连她姐都下得了手折磨,哪里会来管她!

"这位女士,先过来跟我们做笔录吧。"赵队对宋筠的助理说。

"不……我不知道……不是我做的……"

小助理被吓傻了,问来问去,她就只会说这几句话。

赵队和旁边的人对视一眼——难办,跟那位阮小姐一样,不配合。

阮胭却没理会她的装疯卖傻,问赵队:"调酒店监控了吗?"

赵队皱着眉,说道:"已经去酒店调过了,九点到十点的,不过停车场的监控坏了。"

他这话说完,小助理松了口气,然后继续装疯卖傻,嘴里嚷着"不是我"。

谢丏叹了口气。他其实也猜到了,监控铁定是没有的。

制片人在一旁小声地说:"早该劝她别报案,别把宋家人得罪了,你看现在,闹得这么难堪……"

阮胭却往前走了一步,看着赵队说:"不,我不调停车场的监控,我调酒店仓库门口和洗衣房的监控。"

此话一出,宋筠和小助理的脸色同时一白。

"很多酒店会用火碱来漂白床单,省事、省时、省力,只有仓库或者洗衣房才有这么多的烧碱水。调一下监控就知道了。"阮胭继续平静地往下说。

沈崇礼看着她,眼角微挑,目光里多了几分耐人寻味。

就连谢丏也以为事情有了转机。

可赵队只是摇摇头:"你说的这些,我们都分析到了,也调了监控,可是都没有。停车场、洗衣房、仓库,这三个点的监控都巧合地丢失了。"

谢丏急了,气得拍了下桌子:"巧合,我活了一把年纪,还是头一次见到这么多的巧合!都到这地步了,事实不都明摆着吗?"

然而谢丏说完,赵队只是抿抿唇,没说话。

阮胭没有放弃,继续追问:"今天的丢失了,那么前天的监控呢?"

赵队依旧摇头:"没有。"

沈崇礼左手手指一下一下地敲着自己的右手手背。他看着阮胭道:"还有什么要问的吗?"

"有，我不问宋筠，我想问你。"阮胭迎着他的目光，没有丝毫怯意。

"可以。"

"你说了绝对不会偏袒，是吗？"

"是。"他笑道，"如果你现在可以再变一段监控出来。"

"很好。我可以。"阮胭站直身子，下巴微抬，注视着沈崇礼，一字一板地说道，"我说，我可以再变一段监控出来。"

"这次回来待多久？"程千山问。

"不走了。"陆柏良说。

程千山微愣，而后说道："行，正好学校要返聘我，你过来给我做博士后得了。我手里有个课题，正愁找不到合适的第二负责人，你来接手一下。"

他见陆柏良不说话，叹了一口气，说道："放心，不是需要动手术的案子。你可以的，柏良。"

陆柏良还是沉默。

打破这沉默的是章媛走的时候没有关掉的电脑上的娱乐新闻。

窗口跟小广告似的，自动弹出一段音频："我是清和电影学院的学生，但我也是清和医大的学生。我热爱医疗事业，但正是因为热爱，我才比谁都知道医疗界的诸多不足……"

陆柏良倏地抬起头看向电脑屏幕，那个女人穿着红色的吊带裙，站在台上，无数的"长枪大炮"对着她一顿狂拍。她却毫无怯意，直至说到最后一句的时候，眼里才有泪意涌现。

"她变了很多，是吧？"程千山开口。

陆柏良收回目光，否认："没有，她一直这样。"

"哪样？"

"漂亮、倔强、聪明。"陆柏良顿了顿，"可能还有点儿爱哭。"

程千山笑了一下："看来你这次回来，不是为了我这个师父，而是为了她？"

陆柏良摇了摇头，没说话。他把钢笔妥帖地收好，放进自己的风衣口袋里。

"你这是公然从我办公室里顺东西啊。"程千山饮了口茶，满脸狡黠地看了看陆柏良。

"不算顺,这本来就是我的。"

他还记得六年前的自己是如何把这支笔交到她手上的,而后,又是如何辗转回到他手里的。

"高考大捷的礼物,欢迎你来到清和医大,阮胭。"

她那时候是爱闹的性子,陆柏良就送了她这支钢笔,连同那尾漂亮的孔雀鱼一起送给她。

"你以后要想去外科,想拿一辈子的手术刀,除了储备足够丰富的医学知识,最该讲究的就是落刀的稳与准。观鱼,锻炼你的眼力;练字,锻炼你的手力。"

他没说的是,更重要的是可以压一下她跳脱的心性。她已经这样聪明了,他却还是忍不住担心,担心她以后会因为这样的聪明而出事。后来,他的担心的确应验了。

但那时,他还不知道,这种没来由的担心其实还有个别名,叫"关心"。

后来阮胭用这支钢笔练《多宝塔感应碑》,练《颜勤礼碑》,练很多很多字帖,甚至练那些奇奇怪怪的拉丁文简写……

而他无论如何也想不到,她最后一次用这支钢笔,写出的最后一句话是:陆柏良,对不起。

这是她头一次完完整整地写出他的名字,也是最后一次。

他的手指因抠着钢笔笔帽上的小夹子抠得过度用力而指节泛白。

他把这一切的变换都藏在风衣口袋里,面上仍对程千山平静地说:"我就是回来看看您,如果没什么事情,我过几天再来。"

"嗯。"

陆柏良开门准备出去时,程千山忽地叫住他:"等一下,给你样东西。"

陆柏良回头,程千山从抽屉里的一堆药里抽了一盒递到他手上。

一个药盒方方正正地躺在男人手上。

沈劲一边听顾兆野讲阮胭报案的事,一边任凭护士把要搽的药膏全递给他。

"楼下现在有警车在等你,劲哥,看样子,警察应该是要带你去问话了。"

听顾兆野说到这里,沈劲已经把手里的药盒捏至变形了。

他皱了皱眉,沉思片刻后一把将药盒扔回桌子上:"让他们要么等着,要么跟我们去酒店。"

"劲哥,我们去酒店干什么?"

"找监控。"

此时,警察已经上来了。他们站在病房外,听到沈劲的说法后说:"沈先生,不用了,酒店的监控全部被删除了。您现在先跟我们去公安局做笔录吧。"

"不,先去酒店。"沈劲理了理衬衫袖口,转身对周牧玄说:"打电话给公司的林工,让他来一下。现在我们先去。"

说完,一行人大步离去。

只剩屋内的药盒子还静静地躺在桌上,外面的塑封薄膜被灯折射出微冷的光。

药盒子的塑封薄膜被灯折射出微冷的光。

陆柏良看着它,不懂程千山的用意。

"这盒维库溴铵是上次我去阮小胭那里,给他们剧组做医学顾问时拿的。"程千山笑道。

陆柏良无奈道:"师父,您这才是'顺'吧。"

程千山眨眨眼,然后慢悠悠地说:"我上次跟阮小胭说,麻痹只是一时的,等到药效过后,总要面对术后的阵痛。你和她都是聪明的孩子,不管是周思柔,还是后来那个患者的事故,都只是必须要经历的阵痛,逃避是维库溴铵,没有用。不如坦然接受,更别把自己困在过去。"

"师父,我已经接受了,不是在逃避。"陆柏良紧了紧手,药盒的棱角把他手心的肉硌得生疼。

"真的不是在逃避吗?"程千山注视着他,"柏良,我一直很担心阮小胭,但她是一个聪明孩子,我相信她会把自己的生活过好。只有你,柏良,我最放心不下你。你看着是个温和平静的人,实际上比谁都固执。这几年,你到处流放自己,从西北到西南,从华北到皖南,专挑条件最为艰苦的地方。柏良,你究竟在想什么?"

陆柏良的眉头紧紧地拧着,直到药盒被捏至变形,才转过身准备出去,破碎的声音从喉咙里挤出来:"师父,要是以后你再见到她,帮我跟她说,我从来没有怪过她。"

程千山拒绝:"我不说,要说你自己去说。"

"你觉得我这个样子,她听到我这声音,会信吗?我不敢站在她身边,我怕,怕她难过,怕她自责,更怕她——哭。"

陆柏良挤出最后那个嘶哑的音节,声音里像是含了沙子,一个字比一个字还要艰难。

程千山重重地叹口气。

两个固执的人。无解。

沉默里,忽然有人敲门。

程千山看了一眼陆柏良,说:"进来"。

进来的是个高瘦的男子,面色很白,戴了副金丝边框眼镜,镜框刚好把眼角的那滴泪痣遮住。

"程老师好。"

"是小阳啊,这么早就过来了?"

程千山抬头,看了一眼闻益阳,然后转身跟陆柏良介绍:"这是清和大学计算机学院的博士生闻益阳,跟着他导师江谦做人工智能图像识别的……是……是这个名字吧?"

隔行如隔山,程千山在医学界再大名鼎鼎,也对人工智能下属的诸多交叉领域感到头痛。

闻益阳点点头。

"他这次过来,就是他们学校去奇骏科技组了个实验室,在策划给耀丰医疗设计一个人工智能语音修复系统,做唇腭裂儿童的语音修复。"

"你好。"陆柏良对闻益阳礼貌地笑笑,问他,"唇腭裂语音修复……怎么不和口腔学院合作?程老这边主要还是做神经外科的。"

程千山替闻益阳解释:"嗐,说起来有些复杂。不过主要还是两个原因,第一,我是考虑到,你要回来了,你要是想做博士后,你的情况又不适合做需要高强度、高密度交流的手术,我就把他们那边的活儿给接过来了,给你腾个位置。第二个原因,比较私人——"

陆柏良看着程千山,等他继续往下说。

程千山凑近陆柏良,对他眨眨眼,小声地说道:"这孩子和阮小胭有点儿联系,他是她以前资助过的一个学生。阮小胭肯定会时不时来看看他,你到时候就可以……"

陆柏良叹口气,无奈道:"师父,这项目我不能接……"

"陆师兄……我跟着姐姐这样称呼你没问题吧?"

一旁的闻益阳推推眼镜,在得到陆柏良的点头后,他继续说:"你也曾经声带受损过,曾经严重失声过,肯定比谁都懂得语音受损的痛苦。一些唇腭裂儿童就是这样,即使做完修复手术,可长期的腭咽闭合不正,导致他们的语音发声系统受到了严重的影响。因此,他们除了修复术后的外表不健全会受到别人异样的眼光,不少人在发音问题上也会受到歧视……陆师兄,我相信你是位善良的、有品格的医者,所以我无比真诚地希望你能加入我们,一起参与研发这个系统。"

闻益阳这番话说完后,陆柏良陷入了沉默。

他没有立即答应,只是说了句:"我考虑一下。"

"好,那么就期待能和陆师兄合作了。"闻益阳推了推眼镜,看着他,笑意浮在嘴角。

而另一边,酒店里,沈劲气得一脚踹翻面前的垃圾桶,冷嗤一声:"东西删得倒是挺彻底。"

站在他面前的酒店负责人欲哭无泪地说道:"这……真不是我们删的,监控不知怎么就出问题了,那几天的全没了。"

"你的意思是,这监控的设备出了问题?"

沈劲盯着监视器,无论如何重新播放,就是少了那么几段。

可以肯定就是人为删除了。

酒店负责人还是不要脸地继续说:"应该是设备出了故障。"

沈劲闻言,嘴角的讽刺之意更浓了,指着摄像头下面的一个星形标志冷笑道:"你知不知道这是什么品牌的监控?"

"是……华星监控。"负责人吞了吞口水,那又有什么关系呢?

"那你知不知道讯光科技是华星的大股东之一?"换而言之,这台设备是沈劲他家的!

负责人这下真是要哭了,当着人家的面说人家的产品有问题,这不是自己上赶着触霉头吗?

"再告诉你一句,这监控的数据提取方法是我当初和林工一起带团队研发出来的。"

灯光落在沈劲的眉目上,让他的眉眼显得更加深邃。

"普通的监控都采用分布式存储方式。每过一天都会自动删除磁盘上日期最早那一天的数据,腾出空间来记录今天的数据。比如,磁盘能够记录一个月的话,今天是4号,就会先删除上个月4号的数据,再记录今天的视频数据。删除后立刻写入新数据覆盖,因此,监控无法恢复保存期更早的数据。同样的覆盖原理,人为删除图像数据后,极难恢复,因为系统会判定磁盘未满,不再删除最早的数据。新产生的数据会直接覆盖写入被人为删除的部位,写满为止。但是,不巧——"

沈劲顿了顿,这时外面走进来一个中年男人。他快步走进来,接了沈劲的话往下说:"不巧,我们设计的华星监控,设计之初就考虑到了安防问题,在每个月月初,自动将上个月所有数据迁移到另外的存储服务器,并且清空本地磁盘。因此,上个月的数据并不会因为新写入而丢失;本月的数据一旦被误删,也不会立即被新数据覆盖。也就是说,即使你们删了,我照样能够恢复得彻彻底底。"

就像解谜一样,一环扣一环,分布式储存。

——我能替你解开这个谜。阮胭。

"你说什么?你上哪儿找一段新的监控?"赵队问。

就连助理也怔住了,难以置信地看着阮胭的动作。

阮胭从包里掏出一个手机,那是邢清刚刚给她送过来的。

里面有拷贝过来的一段监控,但是画质与赵队他们刚刚去酒店里调监控的完全不一样!

说明这是另一台监控设备!

画质相当不清晰,但看得出来不是在洗衣房拍的,就是在仓库门前拍的。一个女人正猫着腰,拎着两桶液体走进仓库里堆放油漆的地方。

她将原本放在边上的两桶油漆挪开,将那两个与油漆桶包装一样的桶放好,然后离开。

转身的瞬间,摄像头刚好拍到了她的脸。

正是这位装疯卖傻说"不是我"的宋筠的助理。

助理的脸色已经变得煞白:"不可能!你怎么会有这段监控?不可能!这不是我!"

她的话一说完,连宋筠都露出疑惑的神色。沉默里,她的脸色越来越白,而后怨毒地看着阮胭:"你搞我?这两桶烧碱水不是我让她换的!阮胭,是你,你故技重施,你像上次摄像机出事的时候一样,故技重施!故意害我,是你自己换的!"

"不是我,是你。"阮胭定定地看着她,语气无比镇定。

宋筠疯狂地摇头,高压之下,终于彻底崩溃:"真的不是我,我只是让助理倒一些细的玻璃碴儿在油漆里,让你在首映礼上出丑,痛一下而已,连个伤口都留不了!我怎么可能会放烧碱水?!那是犯法的事,那是故意伤人,我怎么可能会碰这条线?!阮胭,你是不是早就知道那两桶掺了玻璃碴儿的油漆?"

阮胭笑了一下,这次没否认:"嗯,关于那两桶油漆,我的确早就知道了,你的助理做事不干净。"

早在前几天,她搬家的时候,因为日光过于强烈,她抬手遮住眉眼。她的手机里,微信界面上有邢清发来信息:"后天的首映典礼上,宋筠会来。今天有保安在酒店里查到了两桶掺了玻璃碴儿的油漆。小心。"

阮胭放下手,在日光的眩晕里,一丝白光乍现。她回道:"混了玻璃碴儿的油漆已经被堂而皇之地放进来了,说明酒店信不过。你去重新买一个微型的监控,放到旁边隐蔽的位置。他们要泼油漆的话,当天一定会回来取,酒店监控肯定会'丢失'。因此,我们必须要自备一个监控,将这个人的脸拍下来。"

邢清问她:"你不怕搞砸?"

阮胭回道:"玻璃碴儿很小,不会伤到人,只会让人痛一下;我会让方白准备好备用礼服,衣服要是被泼脏了,可以随时换掉。"

她一开始就做好了利用这次机会将宋筠彻底拉下马的准备,但她也一直没看监控,更没想到宋筠的助理会回来将油漆换成烧碱水……

"有这监控又怎么样?并未拍到这两个桶里是否就是伤你的烧碱水。"一直打量着阮胭的沈崇礼忽地抬头看着她,"万一,人家就是进去送两桶油漆呢?玩具小姐。"

他把最后四个字咬得极其暧昧。

阮胭听得鸡皮疙瘩都要起来了。她忍住反胃的冲动,缓缓道:"那也够了,刚刚宋筠已经承认了,油漆桶里放玻璃碴儿这事是她自己做的。这就够了。"

"可是这样的话,玩具小姐就没办法追究法律责任了。毕竟,泼油漆称不上故意伤人。"沈崇礼掸了掸已经燃尽的烟灰,看着阮胭。

"谁说我一定要追究法律责任?"

阮胭微抬下巴,眼中有光芒乍现,里面尽是笃定。

她把包里的手机打开,屏幕的"录音文件已保存"七个字显现出来。

"有这个就够了,是她亲口承认的,我只要把它放出去就够了。身败名裂可比你们用手段将这件事情压下来,低调地判她拘留几日的惩罚重多了,是吧?"

"阮胭,你卑鄙无耻,你一开始就诈我!从你在酒店里说要报警开始,你一点儿一点儿地把我逼崩溃,诱导我说出这件事,你一开始就是诈我是不是?"

宋筠已经彻底疯了。她从沙发上跳起来,伸手要去抢阮胭手上的手机。

她不能让这段录音流出去!一旦流出去,阮胭,还有往日里她得罪的那些对家,一定不会放过她,她会被舆论彻底毁灭!

赵队手疾眼快地将人按住。

"阮胭，你这个心机女，你就是一只毒蝎子、一条毒蛇！"宋筠被紧紧地按住，不禁破口大骂。

邢清性子急，立即骂回去："你可闭嘴吧，如果不是你成天动些歪心思，做缺德事，天天想害人，哪里至于把自己作死？！"

"玩具小姐，你真是让我好惊喜，好惊喜啊！"沈崇礼则在一片骂声里，含笑看着阮胭，仿佛这里所有的混乱都与他无关，"沈劲还真是眼瞎，拿你当替身……如果我早几年遇见你，我一定先抢过来，让宋叶眉给你做替身。"

阮胭冷冷地看着他，不说话。

她厌恶他这种对女人无所谓的态度。

恶心。

"可惜，宋筠没能被法律制裁，还是觉得有些遗憾。"沈崇礼笑了一下，看向赵队，说道："既然没有涉嫌故意伤人，那我就先把人带走了。"

阮胭掐着手心，虽然心有不甘，但这个结果勉强也能接受。

然而，就在所有人起身准备离开的时候，门外匆匆赶过来一行人。

沈劲站在正中间。他穿着黑色衬衫，走在最前面，往日里的痞气收住，五官冷肃。他一走进来，所有人都齐齐抬头看向他。

赵队、谢丏，还有制片人都对他打招呼："沈总。"

沈劲看了一眼旁边的沈崇礼，只是微微颔首。而后，他抬手，身后的林工立刻把电脑送过来，递给赵队："这是我们刚修复的监控视频，您看一下。"

赵队愣住，连忙接过来。

寂静的大厅里，只有屏幕上那道人影——

这次，地点不再是仓库，而是洗衣房。

监控里清楚地拍下了助理是如何拿到那两桶烧碱水，又是如何一路送到仓库，再将它们和油漆桶混在一起的……

证据确凿，助理整张脸都白了。

宋筠已经面如死灰，她谁也不看，只是问："如果我说，那两桶烧碱水真的不是我指使的，你们信吗？"

邢清冷笑道:"你说呢?请个好点儿的律师吧。这场官司,我们柏良娱乐会和你打到底。"

宋筠如今已经完全没有狡辩的余地了。

她整个人瞬间脱力,蹲坐到地上。

赵队说:"抱歉,宋小姐,今晚你和你的助理可能要先在我们赵所待着了。"

宋筠不再挣扎。

沈劲走过去,站到阮胭旁边,看着她风衣里单薄的裙子,问道:"冷不冷?"

阮胭摇头:"你来干什么?"

沈劲说:"来帮你讨个公道。"

"我不需要,我自己能解决。"阮胭说。

"我知道。"沈劲看着她,刚刚她的话,他在外面都听到了。

她很聪明,是他从来不知道的聪明,聪明到近乎迷人。

这段时间,他实在是见到了太多太多不一样的阮胭了。

勇敢、坚定、聪明、果断,迷人得不像话。

那才是真正的阮胭,和这两年在他身边乖顺又听话的,完全不一样。

"我知道你能赢。"沈劲替她把风衣拢住,"但我想让你赢得更漂亮。"

他的话音落下,阮胭有片刻的惊惶。

他是什么意思?

然而,下一秒,沈崇礼只是笑了笑,凉凉地开口,打破他们之间微妙的氛围:"玩具小姐,你很聪明,会录音,但是,你知不知道我也会录音?"

说完,他拿出手机,一段音频放了出来——

"我不喜欢把玩具借给别人玩。"

"玩具?"

"你小子,还真把阮胭当个玩具?你比我还狠。"

大厅里很安静。

录音的第一句话被放出来时,连坐在地上一脸颓败的宋筠都露出了笑。

她抬起头,讥讽地看着阮胭,仿佛在说:你看,你也只是个卑劣的替身、低等的玩物而已。阮胭。

谢丐和制片人面面相觑,对视一眼,选择知趣地保持缄默。

而邢清完全忍不住,猛地站起来,拉起阮胭就要往外走:"走,我们回去,不要理这群人,恶心,一个比一个恶心。"

邢清没有见过阮胭那位给她送了一屋子高定礼服的前男友,但她看过沈劲和宋筠的照片。

早在《两生花》开机发布会的时候,就有人用小号给阮胭的邮箱里发两个人的合照,所以当沈劲走进这里的时候,她甚至以为这个传闻中的讯光总裁,是特地来给宋筠撑腰的。

"恶心?你以为她给别人当替身就不恶心了吗?"宋筠立刻反唇相讥。

"替身?"邢清哑了一声,"就你也配?"

手段低级,心肠歹毒。整张脸上,除了那双和阮胭最像的眼睛,邢清实在是看不出来她有什么优点。怪不得这么多年了,宋家和沈家联手捧她,都没能把她捧成大腕。

"你还是等着我们的律师函吧,少开口,少作妖。"邢清说完拉着阮胭就要往外走。

阮胭任由邢清拉着她,神色一如既往平静。

这么从容的模样,连坐在椅子上等着看好戏的沈崇礼都被惊到了。

这么淡定吗?是被伤得太重来不及反应,还是心理真的如此强大?

"阮小姐可还喜欢我这份录音?"沈崇礼看着阮胭,想从她脸上找寻一丝丝失落。

可惜,阮胭连看都没看沈崇礼一眼,根本没有回答他,而是直接跟谢丐说:"谢导,事情已经解决了,我现在可能要先回家休息了。你们要一起吗?"

谢丐和制片人对视一下,非常默契地说:"我们不是很顺路,助理会开车过来接。"

阮胭"嗯"了一声,然后跟着邢清一起离开。

她甚至从头到尾没有看过沈劲一眼,仿佛没听到过那段录音一样……

沈劲抬起脚，跟在她身后，和她一起出了大门。

"阮胭。"他喊她的名字，想伸手去拉她，却被邢清迅速地挡了回去。

"沈总还是回去看看宋小姐吧。"邢清冷眼看着沈劲，轻嘲道。

沈劲眉头一皱："我去看她干什么？"

邢清被这男人的不要脸给惊住了，她算是明白为什么当时她跟阮胭说"感觉你那男朋友对你挺好"的时候，阮胭会轻描淡写地回她一句"那你跟他谈恋爱试试"。

——试？试个大头鬼！

邢清掏出手机，点开相册里的一张图，放大，举到沈劲跟前："沈总识字吧？'宋筠、讯光总裁恋情'这几个字还用得着我念吗？您到底是什么意思？男未婚女未嫁的，您一边和宋筠玩暧昧，一边又和胭胭在一起，您究竟是哪里有问题？"

沈劲看着上面自己和宋筠从车里走出来的合照，竟有种被哽住的感觉。

"我和宋筠没在一起过，我也不喜欢她。"沈劲最后只说出这样一句苍白的话来。

邢清冷笑一声："我也是才知道，原来你和胭胭在一起两年了。大把大把的资源却都往宋筠身上堆，反而让胭胭挤地铁去面试，途中还要忍受不靠谱的投资商的骚扰……你说你不喜欢宋筠，你问问那些娱乐记者和那些凑热闹的网民，有几个人会信？"

"你被投资商骚扰？白荣雷那个老家伙还敢来动你？"沈劲看着阮胭，眼中戾气未散。

邢清对他无话可说，他可真是会抓重点。

一直沉默的阮胭终于开口："不是，白荣雷没有再找过我麻烦。你回去吧，沈劲。"

沈劲最怕她这样平静。以前在一起时，他只觉得她的平静是听话，是不惹麻烦。现在他才知道她的平静其实是忽略，是不在意。

他抿了抿唇，想起向舟的话，于是对她说："阮胭，你过来。"

阮胭想说"不"，目光触及他脖子上缠着的厚厚纱布时，又有种无奈感。她对邢清说："等我一下。"

她走到他跟前，邢清也自觉地走远了。

"说吧，最后五分钟，说完我回去休息，明天我还要赶通……"

"胭胭，我疼。"阮胭没有说完，沈劲就打断她，他伸手拉着她的衣袖，又重复了一遍，"胭胭，我的脖子真的疼。"

他努力地把声音放低放平，想着向舟和他说的，女人偶尔也喜欢会撒娇的男人。

他努力回想着闻益阳撒娇时会是什么样的表情。

沈劲把眉头皱得更紧了些，说："疼，跟针扎似的。"

阮胭看着他这副样子，一时无言。

"沈劲，还有别的招数吗？"她问。

沈劲一下子怔住了。而后，他所有的表情慢慢收回，又恢复成原来那副冷肃的模样。

阮胭这才觉得顺眼多了。

"没有别的招数了，但是你说过，我今天帮你挡了烧碱水，你就欠了我。"沈劲看着她。

阮胭沉默了一下，忽地笑开来。她正愁这件事情没办法解决，既然他主动提了也好。

"今天的录音，那段话是你说的吧？"

"是我说的，但那……"

"是你说的就好。沈劲，我给你当了两年的玩具，两年。"阮胭顿了顿，"那么，我们可不可以就这样抵消了？我不怪你，也不生你的气，更不会因此觉得委屈就来骚扰你，我们就这样两清了，可以吗？"

沈劲猛地抬头，难以置信地看着她。这一刻，他才觉得疼，后颈处那片被烧碱水灼烧过的地方是真的火辣辣地疼。

"我不想。"他艰难地说道。

"我也不想当玩具了，抱歉。"阮胭说完转身，真的走了。

只留下沈劲一个人站在原地。

顾兆野二人赶紧跑出来。

周牧玄看了一眼前面那个毫不留情的背影，不敢相信："真走了？"

沈劲没说话。

顾兆野试探着开口："不过我觉得，劲哥，你那些什么玩具之类的话，真的太伤人，太不尊重人了。这换谁听了都受不住。"

"我那时候没想这样说她的。她和宋叶眉正面对上，我去找沈崇礼，我不能表现出我对她太在意，沈崇礼那个变态，和我从小抢到大，包括娶宋叶眉，也是他跟我抢的……"

沈劲没再继续说下去，无论如何，话已经说出口了。他只是觉得疲惫。

他好像真的没办法了，没办法再追回她了。

他点了根烟，觉得眼眶有些发酸。

邢清拉着阮胭上了车，透过后视镜，她看了一眼后面那几个男人，还是忍不住又骂了句"垃圾"。

"乖，胭，不怕，我们以后专注搞事业，不要这些臭男人，独美！"邢清握着方向盘，安慰她。

阮胭摇下车窗，准备点头，才意识到不对："为什么？"

"为什么忙事业就要被理解为独美？我一直觉得，事业和男人是可以同时拥有的，只有能力还不足够的人，才会二选一。"

阮胭顿了顿，又说："如果是我，我都要。"

邢清愣住，呼呼的冷风灌进来，她突然就笑了。

还都要，这女人，真是哪儿哪儿都不需要她的安慰。

清和派出所。

人都已经走了。

谢丐、制片人，还有沈崇礼都走了，只有宋筠和小助理还留在这儿。

小助理张望了一下，背着宋筠，偷偷往旁边的洗手间走去。

然后她拿出手机，拨了个电话："我已经按照你说的那样做了，把玻璃碴儿的油漆换成了烧碱水。是你说过的，哪怕失败了，也会保我平安无事的。"

"你现在不也的确没事吗？没有任何生命危险，不平安吗？"

小助理猛地一顿："你骗我？"

"没有，答应你的钱，我会给你的父母转过去，你放心。"

小助理气得牙关打战。

这个女人到底是什么做的？怎么可以这么狠毒？

"还有，宋老师可能要被判刑，你真这么狠心让亲妹妹替你背锅？"

"她太蠢了，到现在都还没明白自己输给阮胭的是什么。"

"是什么？"小助理死死地捏住手机，生怕宋筠从走廊那头走过来。

"心太软，下手太慢，必输无疑，放哪里都是这个理。"

小助理感到有些后怕："可是，可能会被拘留。"

"被拘留几天，出来就给你六十万元，这事你干还是不干？"宋叶眉在那头冷笑道。

小助理叹口气，抬手摸了摸自己的右脸。她想起当初在影视城拍戏时，宋筠让她去给摄像师送红包，事情败露后，宋筠往她脸上狠狠甩的那一巴掌，还有那十几万元的设备维修费……

对不起了，宋老师。

"好，眉姐，此事结束后，你要在我老家帮我安排好我的后路。"

"嗯，放心。"

宋叶眉挂掉电话，转身看到沈崇礼已经回来了。他把外面的风衣脱了，搭在左臂上，身上还带着暮色里的寒气。

宋叶眉看着他，然后往卧室里走去。

"怎么？见着我招呼都不打一个？"沈崇礼大步走过去，伸手捏住她瘦弱的肩膀。她只穿了件薄薄的针织衫，男人的手指抵在她的肩膀上，仿佛一捏就会碎。

"放开我。"宋叶眉挣扎着说道。

沈崇礼手下一用力，宋叶眉立刻就痛得叫唤了出来。

"你记住，我想放开就放开，用不着你说。"

沈崇礼松开她，她被惯性逼得往后退了一步。

"刚刚在给谁打电话？"沈崇礼挂好风衣，偏过头看她。

"我妹的助理。"宋叶眉坦然道。

沈崇礼冷嗤道："以后做事情手脚干净点儿，虽然我看着你觉得恶心，但你头上还顶着我老婆的头衔,别露些愚蠢的马脚,出去丢我的脸。"

宋叶眉敛下睫毛,不说话。

沈崇礼说完便往二楼去了。

宋叶眉也往自己的房间走去。他们已经分房睡两年了,本来就是两个互不喜欢的人凑在一起,谁都嫌对方恶心。

门一关上,她就立刻把自己身上的针织衫脱下来扔进垃圾桶里,看都没再看一眼。

屋子里挂满了各种女人的写真,只要有人来家里参观,都会感叹宋叶眉果真是个拍女性照片的高手。

个个都漂亮,个个都有韵味。

但只有宋叶眉自己知道,躺在床上的时候,她的视线、她的床,正对着的、一眼就能看见的,只有那幅视角宏大、岩石裸露的大峡谷照片。

Capertee 大峡谷。

宋叶眉最后看了它一眼,然后闭上眼睛。

明天吧,明天送给阮胭一份大礼。

她在心底这样想。

"起床了没?今天事情有点儿多,上午去《本质》杂志社,和他们的主编一起选片。下午你要去那家之前定好的科技公司见广告片导演;中途我们还得联系一下周子绝,问问进组的事情。"

邢清一大早就给阮胭打电话,把她从梦里叫醒。

阮胭翻了个身,难得地想再赖会儿床。可她忽然想起去《本质》肯定又得见到宋叶眉,脑子立刻觉得隐隐作痛,于是赶紧起床收拾东西、化妆。

开了门,对面的谢弯弯等人也准备出门,其中一人问:"去我们店里吃点儿馄饨吗?"

阮胭摇头:"谢谢,赶时间去工作,下次啦!"

赶到《本质》后,那边的摄影师态度比起上次简直不要好太多,一口一个"阮老师"。

"宋老师等会儿忙完了就过来,您等等呀,阮老师。"端茶水的小姑娘笑得很甜。

"没关系。"

阮胭说完打量起墙上那些照片,最后目光久久地停留在那张小小的峡谷照片上。

"你来了啊。"宋叶眉走过来,笑得一如既往温婉,进来的时候还不忘提醒小姑娘:"记得晚上用绿茶包压一压眼睛,黑眼圈都出来了。"

"好的,谢谢宋老师。"小姑娘笑得更甜了。

不难看出,宋叶眉在这家杂志社的人缘很好。

如果不是亲眼见到那次在游艇上她是怎么策划着陷害自己,阮胭也很难猜到她竟然如此表里不一。

"来,我们先来选片吧。"宋叶眉坐下,把摄像机、笔记本电脑和平板电脑一样一样地拿出来。

阮胭瞥了一眼。

"海水边的阿狄丽娜"系列的确把阮胭拍得极美。

蓝天碧海,还有粉色的龙沙宝石,一株一株地缀在她的怀里。

"都很漂亮,作为摄影师,我都有些选不出来。"宋叶眉冲她温和地笑笑。

阮胭只觉得可怕。这些照片无一不精美,看得出来宋叶眉将后期做得诚意十足。

最毒的蛇,最凶猛的猎人,都是最能忍的。

"嗯,的确很漂亮,我还真是选不出来。"阮胭说。

"没关系,慢慢选。"宋叶眉抿了口咖啡。

阮胭冲她笑:"我可以选那张大峡谷的照片吗?"

宋叶眉的脸色微变,摇头,淡淡道:"不可以。"

"好吧。"

选好片子后,离休息时间还早,办公室里帮忙倒茶水的小姑娘早早就离开了。

两个人直接开门见山,宋叶眉率先开口:"帮我个忙。"

阮胭挑挑眉,她们之间不仅仅是不熟,几乎可以说是完全不熟。

"我和你交换——"宋叶眉凑近她说,"和你交换一个秘密。

"比如,你知不知道,沈劲的三叔,名字叫——

"陆柏良。"

第七章

我没有喜欢过你

RU CI MI REN
DE TA

宋叶眉的话音落下,办公室瞬间陷入安静。透明玻璃门外的其他工作人员忙碌地抱着材料来来往往。

时尚杂志社就是这样,好像永远很忙,赶着拍照,赶着宣发,赶着追逐所谓的潮流。

怀里抱着衣服的助理,手里拿着新样刊的编辑,路过的时候,都会忍不住往里面瞥一眼。

她们怎么了?

为什么只是静静地对视而不言语?

阮胭也想问自己怎么了。她想说很多很多的话,偏偏一个字都说不出来。

沈劲的三叔就是陆柏良?

这太荒唐了!

她两次复读,三次高考,弃医从艺,在每次的舆论风暴里都活得漂亮,却头一次遇到这种她完全不能接受的事情……

所以她这浑浑噩噩的两年都干了什么?

利用了哥哥的侄子?

听到沈劲说把她当个玩具的时候,她的心绪不是没有起伏,但那种涟漪微乎其微,几乎等于心底的某一角被折了一下,转瞬就被抚平。

因为她也不过是拿他当个玩具,仅此而已。

阮胭放在大腿上的食指紧了紧,再抬头时眼里已是一片平静,问宋叶眉:"所以呢,你想和我交换什么?"

"把宋筠承认她想泼你油漆的录音给我。"宋叶眉淡淡地说道。

"你还会关心你那个妹妹?"阮胭讥讽道。

"嗯,给我。"宋叶眉说,"我把陆柏良的身世都告诉你,比如,他为什么姓'陆'。"

阮胭摇摇头,说道:"说实话,我不是很想给。"

"你不好奇吗?"

"好奇,但是这与我无关了。我和陆柏良已经没有关系,或者说一直没有关系,他只是一个对我照顾颇多的师兄而已。拿对我没有任何助益的师兄的家族秘密,去跟你交换一个可能能将宋筠彻底踩在脚下的机会,你觉得我会愿意？"

"对你照顾颇多的师兄？"宋叶眉看着她，笑了，"把为你挡刀，为你去送死说得这么轻描淡写，不错。"

阮胭没有理会她话里的讥讽，只是平静地叙述："你不也一样吗？就在你让那个小助理返回去把油漆换成烧碱水的时候，你就已经不想管你妹妹的死活了。你现在和我说这些，其实也不是想和我交换，纯粹是想把陆柏良是沈劲他三叔的事情告诉我，好让我和沈劲断得更彻底吧？"

宋叶眉笑得一派云淡风轻，被戳中了心思后脸上的笑意也半分不减："是，烧碱水确实是我做的。我只是觉得既然沈劲这么喜欢这张脸，那不如让这世上只存在一张就好了。"

她慢悠悠地说着，阮胭只觉得脊背仿佛有万只蚂蚁在爬，恶心感在胃里翻涌。

"没想到他这么喜欢你，甚至愿意为你挡下那桶烧碱水。阮胭，你何德何能，让两个男人为你去死？"

"何德何能？"阮胭反问她，"你做过初中生物对照实验吗？知道变量吗？"

宋叶眉一下子怔住。

"我们外表这么相似，所有的条件都相似，而最大的、唯一的变量就是你的心，你的心是黑的。"

阮胭说完，宋叶眉的表情只是出现了一丝微小的涟漪，便很快又恢复了平静。

她不想和宋叶眉多说，这里的每一口空气都令她觉得不适。收拾好东西后，她才转身看着宋叶眉，说道："你放心，我会和沈劲断彻底的。今天这招，算你赢了。"

外面有小助理在敲门："宋老师，前天另一组成片做好了，您要看看吗？"

"嗯，送进来吧。"宋叶眉回道。

阮胭绕开她们，拎着包离开。

"宋老师，你很开心？"小助理看着宋叶眉，这个平日里大家永远争相效仿的对象——笑容永远是温柔的,衣服永远是莫兰迪色系的,相处起来永远让人觉得如沐春风的宋叶眉,这天居然头一次,笑得快要咧开了嘴。

"有那么明显吗?"宋叶眉收了收笑意。

"有的。"

"可能是因为这组片子确实拍得很成功吧。"

阮胭出去后,等在外面的方白关切地问她:"怎么样?胭姐,宋叶眉没有为难你吧?"

"没有。"

"那你的脸色怎么这么白?"

阮胭说:"可能是有点儿低血糖吧。"

"车上有酸奶,待会儿你喝一瓶。"

两个人上了车,方白把酸奶递给她,然后跟她讲下午的行程:"下午要去华星科技拍广告,这个公司是做网络安全的,今年被讯光科技入股后,便开始做智能家电了。"

"讯光科技的智能家电?"也是,邢清帮她接广告的时候,还不知道她和沈劲的关系。

"嗯,他们想让你代言整个家电线。"

阮胭点头说"好"。

方白启动车子,边开边说:"华星科技虽然还没有上市,但实际上十年财务指标就符合上市要求了,市场占有率相当高。这次的智能家电主要在做智能洗衣机和……"

"方白,我想安静一会儿。"阮胭出声打断她,说完觉得不妥,又说,"抱歉,我只是有些累了。你放心,你说的这些我已经提前看过资料了。"

"没事,胭姐熟悉就好了,你先休息吧。"

阮胭把车窗摇下来,方白开得不快,这个季节的风吹起来很惬意。

她靠着窗,闭上眼睛,想好好理理宋叶眉的话,却又什么都理不出来,只剩一种铺天盖地的空旷感将她团团包围。

有外卖员忽然超车，方白一个急刹车。

阮胭跟着身体往前一倾。

也是在此时，她突然就明白了多年前读过的那句诗——拔剑四顾心茫然。

华星科技。

"以上，就是我们上个季度的研发情况。"林总工站在办公桌前，跟面前的沈劲汇报。

他不动声色地打量着这位年轻英俊的大股东。前天在酒店查监控时，凭他对华星科技产品整个研发体系的详细了解，就可以看出他的确是一个尽职尽责的掌权人。只是不知道一直放权专注拓展讯光科技业务的他，怎么会突然来华星科技？

"嗯，晚上我看完后会让向舟把后续的计划发给你。"沈劲合上文件夹，用那支黑色钢笔签好自己的名字，然后抬眼问他，"华星的品牌部在几楼？"

"品牌部？"林总工是做研发的，也不太清楚，不确定道，"好像是十七楼？需要我帮您叫他们部门的负责人上来吗？"

"不用，我过去就行了，你忙吧。"

清和市很大，有句话是这样说的：清和市，东穷北贵，西富南贫。

北边住的都是权贵人家，比如沈家老宅就是在清和北边。而沈劲和阮胭以前常住的清和别墅，在西边。

华星科技在临西的新兴工业技术区。

方白开了一个多小时，阮胭靠着窗户眯了会儿。到了华星科技门口，方白也没忍心叫她起来。

昨晚深夜，邢清特地打电话过来嘱咐她，说阮胭最近不容易，让她一定要小心照顾着。

等到阮胭醒过来，才发现她们的车子已经停在了一片林立的高楼大厦中间。

"到了吗？"阮胭问。

"嗯，没忍心叫你。"方白下车，帮阮胭开了车门，试探地问她，"胭姐,你是不是很难过?"

阮胭摇头:"还好。"

两个人要走进大厅的时候,阮胭忽然又对她说:"方白,什么时候有空?帮我去买本字帖吧。"

"啊?字帖?"

"嗯,颜体,《多宝塔碑》和《颜勤礼碑》都可以,再帮我买支钢笔。"

"怎么突然想起练字了?"方白问她。

阮胭脑海中浮现那人的声音——

"观鱼,可以锻炼你的眼力;练字,可以锻炼你的手力。阮胭,你的心要静啊,太跳脱的人,无论在哪一行,都不会走得踏实,知道吗?"

——现在我知道了。

阮胭对方白说:"没什么,只是想让签名变得更好看一点儿。"

"这你不用怕,邢姐找人给你设计的那艺术签名,收价五位数呢……"

方白笑嘻嘻地领着她往前走。

华星科技品牌部的负责人周婷也早就在前台候着了,一看到她们就赶紧迎上来,带她们去见导演。

导演是个外国人,拿过很多国外的短片大奖。

"我们公司一直没有上市,就是等着明年计划在国外上市,因此我们公司在做这个广告策划的时候,想把它做得更国际化一些,毕竟,还是要吸引一些那边投资者的注意。"

周婷解释道:"但是,阮小姐,您放心,我们公司的翻译会全程跟随,不会影响您的正常拍摄。"

阮胭点点头:"嗯,没关系。"

周婷带阮胭进去,她和很多觉得明星文化成绩差就该被黑的人观点不一样。毕竟术业有专攻,没必要再去苛求被各种训练占满时间的艺人有精力苦心攻读数理化,不然得找多少个分身才够用。

进去后,导演已经坐在那里等她们了。导演是个五十岁的白胡子老头,很热情,说给自己取了个中文名字叫"李老白"。

接下来的几分钟里,他兴致勃勃地用英语讲了十分钟他所知道的李白的往事，讲到激动的地方，甚至用起了泰语，中泰混合，外加中国古诗，连被拉来做翻译的都听沉默了……

周婷和方白对视一眼，也沉默了。

谁能打断一下这个神游了的老头儿？

"我觉得您和李白真的很像，很有他身上那种洒脱的气质，可以说是……老年版的李白了……"阮胭终于忍不住开口，用泰语打断他，"不如我们把今天要拍的理念先理一下，再好好探讨一下……"

"你会泰语？"

"嗯。我们先来谈谈这次的合作……"阮胭趁机切入主题，开始问今天的拍摄细节。

而周婷和翻译已经在旁边目瞪口呆地看他们聊了起来。

"胭姐，你会泰语？！"方白简直震惊了。

"嗯。"

阮胭平静地喝了口水。她没告诉方白的是，她还会越南语和印尼语，小时候父亲的海船常跑的地方就是东南亚。

聊了一会儿后，李老白终于意识到不对，赶紧切换成英语，让英语翻译能够顺利工作："是这样的，下午我想把我们原定的棚内拍摄改为水下拍摄。"

"水下拍摄？"方白小声地惊呼道。她忘不了那次在松河镇，阮胭下水时整个人那种不对劲的状态……

"之前不是说好了就拍棚内的戏吗？"

"可是那个场景拍水戏的话，效果会好十倍不止！"李老白有些激动，尤其是看到阮胭本人后，越发地激动了。他完全可以想象出眼前这个少女，乌发红唇地在水里漂浮的样子该有多美。

阮胭想了一下，想把分镜头脚本要过来看看能不能改，于是开口："你可不可以……"

"不可以。"一道低沉的声音打断她。

她转身，沈劲站在门外，脸色阴沉地看着他们，语气更冷："我说，她不可以下水。"

阮胭讶异地看着他。

沈劲脖子上的纱布已经拆了,只贴了一片白色的药贴。

他穿了一件黑色衬衫,扣子解开了两颗,外面穿了件深蓝色的西装,衬得人身形挺括。

阮胭没见过他工作时候的样子,以前他在家里都是穿着松松垮垮的家居服,胸膛半裸。

原来他工作的时候是这样的。

过分老成,不大好看。

等她收回目光,才发现周婷已经看呆了。那目光,就差上去把第三颗也解开了。

阮胭:"……"

过了片刻,周婷自己咳嗽一声,回过神来:"沈总,您怎么来了?"

"要签家电线的代言人了,我过来看看。"沈劲没有看阮胭,仿佛真的只是前来视察。

周婷问:"沈总刚刚说阮小姐不可以拍水戏?"

"嗯。"沈劲深邃的目光微动,"不拍水戏。"

"为什么?"李老白听了翻译的话后发问。

沈劲看了一眼阮胭,她也在看他。二人目光相触后,随即分开。

沈劲面不改色地说道:"因为我晕水。"

周婷:"……"

李老白的翻译:"……"

李老白不明所以:"可又不是您下水拍,是阮小姐下水。"

沈劲抬眸,沉沉地扫了他一眼:"我出钱,还是你出钱?"

李老白的翻译:"……"

这……这怎么翻译?

沉默后,翻译硬着头皮道:"沈总说他晕水,看到水就觉得不吉利,影响公司气运。"

李老白很无语,中国老板果然都很迷信。

最后还是敲定按照原定的在棚内拍,就在隔壁的影视大厦。

定下来后，沈劲转头对阮胭说："阮小姐，过来一下。"

阮胭不想。她现在心情起伏很大，坦白来说，这甚至是他们分手后，她唯一一次真的想逃避沈劲的时候。

她不知道该怎么面对他。

她从来没有觉得愧疚，因为说到底她和沈劲不过是各取所需。他把她当成宋叶眉的替身，她把他当陆柏良的替身。

只不过他做得过分明目张胆，被她利用了。

但如今知道了，她只觉得荒唐。

荒唐在于，她开始觉得茫然，她这两年究竟在做些什么。

"阮小姐，过来。"沈劲看她依旧不动，重复一遍，"签合同。"

阮胭没办法，只得跟在他身后。

他的腿很长，走得快，却故意放缓了脚步，等了一下穿着高跟鞋的她。

周婷站在他们身后，看着两个人并肩离去的背影，蓝色西装、黑色裙子，竟然头一次觉得这两个人好像……有点儿般配？

不只周婷一个人这样觉得，他们一路走到电梯口的时候，许多人都在默默侧目。

可惜他们径直走进了总裁专用电梯，电梯门一合上，就什么也看不到了。

沈劲在华星科技的办公室是在三十八楼，二十一层的距离，电梯上行得格外缓慢。

电梯内四面光滑，无论从哪个角度，阮胭都能看到沈劲那清晰的五官。

逼仄的空间里，她能听到他近在咫尺的呼吸声，甚至能感受到他的视线在她身上缓慢地停留。

"阮胭——"他说话的声音和电梯开门的声音一同响起。

阮胭率先一步走了出去。

沈劲跟在她后面，步子稍一迈大就追上了。

这一层都是总裁办，除了沈劲，还有华星科技的另一位大股东。但他的办公室最靠里，那里最安静，采光也最好。

他们走过去的时候，一路上有好几位总裁办的秘书不断地对他弯腰打招呼："沈总。"

他没有理会，只是微微颔首，抿着唇，带阮胭一路走回自己的办公室，然后将门关上。

办公室很安静。

沈劲静静地看着她，抬手把第三颗扣子也解了。

"阮胭，你刚才看到了吗？"

阮胭问他："什么？"

"你不能拍水戏，我就可以让你不拍。来的路上，很多人对我点头，很多人对我弯腰，很多人对你艳羡不已。"他的嗓音暗哑，像是在诱惑。

阮胭目光淡淡地看向他——然后呢？

"你留在我身边，这些都可以给你。"沈劲走到窗边，这里是三十八楼，视野空旷，足以俯视整个清和市。

阮胭叹口气："沈劲，我不需要。"

"你不需要？"

沈劲的表情直接变了，睫毛下掩藏的情绪翻涌："你不需要？这些天做的是什么意思？"

"昨天我在医院想了一晚上，才想明白宋筠说的那些话。你早就知道那桶掺了玻璃碴儿的油漆的存在了，早就准备好了监控在那里，你就是一个最优秀狙击手，一直埋伏在暗处等待，等她犯错，等待一击即中。可是，阮胭，你就不怕吗？"沈劲走近她，站在她面前，有种居高临下的压迫感。

阮胭咬了咬唇，说道："我不怕。"

"你不怕？你有没有想过那桶烧碱水，如果我来晚了一点儿你怎么办？如果我不救你你怎么办？任由她毁了你自己？"

沈劲看着面前的这个女人，越想越气，尤其是昨晚因为后颈痛，连躺着睡都不行。他硬是想了一晚上，甚至还在庆幸，幸好不是泼在这个女人脸上，不然，不知道她得多痛。

"沈劲，我知道我在做什么，我在赌博，你懂吗？赌博就是，上了这张牌桌，我就会为我做出的任何选择负担任何应付的赌资，无论是毁容，还是残疾，甚至是死亡，我都出得起，我不怕。"

"可是我怕！"沈劲说出这句话时才发现自己的嗓子已经哽得很难受了，"你来我身边，我能给你的，比你今天见到的还要多得多，平步青云，步步高升。"

他抬手，想把她搂进怀里。

阮胭却无言地往后退了一步，轻轻地摇了摇头。

门外有秘书在敲门："沈总，这是您要的合同——"

秘书走进来，把一份文件夹放到桌上。

阮胭瞥了一眼，说："沈总，我们签一下合同吧。"

"好。"沈劲先俯身，抓起桌上的笔，在上面签下自己的名字。

阮胭接过来，也签上了自己的名字。

"沈劲"和"阮胭"两个名字挨在一起，一个内敛，一个张扬，看起来却有种奇异的和谐感。

然而她的目光只在上面停留一瞬，就立刻放下了笔。捏着笔的瞬间，她忽然想起一件事："沈总，我可以把我以前送你的那支钢笔要回来吗？抱歉，我不是分手后索要礼物，而是那支笔对我来说有些重要。如果你不介意，我可以折成现金……"

"现金？"沈劲笑了一下，"你觉得我缺钱？"

阮胭沉默了三秒。

那支钢笔是当年的限定款，本来应该还有一支…

和它是一对。

阮胭抿了抿唇，说："对不起。"

"钢笔在家里。你要的话，跟我去拿。"沈劲单手插兜，左手摁住兜里那支钢笔，说得一派平静。

阮胭没说话。

沈劲又补了句："还有你的内衣、内裤，也一起去收拾了吧。"

阮胭："……"

阮胭头一次被沈劲噎至无语。她定了定心神才说："我回去一下，护照可能在你那里。"

沈劲"嗯"了一声，指尖若有似无地抚过她签过的那个名字。

"现在去吧,正好我有空。"他把合同收进抽屉里。

"可是方白还在,下午还有棚拍。"

"明天再拍。我只有今天有空。"他抬眼注视着她,"你是知道的,我书房里有很多重要的文件。"

阮胭明白了,他们做科技的,的确很注重保密原则。虽然她以前从来不会去他的书房,但如今断了关系,更不好趁主人不在家的时候去取东西。

阮胭只好发消息给方白,让她先回去。

向舟开车送他们。

车子一路往清和别墅开去。

阮胭和沈劲尴尬地同坐一辆车,在逼仄的空间里,她还不知道网上发生了什么。

微博上,有两段视频被转疯了。

第一段是阮胭在发布会上,那段关于医学视频的发言。

"有人思考过当一名医生究竟要付出多少年的时光吗……我无比骄傲,在成为一名演员之前,我曾触碰过手术刀,曾接触过人性的善恶,曾感受过生命的美丽……我爱这个行业,并且,将永远爱着。"

画面里,她一身红裙,站在一片白色里,受万众瞩目,性感又英气。

很难有人会不被这样的她所吸引。

下面的评论一边倒——

"哭了,终于有人出来为医学生正名了。家住十八线县城,爹妈认为世界上只有三种职业:医生、老师、公务员,其他统称'打工的'。于是就学了医……"

"真的,医学生,三年又三年,青春就这么没了,工资也没有大家想的那么高,碰上忙的科室,真的是累傻了。"

"楼上的,我懂,劝人学医,天打雷劈!谁入行的时候,还没有一个治病救人的伟大理想呢?可是现实真的好残酷……"

"呜呜呜,我也热爱这个行业,也无比希望它能够变得更好!小姐姐加油,多拍一些医疗剧,让更多的人关注到医生的不容易吧。"

…………

这条微博,几乎在登上热搜没多久,就被官方媒体点赞了。

近年来,国家已经在逐步进行医疗改革,质量参差不齐的医疗片几乎就是在释放一种微妙的信号。

于是很多人纷纷猜测,阮胭是不是要获得主流媒体的认可了……

然而没多久,官方媒体点赞的另一条微博立刻吸引了所有人的视线——一个身穿白衬衫的男人,蹲坐在地上,他面前躺着一名已经快没有呼吸的中年男人。

这位穿着白衬衫的男人,手里拿着手术刀,有条不紊地进行消毒,然后迅速地在病人的颈中摸了一下,毫不犹豫地下刀。男人的眉眼无比专注,即使是这么差劲的偷拍画质,也能看出他清俊的面容。

外面下着瓢泼大雨,酒店里却安静得落针可闻,所有人都屏气凝神,等着病人醒来。

直到最后,他按住球囊,病人终于开始有轻微的呼吸,而酒店外的救护车也总算冒着大雨赶来。

视频的最后,是男人旁边的年轻学生问他:"你也是医生吗?"

可惜的是,所有人都看到他张了张口,视频里却没能录下他的声音。

这条微博下的评论当天就热闹了起来——

"我的天!一分钟以内我要拿到这个医生哥哥的所有资料!"

"好帅啊,啊啊啊,好帅好帅!他好镇定,好温和!人生中第一次懂了'遗世独立'这个词,这才是'高岭之花'吧!"

"'陆神'重出江湖啦?"

"都让开!板凳搬好!我来科普:这小哥哥是清和医大08级的大佬,'巨佬'程千山的关门弟子!天知道当年他简直就是个'论文大神',发了三十多篇!三十多篇!当年神经外科界所有人都以为他铁定能继承程老的衣钵,万万没想到,他出了个意外,直接退隐江湖了。听说出国了,没想到有生之年还能再见到这位大佬。"

"大佬依旧是大佬,牛啊!这个手术难度不大,关键是'陆神'判断得稳准狠,整个过程半分钟都不到,真的牛啊!"

然而,当两条热搜连在一起,同时出现在官方媒体主页的时候,底下有一些微妙的评论——

"那什么,感觉这两个人有点儿般配,而且貌似都是清和医大的,真的不可以'磕'一下吗……"

"有姐妹剪一下这两个人的视频吗?美女明星和清冷医生,光是想想就觉得好刺激。"

"高清图来了!是我上次去老师办公室里偶遇这位师兄时偷拍的,真人真的好帅好帅!啊啊啊!真的,看一眼都会晕厥的那种帅!"

配图是一个穿米色风衣的高瘦男子,站在一名老者身侧,微微俯身,在听老者教诲,最绝的是眼角的泪痣如墨,整个人气质温润如玉。

"我马上回去剪视频!姐妹们,一会儿见!"

…………

"你和姐姐以前认识吗?"闻益阳看着眼前的男人,状似无意地把手机微博上的热搜推到陆柏良眼前。

陆柏良看着下面的评论,手指在上面滑了一下。片刻的怔然后,他才道:"嗯,认识。"

"真的吗?"闻益阳仿佛来了兴致,"你们认识多久了?"

"六七年了。"他把手机推回给闻益阳。

"这么久了啊,可惜我来清和上大学的时候,你已经离开了。"闻益阳收好手机,有些感慨,"不然我们这个项目可以更早推进。"

"嗯,没关系,现在也不迟。你放心,既然我最后决定加入你们团队,那我就会负责到底。你们的项目书我看了,你很厉害,年纪这么轻就做得这么好了。虽然你们不是亲姐弟,但这一点上,你和你姐姐挺像的,都很聪明。"

陆柏良很欣赏闻益阳,不愧是阮胭带出来的,安静、悟性高、做事踏实,年纪这么小就已经有能力和博后组一个团队了。

"是她教得好,她真的是个很好很好的姐姐。"闻益阳对他笑笑。

两个人一同起身,准备出去买咖啡。陆柏良听到后,问他:"是吗?她都教你什么了?"

闻益阳推开教室门，率先一步走了出去。

他站在阳光下，对他笑了笑："养鱼。"

清和别墅。

车子稳稳地停下。

下车前，沈劲拿起手机，看了一眼周牧玄发的消息："追人就要跟弹簧一样，高低起伏，松弛有度。前些日子，你热的试过了，今天就试试冷的。先带她去你工作的地方看一看，女性普遍喜欢认真专注的男性。然后再想办法带回家……后面的你懂了吧？"

周牧玄这个人，比顾兆野靠谱很多。

他先下车，然后状似无意地绕过去，替阮胭把车门打开。

阮胭愣了一下——他突然有良心了？

沈劲神色如常道："进去吧。"

阮胭跟着往里走，张晓兰本来还在阳台给花儿浇水，一看到阮胭，直接把浇水壶都扔地上了，穿着拖鞋就跑了出来。

"夫人，你终于回来了！"

张晓兰脸上的高原红已经完全消去，整个人也不再像刚来时那种吹气球一样发肿了。

她现在瘦得只能说是微胖，开口闭口也不说"俺"了，像是完全变了一个人。

"夫人，我还以为你不回来了呢。沈总果然没骗人，他说过你会回来就真的回来了。"

张晓兰直接一把抱住阮胭。张晓兰虽然瘦了，但劲还在，阮胭差点儿被她箍死在怀里。

沈劲咳嗽一声："先进去吧。"

"嗯，嗯。"张晓兰赶紧把阮胭往屋里引。

其实也不过一个月的时间，但阮胭觉得好像已经很久没回过这栋房子了。

家具和摆设都一模一样，一点儿也没变。

"夫人，我给你做卷饼吃好不好？或者，我给你炖汤吧，我觉得你最近瘦了好多……"

"不用了，我回来拿个东西就走。"阮胭冲张晓兰笑了笑，径直往楼上走去。

张晓兰委屈巴巴地看了沈劲一眼。

沈劲冲她点点头："你先去忙吧。"

上了楼，阮胭便开始找自己的护照。

沈劲推开门进来，斜倚着门框，看她来来回回在衣柜里翻找的模样，心里居然头一次有了一种踏实的充盈感。

"你有看到我的护照在哪儿吗？"阮胭问他。

沈劲从身后拿出一个红色小本递给她。

阮胭拿过来，检查了一遍后，确认无误，对他说了声："谢谢。"

然后她又试探地问他："可以把钢笔还给我吗？"

"阮胭，送出去的东西，想要收回是要付出代价的。"

沈劲站直了身子，黑眸微沉。他走到阮胭身前，抬手，替她把刚刚翻找东西时散落的碎发别至耳后。

阮胭往后避了避，警告似的喊了声："沈总。"

沈劲没理会她的低斥，手指顺着她的碎发抚到了耳后，轻轻地摩挲，像他从前做过很多次的那样。

阮胭在条件反射的战栗后，立刻往后退了一大步。

"沈劲！"她拔高了声音提醒他注意分寸，她这次是真的恼了。

沈劲讪讪地收回手。

阮胭咬了咬牙，见他还是不说话，索性转身，拿着护照往外走。

"笔不用还了，送出去的东西就送了吧，我不要了。不管是什么代价，在你这里我都付不起。"

"阮胭。"沈劲有一瞬的不知所措，伸手拽住她的手腕，左手掏出兜里的钢笔，塞到她的手心里，"不用什么代价，你……"

他顿了顿，看着阮胭，声音发涩："你再喊我一声'哥哥'，就像……你以前喊的那样。"

钢笔的笔扣冰凉，触及她皮肤的一瞬间，像是把她从梦里冻醒了。

阮胭摇头："对不起,我不想。"

她看了看手里的笔,又看了看沈劲喉头的疤。

它们是那样凌厉,又是那样相似。

宋叶眉的那些话悉数从她脑海里蹦了出来,像是盆冰水一样,从她头顶猛地往下浇,浇得她瞬间清醒。

"沈劲,你喜欢上我了吗?"她问他。

"不知道,也许是。我们先别探究这个问题好吗?"沈劲动了动嘴唇,声音沉到接近低哑,"阮胭,我想你了。"

"你可能真的只是想我了,无关感情。"阮胭对他说。

她开始客观地陈述:"沈劲,这两年来我们亲热的次数太多了,我是你的第一个女人,你是我的第一个男人,我看到书上说,男人也会和女人一样,有第一次情结……"

"够了!你……"沈劲打断她越来越伤人的话,尽量克制自己起伏的情绪,深吸一口气,"那你说,什么才是喜欢?"

"喜欢?你还记得我们以前一起看的那部讲出轨的法国片子吗?一眼万年,见过就不忘。那就是我所理解的喜欢。"

阮胭看着他,又补充道:"就像你以前对宋叶眉的感情一样,为她栽满整片榆叶梅,为她保护她的妹妹,为她……"

"别说了,阮胭。"

沈劲用力地攥紧手,他在忍受一种异样的痛,那痛觉从四面八方传过来,尤其是当她说到最后的时候,他只觉得她在扯他结痂的后颈。前天为她挡下烧碱水的那个地方,那个已经在渐渐愈合的地方,此时仿佛全被扯开了。

"经历过一段失败的喜欢后,就不能再重新喜欢上别人了吗?"沈劲已经快要克制不住了,眼尾微微发红,说话的声音抖得不成样子,"我知道我做错了,我自大、狂妄,把自己的想法强加到你身上,总是不够尊重你……这些我都可以改。但是,我并不认为喜欢过一个人是一件错事。我可以把感情当千斤举起来,为了我爱的人去拼命;但我也可以在决定放下时放得彻彻底底,比谁都干净,比谁都利落。我沈劲,拿得起,也放得下,身和心干干净净，我问心无愧，你凭什么说我对你的不是喜欢，是习惯？阮胭。

"那部片子的男女主角，我只会觉得他们是两个懦夫！爱不说出来，没为对方做半点儿实事。对，那可能是你口中的喜欢，但那也只配叫喜欢了。

"而不是爱。"

说最后这四个字时，他的声音沙哑到极致，几乎是哽咽着说出来的。

他静静地注视着她，用拇指掐着食指，忍住想把她搂进怀里痛骂一顿的冲动。

阮胭也沉默着，两个人在沉默里对峙。

很长一段时间里，都没有人说话。

沈劲先败下阵来。他走到窗边，点了根烟，火光亮在他手指间。

阮胭看着他的背影，把心里某种莫名的喧嚣压住，压住，再压住。然后，她平静地对他说："对不起，我还是想分手，我可能……没有喜欢过你。"

"你再说一遍。"他愣住了，难以置信地看着她。

"我说，我没有喜欢过你。我可能只有睡觉时和你最习惯。"

"那你之前……为什么要对我那么好，那么依赖我？"沈劲的喉结滚了滚，最后三个字几乎是从牙齿缝里挤出来的。

"你长得很好。"

长得很好？这算什么理由？

沈劲什么都不想说了，也什么都说不出来了，他只有拼命夹着烟头，才能克制住不往自己手心烫上去的冲动。

"我走了。"这三个字，阮胭说得相当平静。

沈劲掸了掸烟灰，听到心底有什么东西摔到地上。

最后彻底归于平静。

他只听到了自己近乎威胁的声音："想好了，出了这个门，你就是求我都没用了。"

阮胭捏了捏掌心里的钢笔，感受它的冰凉刺骨，答得坚定："分。"

说完，她缓缓走下楼。

张晓兰端着炖好的鸡汤出来，看到阮胭又站在鞋柜前穿鞋，忙问她："夫人，你要去哪儿？不吃饭吗？"

阮胭穿鞋的动作顿住，看了她一眼，说："我要回去了。"

"怎么还要走？"张晓兰这次直接要哭出来了，"不是和沈总和好了吗？"

阮胭摇摇头："没有。"

张晓兰的眼泪"吧嗒吧嗒"地往下掉："夫人，你走了我也不干了，你带我一起走吧。我会养鱼，会浇花，还会做饭……"

阮胭摇头："我养不起你。"

"不要。"张晓兰呜呜地哭了起来，"是夫人你教我减肥，教我说普通话，教我变得越来越好。夫人，我吃得很少的……"

阮胭说："听话，如果我是你，我就会在这里好好干。沈劲是个很大方的东家，你干到年底就能回平水镇盖座大房子了。女孩子还是要有一套属于自己的房子，知道了吗？"

张晓兰撇撇嘴，眼泪还是止不住地往下流。

阮胭"啪"的一声关上门。

沈劲仍站在窗边，看她一步一步地往山下走去。

再闭上眼，耳边都是她那句"我没有喜欢过你"。

他狠狠地掐灭烟，拿起墙角一个维修用的小榔头，然后缓缓地走向楼下那个房间。

拧开门把手的瞬间，幽蓝的光亮映入眼帘，仿佛所有的鱼群都盯着他。

那是他为阮胭准备的生日礼物。

她没有收。

他那时想着等她过二十五岁生日时，就送她二百五十尾孔雀鱼。

现在，他只觉得自己像个"二百五"。

他抄起那把小榔头往鱼缸玻璃上狠狠地砸去，双手因过度用力而青筋暴起，整个房间里都是他急促的呼吸声。

偏偏这个鱼缸砸不碎，只留下密密麻麻的网状裂痕附在玻璃上……

他彻底无力，整个人慢慢滑倒在地。

那些鱼，被困死在鱼缸里出不来了。

"你姐姐是怎么教你养鱼的？"

陆柏良看着站在阳光下的闻益阳，忽然有一种荒唐的错觉。

他觉得眼前这个人长得有几分像自己。

闻益阳笑了一下，冰冷的镜片下，眼神仍是纯粹的："她教我养孔雀鱼，还送了我一只。"

陆柏良顿住："她……还养孔雀鱼吗？"

"是啊。她养过好几条，她还会给鱼取名字。"闻益阳看着陆柏良，然后缓缓说道，"她给每一条鱼都取名叫'张晓兰'"

陆柏良一直挺拔如柏树的脊背，有片刻微弯："是吗？她有这样的爱好了吗？"

"嗯。"闻益阳仿佛没察觉他的异样似的，和他一起往前走，"陆医生，我们先去医院看看那个孩子。"

他们要探望的孩子叫辛童，是个七岁的女孩子。刚做完唇腭修复手术，可惜全家遭遇车祸，她的父母把她死死地搂在怀里，护住了他们的宝贝女儿，最后却双双离世。

辛童现在完全不能说话，只能发出简单的单音节字。

很明显，她不是唇腭裂手术后的语音系统发音障碍，而是应急性语言障碍。

"我们是要把她作为初步治疗对象吗？"陆柏良问。

闻益阳说："嗯，但现在她并不是很配合，我们好像一直找不到让她开口说话的点，没什么能吸引她。"

陆柏良点点头："好，我们过去看看。"

辛童的确是个自闭的孩子，不爱说话。她的心理医生说每次只有办公室里放《航海王》的时候，她才会比平时多说几句。

三个人一起去探望她，她也没有害怕和不适，依旧安安静静地坐在床上，看电视机里正在播放的动漫。

闻益阳照例笑着和她搭讪："妹妹，今天看到第几集了呀？"

辛童转过头,葡萄似的眼睛眨了眨,打量了他们一瞬,又没什么波澜地转了回去。

"妹妹,路飞哥哥帅吗?"闻益阳依旧和她套近乎。

她还是不理他。

就在心理医生对他们无奈地摇头时,她忽然转过身来看着陆柏良。她指了指他喉咙的疤痕,又指了指电视里路飞脸上的疤痕。

"是……飞吗?"

心理医生惊喜地看着陆柏良,这是辛童这些天来第一次主动开口说话。旁边的护士也赶紧暗示陆柏良,只要他说"是啊",就可以和这个小妹妹套近乎了。

陆柏良蹲下身子,单膝跪在地上,和小辛童的视线平视,像对待一个大人那样,和她平等而认真地交流:"抱歉,我不是路飞,他的疤在脸上、在胸口上,我的在喉咙这里。"

说完,他见辛童没有抗拒的意思,问她:"你要摸摸吗?"

"好。"辛童伸出了手,碰上他喉头的疤痕,感受到那里的崎岖,她皱了皱眉,问,"痛……吗?"

"别怕,不痛了。"陆柏良温和地摸了摸她的脑袋。

"那……是……怎么……弄的?"她说得磕磕巴巴。

陆柏良耐心地告诉她,像是在诉说一件极其平常的事:"是为了救一个女孩子弄的,一个像童童这么可爱的女孩子。"

在一片黑暗里,阮胭打开灯,奶油似的灯光温柔地洒下来。

她怔了一下。她还没有去报修,物业就帮她修好了吗?

果然高昂的物业费不是白交的。

阮胭把东西放好,拿出方白给她买的字帖、墨水和白格纸,将它们一一放在桌上铺好。

她坐在桌前,用在沈劲那里拿回来的钢笔,汲了墨水,开始在纸上一笔一画地临摹。

她已经两年没有写过了,以前这是每日的必修课。室友们都在图书馆里背各种基础医学书，只有她，每天背完了还要被陆柏良逼着写字。

"阮胭，你要记住，横是坚。

"粤妙法莲华，诸佛之秘藏也。

"竖是定。

"多宝佛塔，证经之踊现也。

"撇是变。

"发明资乎十力，宏建在于四依。

"捺是收。

"有禅师法号楚金……"

阮胭再也写不下去。钢笔重重地顿在纸上，墨水把纸泅开又泅开，仿佛绽放的黑色花儿。

室内一片沉寂。

她不喜欢这样的寂静。以前住在学校，电影学院总是闹哄哄的，室友也都是多话的人，在寝室里围在一起热闹地看电影；后来和沈劲在一起了，她每天晚上总是被他搂得紧紧地睡过去。

现在一个人了，最喜欢下雨天，因为那很像年少时和父母在海上的日子，风声涛声，总不至于沉默得近乎溺毙。

手机忽地振动，将她从安静里拉回。

"阮胭，宋筠出事了。"邢清的嗓门很大，而且隐隐透着股喜意。

"什么事？"阮胭合上笔盖。

"她的公司发微博，说她要退出演艺圈！这祸害终于要走了。"

阮胭皱了皱眉："你等一下。"

她拿出平板电脑，上微博看了一眼。她有小号，大号不是她自己在管，是邢清花钱请人专门运营，每天发两张日常图再配几句"心灵鸡汤"的那种。她的小号没发过微博，只用来看演艺圈的一些动向。

阮胭点进宋筠宣布退出演艺圈的那条微博，果然，下面评论大多是"真的真的舍不得""无法接受""希望能再见到姐姐的新戏""祝福回归'白富美'生活"之类的话。

也有一些评论阴阳怪气的："貌似和同剧组的某女演员小动作太多脱

不开关系……"

这些评论一发,宋筠的粉丝果真循着踪迹就来了。吵来吵去,一眼就看出暗示的是《两生花》的阮胭。

阮胭把平板电脑放到一边,给邢清发消息:"邢清,宋筠手里的代言多吗?"

"我算算啊,她不是一线,手里有一个二线轻奢包的全球代言,还有两个一线奢侈品彩妆线的品牌大使工作。当然,这些可以忽略不计,主要是她手里有个日用品,听说代言费给得很高,还为她提高了不少国民度。"

"那你准备一下,过几天去把那个谈下来。"

邢清愣住:"你要干什么?"

阮胭直接打开电脑,把当时在警察局留的录音打包发给邢清:"把这个发出去,找个卖惨文案写得最好的宣发公司。现在'阮胭'是演艺圈刚出头的新人,宋筠是红了六年的花旦,利用好这个地位差。还有,隐晦地提一下'阮胭'当初因伤退组的事情,不要提得太明显,免得引起谢丏反感。"

阮胭这边说,邢清就在那边记,她说得太平静了,把关于"阮胭"的人设、定位以及接下来的走向都分析得十分仔细,仿佛"阮胭"在她的口中只是一个符号。

邢清试探地问她:"胭,你真的还好吗?"

"嗯?"阮胭愣了一下,"我怎么不好了?"

"就,你和沈劲分手,真的没事吗?要不要我给你放几天假,出去散散心?"邢清问她。

阮胭说:"不用。说实话,和他分手我只觉得解脱,真的。而且说起来,我并没有吃亏。他有钱、大方,跟他的这两年,至少在试戏的时候,我没有遇到过任何潜规则。"

邢清想了想,的确。阮胭每次都是试完戏就走,却还能拿到一些小的MV女主角或者网络广告之类的通告,倒也着实令人惊奇。

"而且,他的脸好看,睡了他两年,不亏。"阮胭补了句。

邢清哽住,听起来的确不赖。

"哦,对了,你那段开机仪式上的发言被官方媒体点赞了,这边多了些主流的正能量片约,后面我们看剧本商定一下接哪部。还有,网上有些你的剪辑视频火了……你终于和别的明星一样有情侣粉了。"

"情侣粉,和赵一成吗?尽量还是不要炒这个。"阮胭想到于百合,他们已经隐婚一年了,看到这些终归不大好。

"不是他。"

"那是谁?"难道是八百年前合作过MV的那个歌手?

"是清和医大的一个博士。"

"清和医大的一个博士加入了奇骏科技的项目组?"

沈崇礼把玩着手里的飞镖,眯了眯眼睛,看向靶心。

新来的秘书正在战战兢兢地汇报:"对,叫陆柏良,是新加入的,听说已经有一些进展了。"

"陆柏良,老爷子终于把他接回来了?"沈崇礼眼神微动,"他去奇骏掺和什么?"

秘书惊讶了一下,总裁认识?

秘书说:"不知道,前段时间还上了微博热搜,好像是个技术大牛,奇骏这次应该是挖了个人才回来。"

"奇骏的方向搞错了,做语音修复的AI软件,却请了一堆图像识别的人来搞,玩不出什么花样。"沈崇礼问,"从沈劲那里拿过来的资料怎么样?"

秘书点点头:"有进展,他给的资料都是能直接上手的,没有什么误差,很好用。"

"好,加快速度,尽量做出来。"沈崇礼忽然顿了下,"陆柏良上什么微博热搜了?"

"嗯……好像是当街做手术,然后还和一个女明星传绯闻。"

"女明星?"

"对,叫阮胭,最近挺火的,因为她以前也是清和医大的,就被很多人传绯闻了。"小秘书娱乐新闻没少看,甚至有点儿想把阮胭和陆柏良的视频放给沈崇礼看。

"阮胭以前是清和医大的？"

沈崇礼愣住，四年前的某些记忆浮了上来，他忽然就笑了。

"你去，把阮胭这个人好好查一下，主要查一下她以前在清和医大的事，查清楚她和陆柏良之间有没有什么交集。如果查出来是她，那我恐怕要好好地送沈劲一份大礼了。"

送沈劲一份天大的礼。

阮胭。沈崇礼把这两个字无声地念了一遍。

——你到底还要给我带来多少惊喜？

如果你真的是从前那个女孩儿，那我这个便宜堂弟，怕不是被一个女人给玩了啊。

想想就觉得刺激，真的太刺激了。

沈崇礼笑着捏住飞镖，食指和拇指捏紧，对着面前的靶心瞄准，转瞬间，射了出去。

正中红心。

两日后。

天一亮，阮胭就打车去找周子绝，这天是剧本围读的第一天。

她随意扎了个马尾，换了件简单的白衬衫就出了门。

出门等方白来接她的时候，她才意识到，自己该买辆车了。

"方白，改天陪我去看辆车。"阮胭说。

"啊？胭姐，是我来得太晚了吗？"

阮胭摇头道："不是，是我怕你太累了。我想买辆车，有空自己开出去看看。"

"哦，哦，哦，好。"方白握着方向盘，开了会儿，忽然说，"胭姐，我想起来了，这儿还真有，就上次给你租房子的那个老同学，他好像开了家车行，我回头帮你问问啊。"

"行。"

方白一路把阮胭送到周子绝的工作室。

进去后，于百合已经在那里等着了。饰演男一号的演员叫蒋程，还没来，也是演文艺片出身的。

阮胭还是挺期待和这些实力派演员合作的。

"这里。"于百合和阮胭打招呼后，冲她挤眉弄眼，说道，"最近你的新闻有点儿多哟。"

阮胭问："什么新闻？"

"你和那位医生咯。"于百合冲她摇摇手机，说，"网上还有你们的剪辑视频，看没看？"

阮胭摇头，正准备说没看，周子绝和蒋程已经走进来了。

"都来了？"

周子绝招招手，他身后的助理把剧本依次分给他们。

剧本拿在手上，厚得跟一本小书一样。

阮胭他们几个人坐在一起，开始翻阅。

只是，她越翻，心情越复杂。

翻到中间，她猛地抬头，看向周子绝。

"周导，这个剧本你是以谁为原型写的？"她问。

"我一个当医生的朋友。"周子绝看着她，眼神在镜片下看不真切，"怎么？难道这么巧，阮小姐认识？"

"他叫什么名字？"阮胭微微抬高剧本，没让人看到她因用力而发白的指尖，"你说说，我可能真的认识。"

"根据这个医生的故事改编的。"周子绝推了推眼镜，从包里拿出一张报纸放到几个人的桌上。

他用手指抚平皱起的报纸，将它摊开放好。

阮胭看了一眼，那张报纸是民生类的，已经旧得发黄。在某个版面左下角的小方框里，放着每日新闻，占的面积很小，标题用了黑色加粗字体：清和医大第三附属医院于昨日发生医闹，急诊室医生惨遭患者家属持刀割喉。

有风吹过来，老旧的纸被吹得快要落下去。

陆柏良将地上的纸捡起来，这是被辛童撕掉的作业本。他抖了抖上面的灰，将它叠成一架纸飞机，递给她。

"不喜欢写作业吗？"他问道。

"嗯。"辛童点头，然后接过纸飞机。

她不想说话，就用铅笔在旁边的本子上写："老师说我的字丑。"

陆柏良瞥了一眼，本子上如有一群小蚯蚓歪歪扭扭地排布在上面。

"没关系，字丑的人聪明。"他摸摸她的头，"没骗你，很多人字写得不好，其实是思考的速度过快，手的速度跟不上大脑运转的速度。"

"真的吗？"

"真的。"

这个说法源于某位倔强的小姑娘。

辛童拿起纸飞机放到嘴边，纸飞机"咻"的一声，飞了出去。

在半空中跌跌撞撞的纸飞机撞到了陆柏良的肩上，然后落了地。

他把纸飞机捡起来，上面还有密密麻麻的字，他笑着拆开——

"粤妙法莲华,诸佛之秘藏也。多宝佛塔,证经之踊现也。发明资乎十力,宏建在于四依。有禅师法号楚金……"

临的是颜真卿的《多宝塔碑》。

陆柏良笑了一下，拿着纸上了楼。

穿着白大褂的少女小跑下来。

他冲她扬了扬手里的纸："临了大半年，有些进步，干吗撕了做纸飞机？"

"有进步有什么用？还不是写得不好看。"阮朒想从他手里把纸抢过来，奈何他本来就高，站得也高，她踮起脚也够不到，"还给我呀，这张这么丑，我扔了重新写张更好看的再给你检查。"

陆柏良怕她摔倒，便将纸还给她："下次得交五页。"

五页？阮朒没敢答应，于是岔开话题，问他："今天怎么这么早就从实验室里出来了？"

陆柏良说："急诊室那边的师兄有事，我要帮他代一天班，过来跟你说一声，今晚不能带你去实验室了。"

阮胭一直想做鱼类解剖实验，陆柏良本来答应这晚带她做，结果临时有事，只有亲自过来给她道歉，不然她肯定不满意。

阮胭想了想，说道："那我跟你一起去吧，正好我还没去急诊室看过。上次和程老去医院参观学习，只去了神经外科，但我听说急诊室最锻炼人。"

陆柏良无奈地应下："好吧，记得把专业书带着，到时候我顺便考考你。"

"我都背得差不多了。"

阮胭撇撇嘴，认命地回去把那本绿白相间的小书拿上，跟在陆柏良身后，一路往前走。

到了急诊室，好几个护士一边和陆柏良打招呼，一边偷偷打量着旁边的阮胭。

只有人到中年的护士长咳嗽提醒她们要认真对待工作，然后过来和陆柏良打招呼："小陆过来代小张的班？"

"嗯。"陆柏良拿出挂在门背后的白大褂披上。

"这是……"护士长指了指阮胭。

"师妹，带她过来旁听，见见世面。"

他这话一说完，后面就传来几个小护士的唏嘘声。护士长笑着瞪了她们一眼，立刻有小护士接嘴道："今天好，今天急诊室不忙。"

然而，她这话一说完，护士长的脸色立刻就变了，小护士也连忙捂住嘴，直喊着"呸呸呸"。

在医院值班室，最大的忌讳就是说"今天很闲""不忙"之类的话，因为这仿佛就是某种玄学的开关，只要一说，当天晚上必定出事。

陆柏良摇摇头，说："没关系。"

几个人又说了会儿话，就各自去忙了。

陆柏良给阮胭搬了一把椅子，让她坐在旁边。病人来了，她就在旁边安静地坐着。

等陆柏良忙完了，他就抽背几个知识点。

几个小时过去后，差不多到晚上十点的时候，护士长忽然行色匆匆地走进来："小陆，今晚可能有点儿麻烦，你这边注意一下。"

陆柏良皱了皱眉，问："怎么了？"

护士长说："之前接收的一个做心脏搭桥手术的患者出了事，病人家里当时是借了三十万元做的手术，但现在没抢救回来，免疫反应很严重。家属想继续治疗，但又不肯拿钱，我们肯定是不能收了，本来科室已经要替他分摊十几万元的医疗费了，不能再欠十几万元。"

"嗯，然后呢？"

病人如果欠钱不还，催不回来债，的确得由科室和医院分摊，有时候一场手术下来，手术成功了能拿到三四千元的手术费，失败了可能还得和科室分摊几万元甚至几十万元的患者欠款。对医生来说，明显是不公的，但规定就是规定，没办法改。

"家属不肯接受，非要医院继续收治，现在在主任那里闹。我怕他待会儿过来急诊室这边。"

"他来急诊室干什么？"

"当时是小陈收留的他妻子，也是小陈说能救，他们还录了音。现在在闹，还想索要赔偿款。总之，陆医生，你注意一下，我们报了警，警察过会儿就来。"

"好。"陆柏良站起来，拍拍阮胭的肩："你先回学校，我送你去打车。"

"那你小心点儿。"阮胭知道自己在这里也帮不上忙，就不给他添麻烦了。

"嗯。"

两个人刚走到门口，一个中年男人忽然拿着把水果刀冲了过来。他看了一眼门牌号，再看了一眼陆柏良和阮胭。

所有人都以为他要往陆柏良身上动，因为他才是医生，没想到竟直接把阮胭拽了过去。

他的动作快、劲儿大，是发了狠要拼命的。阮胭完全没来得及反应，整个人被他拽得死死的。

他的刀就横在阮胭的喉咙前，声音已经发哑："别过来，今天你们把我老婆给我救过来了，我就放这个女人离开。"

"姜辉，你冷静一下，你先把刀放下！"护士长试着劝他，"你老婆真的救不过来了,你先把人放了,医疗费的事情我们科室可以帮你分担……"

"闭嘴,是你们说了能治的,就是这个科室的医生,当时收治我老婆的时候说的!我为她到处借钱,凑了好几十万元!你们这群骗子,钱跟水一样砸进来了,你们又说不能治了……"

护士长急得不行,生怕他手抖,误伤阮胭:"你先把人放了,我们坐下来好好谈,你这样是违法的,知道吗?先放下,别做傻事……"

"闭嘴,老子不信!"他一吼,刀尖就抖了一下,阮胭的脖子立刻被划出一道血痕。

旁边围观的护士顿时吓得尖叫一声。

陆柏良紧了紧拳头,但仍努力镇定地开口:"你想救你妻子,我们可以帮你。但你不能挟持一个小姑娘,你的妻子也是女人,她要是醒过来,知道你做这样的事,也会为你感到羞耻。"

男人的手已经抖得不成样子,眼眶发红:"你闭嘴,我不会再相信你们!"

"我和她换。"陆柏良,平静地说了这四个字。

"换什么?"

"你挟持我,比挟持她有用。她还只是个大一的学生,而我是这家医院的医生,挟持我更有用。就算你对医院有怨气,报复我不是更能解恨?别和一个女学生过不去。"

男人似乎被说动了,看了一眼瘦弱的阮胭,说道:"你过来,其他人都不准靠近。否则我就捅死她!"

阮胭怕说错了什么会不小心激怒这个病人,只能疯狂地给陆柏良使眼神,让他别过来,她不怕。

可陆柏良只是轻声对那个男人说了句:"好。"

陆柏良一步一步地走近他。

在他们身后一直伺机而动的保安也紧紧捏着手中的电棒,只等着这个男人一放人,他们就冲上去……

然而,陆柏良比那个男人高,他一走过来,男人就不自觉地感受到一种压迫感。他松开了阮胭,却飞快地往他脖子刺去:"去死吧,我才不信你们这些医生的鬼话,把我老婆还给我!赔钱!"

……………

阮胭看着报纸上那行加粗的字,只觉得天旋地转里,那些黑乎乎的宋体字,一点儿一点儿地被时间和空间的力量挤压、扭曲,悉数变成刺目的红,铺天盖地的红。那些红让陆柏良的白大褂渐渐变了颜色,护士们的尖叫、男人发疯的怒吼,全部变成这些密密麻麻的字,张牙舞爪变了形,仿佛要吃了她——

"粤妙法莲华,诸佛之秘藏也。多宝佛塔,证经之踊现也。发明资乎十力,宏建在于四依。有禅师法号楚金……"

字和字开始打架。

那些新闻上的宋体字,那些《多宝塔碑》上的颜体字,那些奇奇怪怪的、尖锐的、棱角分明的方块符号,全部像潮水一样,争先恐后涌进了她的脑海。

而她站在这虚空里,握着那支黑色钢笔,面对着散在空中的猩红的纸,茫然得不知道该从哪里临摹起……

周子绝的声音冰冷,问她:"怎么样?阮胭,你认识他吗?"

阮胭用力摁着沙发扶手,让自己能够坐稳。

在周围的的寂静里,她说:"认识。"

周子绝冷笑一声,没说话。

氛围顿时变得诡异了起来,于百合和蒋程对望一眼,然后默契地摇了摇头。

阮胭问:"你认识他吗?"

周子绝推了推眼镜,往后微仰:"认识,认识得比你早许多,他一出生我就认识了。"

"真好。"阮胭垂眼,把所有情绪都敛下。

于百合咳嗽了一声:"周导,要不我们先看剧本吧?"

周子绝说:"你和蒋程先去对戏吧,我给阮胭讲一下戏。"

于百合和蒋程面面相觑,应了声"好"就出去了。

一时间房里只剩周子绝和阮胭两个人。

"邢清替你把合同签了。"这是周子绝对她说的第一句话。

"嗯。"阮胭的心情已经平静下来了。

周子绝把报纸收起来,对她说:"你知不知道?其实我挺讨厌你的。"

阮胭说:"知道。第一次试镜的时候,我就感受到你对我的敌意了。如果是因为陆柏良的事情,我很抱歉。"

"你抱歉有什么用?!他为了你,后半辈子全毁了。"周子绝猛地把报纸捏成一团,砸到地上。

"你知不知道他这辈子都不能做手术了?"

阮胭说:"我知道。"

"为什么当时陆柏良要和你换的时候,你不拒绝?你明知道那个'人渣'已经被他说动了,他不可能伤害你。你再多撑五分钟,警察就来了!"

阮胭右手死死地掐着左手,说不出话。

"为什么被捅的不是你?"周子绝站起来,恨恨地俯视她。

阮胭再也忍不住,脱口而出:"我也想问我自己,为什么不是我?!"

"你以为我没有这样想过吗?他被伤了以后,我照顾了他三天,他做手术,脖子上缠着厚厚的纱布,我连问他一句痛不痛都不敢,因为他说不出话,一句话都说不出……

"我每天晚上都做梦,梦到陆柏良说'我和她换'的时候,我大胆地出声阻止;甚至还梦到更早的时候,他来找我,说要给陈医生代班,我拦住了他……

"他这辈子拿不起手术刀,我也拿不起。我一看到书上那些刀,实验室里那些刀,甚至是室友们的剪刀,我就手抖,我根本没办法继续学医,我也怕……"

阮胭说着说着,整个人已经濒临崩溃。她颤抖着,慢慢地弯腰,失去力气,而后蹲下来,整个人无力地半坐在地上。

"你活该。"周子绝居高临下地俯视她,"你知道他的身世吗?"

阮胭看着他,蓦地想起宋叶眉在工作室里,淡笑着问她:"你知道陆柏良的身世吗?比如,为什么他姓'陆',而沈劲和沈崇礼姓'沈'。"

阮胭扯了扯嘴角,没说话。

"他是被我们邻居家的一个老瞎子捡来的,我们大院里家家户户都穷,大家都知道他是个孤儿。老瞎子照顾不了他,我们院里的人就挨个儿给他分东西吃。一勺汤,一口肉,就这么长大了。他上初三那年老瞎子死了,我和他,还有我妹妹,我们三个就一起去给人修车赚学费;老师来家访,他连灯都不敢开,就怕费电……这种日子,你过过吗?"

阮胭抠着手指,不敢说话。她小时候家里也窘迫,但是母亲总会尽最大的努力对她好。

她以为,像陆柏良那样好的人,那种骨子里的温润,会是在一个优渥无比的环境中养成的……

"后来,他上高一的时候,沈家终于派人来接走了他……如果不是你,在他博士毕业那年,他就该在沈老爷子的七十周岁生辰宴上认祖归宗,沈家旗下最大的医疗公司也该是他的。他苦了这么多年……"

阮胭闭了闭眼,从喉咙里挤出三个字:"对不起。"

周子绝看着她,始终不说话。

沉默持续了良久,最后他终于笑了,留下一句意味深长的话:"既然邢清已经把合同签了,在这期间,你先好好拍戏吧。"

阮胭垂下眼,应道:"好。"

当天下午,继宋筠退出演艺圈后,又发生了一件大事。

一直默默无闻的小公司柏良娱乐公布了一段录音和一个公告。

录音上是熟悉的女声——

"我只是让助理倒一些细小的玻璃碴儿在油漆里,让你在首映礼上出丑,痛一下而已。

"阮胭,你这个心机女,你早就知道了对不对?那两桶掺了玻璃碴儿的油漆!

"阮胭,你不得好死!"

一声比一声怨毒。

随着一起被放出来的,还有宋筠和阮胭一行人坐上警车的照片。

除此,柏良娱乐还附了一个公告,大意是说,宋某人故意请人在发布会上泼阮胭油漆,还好被人及时制止……

文章里暗暗指责宋筠借着前辈的身份欺压新人，偏偏词句又说得委婉，表意隐晦，却让人看着心里发堵……

这一系列消息发出来不到半个小时，整个微博就沸腾了。

原来宋筠要退圈，不是因为要去岁月静好，也不是因为要和传闻中的讯光科技的总裁订婚，而是因为摊上官司了？！

天呐，看不出来，真的看不出来。

那段录音被全网疯转。

沈劲坐在办公室里，听着向舟给他汇报网上这一连串的事，直至听到有网友说宋筠退圈是要和讯光科技的总裁订婚时，脸色彻底沉下来。

片刻后，他开口："你也去发个公告吧。"

"什么公告？"

"借机澄清一下，我和宋筠没有任何关系。"

向舟张了张口，欲言又止，最后还是说了句："好。"

沈劲心里烦，看着眼前的文件，正准备把钢笔找出来签字，才想起那支钢笔已经还给阮胭了。

他重重地呼了一口气，心里有个地方百般不适，却又找不到排解的方法。最后，他跟向舟说："找人把清和别墅的榆叶梅都换掉吧。"

"啊？这可是个大工程。"向舟劝他，"恐怕业主们会有很大的意见。"

沈劲拿起一支圆珠笔在文件上签了字，才抬头道："那你安排几个人，去物业投诉，就说自己对榆叶梅花粉过敏，希望物业能体谅一下，看能不能解决这个问题……然后我们再出面解决，以人为本、顺理成章。"

向舟怔住，佩服道："沈总强！"

沈劲"嗯"了一声，摁了摁睛明穴，阮胭临走时那句"我从没有喜欢过你"又狠狠撞进了他的脑海里。

那样温和的语调、柔软的声音，到底是怎么说出那种话的？！

他死死地捏紧手中的圆珠笔，连他自己也没注意到，他已经在纸上画出了重重的一笔。

心烦意乱里,他"啪"的一声把笔扔到桌上。

沈劲打开微博,搜索着与阮胭有关的一切。在阮胭的"超话"里转悠着,看着粉丝们和官方发的她的"生图"与杂志照……

界面里却猛地弹出来一个视频封面,是穿着白大褂的阮胭和在街边救人的陆柏良?

标题是:自制,美女明星×清冷医生。

视频配了很甜的背景音乐,即使一张是高清图,一张是渣画质偷拍,两个人看起来也相当般配……

下面获赞最多的一个评论是:"这对真的太好'磕'了,两个都是清和医大的,而且我清和医大的学姐告诉我,原来这两个人是认识的!他们真的认识!呜呜呜,我觉得我'磕'的这一对仿佛可以成真了。"

认识?阮胭和陆柏良他们怎么可能认识?!

他们不是同一级的,一个博士,一个本科生……

陆柏良心那么冷的人,不是一直在等周思柔吗?怎么会和阮胭扯上关系?

沈劲的眼神一暗。某些不可名状的、一直被他忽略的细节纷纷从他的脑海里钻了出来。

他猛地抬起头:"向舟,两年前让你调查的阮胭的资料,还在不在?"

向舟愣住:"不……不在了。我重新让人去给您查过?"

沈劲的目光掠过视频里被剪在一起的两个人,只觉得那画面刺眼到了极致。

他"啪"的一声把平板电脑合上:"查。把她前二十五年的细节,一点儿也不要漏掉,全部查出来。"

江南别墅。

宋叶眉看着讯光科技官博发的所谓"澄清声明",语气公式化到了极致,总结起来就一句话:沈总与宋筠没有半点儿暧昧的关系,勿传谣、信谣。

宋叶眉想到多年前,沈劲在夜里来找她,说要带她走;又想到结婚的时候,沈崇礼捏着她的下巴说:"都说抢过来的东西看起来更漂亮,如今看来也没什么特别的。"

还有这二十多年来，父母总是平静地看着她说："你是长房长女……"

宋叶眉把手机扔掉，冷笑道："男人果然都是狗东西，没有一个靠得住。沈家的男人，没有一个好东西。"

靠他们不如靠自己。

她抬头，目光移向卧室墙上那张大峡谷的照片。

那样美丽的峡谷，那样壮阔的风景，那样奇绝的美，一生只能见一次，见过一次，记一生……

相比起来，旁边那些柔柔弱弱的女人写真又算得了什么？

她抬起手，踮起脚，把墙上的写真一个接一个地取下来，叠在一起，抱在怀里，然后将它们狠狠地摔到地上。

"沈崇礼，你去死吧！"

照片上的玻璃碎了一地。

她望着那堆玻璃，沉默着。在这沉默里，她忽地想清楚了很多事。

很久以后，她平静下来，才给沈崇礼打电话，语气又恢复了往日里的温和柔软："今晚回来，可以吗？"

沈崇礼那边很吵，像在酒吧，闹哄哄的，旁边有女人娇滴滴的声音。

他嘲讽般地开口："怎么？有事？"

宋叶眉平静地开口："今天是我们结婚三周年纪念日。"

"你管那叫结婚？"沈崇礼笑了一下。

宋叶眉依旧是温柔的声音："你回来吧，我妈他们今天可能要过来。"

沈崇礼笑了声："行，接着演伉俪情深的戏码是吧？"

宋叶眉挂了电话，看着地上那堆玻璃碴儿出了神……

然后下一秒，她整个人朝地上的玻璃碴儿狠狠一跪。

尖锐的玻璃碴儿刺进皮肉，她一声都没吭。猩红的血液涌出来，她也只是微微皱了皱眉，然后继续用膝盖上的肉在上面摩擦……

直到整个膝盖都变得血肉模糊，被鲜血染上，她额头上都沁出了汗，她才缓缓地从那堆玻璃碴儿上离开。

接着，她走进屋里，换上一条黑色裙子，遮住膝盖上的伤口。

她走到门边，咬着牙，用鞋套包住自己的手，避免留下指纹。她找到沈崇礼经常穿的那双皮鞋，拿起它，将它横着挂在门背后的衣挂上固定好。

接下来，她整个人用力地朝那双鞋底撞去。

一下比一下重，直到鞋底的灰尘悉数印在她的背脊上、手臂上，留下一个又一个的鞋印，她才终于停下来。她套着鞋套，把鞋取下来，放到地上，然后把手上的鞋套扔掉，瘫坐在地。

片刻后，她打通了宋筠的电话，捏了捏自己的嗓子，尽量让它变得沙哑："妹妹，我痛，好痛啊。"

宋筠在那边焦急地问："姐，你怎么了？"

"痛……"宋叶眉抽了抽鼻子，"别告诉爸妈，求你了。"

"姐，你到底怎么了？"

宋叶眉不说话，只是发出一声比一声粗重的喘息。

这个时候，沈崇礼开门回来了。他脱了鞋，看着瘫在地上一身灰的宋叶眉，也只是低声咒骂了句："有病。"

宋筠听到沈崇礼的声音，一下子就明白了："姐，是不是……是不是姐夫他又打你了？那个畜生！"

"妈，妈！求求你们了，把姐接回来吧。沈崇礼他不是人！"宋筠冲客厅里的两个人喊着，将手机开了免提。

宋叶眉看着沈崇礼，慢慢地挪到门边，一边惊声尖叫，一边把地毯上的鞋子疯狂地打乱，嘴里骂着："你个畜生！"

沈崇礼皱着眉头，看着她这没来由的发疯，骂了句："你……"

宋叶眉继续骂："我说你个畜生，你有本事打死我啊！"

沈崇礼走过来，捏住她的肩膀："老子今天不弄死你！"

宋叶眉哭着发出一声长长的痛苦嘶吼，仿佛是从身体深处发出来的，痛到了极致……

沈崇礼皱了皱眉，立刻松开手，怀疑是不是自己真的捏得太重了。

宋叶眉继续哭着骂他："沈崇礼，你不是人！"

"你个疯女人！"沈崇礼想到她刚刚说的她母亲要来，呵，想拿她的父母来压他？就宋家？配吗？

他嘲讽道:"就算是你妈来了,老子也照样弄死你。"

说完这句话他就转身,看了一眼地上散乱的鞋,皱了皱眉,然后随便找了一双平时常穿的穿上,就大步出了门,"啪"的一声把门关上。

宋筠在那边听得快要疯了。她本来就被微博上的丑闻弄到几乎绝望,整个人快要崩溃,她对父母说:"你们听到了吗?他说就算你们在,他也照样要弄死姐姐!以前姐姐挨的打还少吗?被打到胃痉挛送进医院,你们还不信,现在亲耳听到了,你们还要冷漠到什么时候……"

宋叶眉发出低低的呻吟,气息微弱:"没关系,筠筠,我不痛……"

"姐——"

宋叶眉看了一下墙上的时钟,距离沈崇礼出门过去了六分钟,他应该已经开车离开了别墅区。

她慢慢地直起身,身上的痛楚对她来说仿佛不存在。她打开别墅区的大门,整个人跪了下去,匍匐在地上,一点儿一点儿地往前爬,对着不远处的保安亭微弱地抬手:"救救我……"

第八章
我把你当替身

RU CI MI REN
DE TA

清和别墅。

沈劲回去的时候,张晓兰听到开门声,看了一眼墙上的挂钟,已是晚上十二点了。

她发现,夫人走后,沈总回来得越来越晚了……

张晓兰赶紧把衣服穿好,将一直热着的汤端出去给他。

"不用。"沈劲上了楼,要进屋的时候,余光忽然瞥到沙发,转过身对她说,"明天是不是该打扫了?"

"啊,对。"张晓兰点点头。

家里每隔半个月就要换一次床单和窗帘,这是惯例。

"沙发的布和床单先别换,还有,阮……"沈劲说到她的名字哽了一下,说,"她的衣柜也先别清理。"

张晓兰说了声"好",叹口气,把汤又端了回去。

沈劲上了楼,没进卧室,直接去了书房。他刚坐下准备理一理工作上的事情,宋筠的电话就打过来了。

他看了一眼,毫不犹豫地挂了。

过了会儿,宋筠又发了条短信过来:"劲哥,我姐的腿要被沈崇礼打断了,你救救她吧。"

沈劲犹豫了一下,拨了电话过去,问她:"怎么回事?"

"沈崇礼又打了我姐,我录了音,我爸妈他们都听见了,我想报警,可他们还是不同意……劲哥,求你了,你去医院看看她好不好?她整个人都垮了……"

沈劲深吸一口气,说:"宋筠,你知道我为什么会接你这个电话吗?"

"为什么?"

"这是出于我们相识十几年的情面,也是感谢她在我小时候对我的照顾。我是喜欢过你姐姐,很喜欢很喜欢,但是,你必须清楚,那都过去了,她有她的生活,我也有我的。"

沈劲的语气慢慢地沉下来:"我是不会去看她的。如果她决定要离婚或者是报警,你让她直接去找周牧玄,我会帮忙疏通。还有,你既然录了音,就把证据保留好。就这样吧。"

说完他就挂了电话，给周牧玄发了条微信消息，让他联系一下清和这边法院和警局的关系。

周牧玄回他："你堂嫂那事儿不好办，离不了，她那对极品父母死都不肯放过沈崇礼这条大鱼，现在连报警都难。"

沈劲回了句："好，我知道了。"

他以为谈话就此终止了，没想到过了会儿，周牧玄直接打了个电话过来。

那头还有顾兆野的声音，一听这通电话就是顾小二撺掇的。

周牧玄咳嗽一声，问他："我听说你准备把清和别墅的榆叶梅都拔了？"

"嗯。"

"为什么？别人断发明志，你断'树'明志？"

"不是。"

——只是觉得自己以前做的事太混账了。

这句话沈劲没说。

两个人沉默了会儿。

沈劲把烟掏出来，想点，又放下了，最后问他一句："周牧玄，如果是你，你会找替……"

他顿住，还是没忍心把那个词说出口。

"不会。"周牧玄答得斩钉截铁，"这压根儿就不是正常人该干的事，在我的世界观里，找个替代品纯属恶心自己，也恶心人家姑娘，顺便还恶心了自己心里的白月光。"

"对，对，对，我也是，跟小时候天天做那种梦，梦到女明星一样，梦完我就觉得很罪恶，像玷污了人家。"顾兆野在那边顺口接道。

他说完，周牧玄就低声呵斥一句"你闭嘴"。

沈劲想按打火机，按了一下，手指微抖，没点燃。

最后，他长长地叹了一口气："你说，我要是也给她当替身，让她好受了，她是不是就会回来？"

"你？给她当替身？我想想，你和谁长得像……"周牧玄低笑了一声。

顾兆野看热闹不嫌事大，顺嘴就接："我看劲哥和他那便宜三叔挺像的,网上剪辑的视频你看了没?哈哈哈,我瞅着嫂子和三叔还挺配……"

顾兆野越说到后面越觉得气氛不对,声音渐渐弱下去。

周牧玄踹了他一脚,说:"一边去。"

沈劲挂了电话,不理会他们。

他重重地呼出一口气,把打火机扔到一边。

就算是给她当替身也没用,她不是气,她是不喜欢他。

从来没有喜欢过。

周子绝的电影前六十场戏都在清和邻市的一个影视城里拍。

阮胭先和他一起参加了开机仪式,聚完餐后,第二天便直接开拍。

前几场戏拍下来,阮胭和于百合还有蒋程都配合得很好。

周子绝也很专业,抛开和他之间的不愉快,阮胭不得不承认,客观上来讲,他的确是个怪才导演,对画面感的要求高到了极致。甚至有一次,他就为了拍一幕合适的鸟在夕阳下的剪影,带着整个剧组连续在荒草堆里喂了三个下午的蚊子。

"阮胭,等会儿那场拍车祸的戏,你先上威亚试一试。"副导演拿着剧本过来跟她讲戏。

通常来讲,国内拍车祸戏都是靠演员吊威亚,拍一个车子行驶过来的镜头,再拍一个演员被威压吊起来,在空中瞬间起飞又坠落的镜头,最后两个镜头剪到一起,就成了观众们看到的车祸被撞现场。

还有一种方法是真的让演员"被车撞"。

只要事先定好演员的站位和司机的停车卡点,也可以拍出车祸的效果,这种方法能让车与人都出现在同一个镜头里,更真实。但由于危险系数较高,很少会有导演这样拍。

"行。"

道具组已经在路边放好了绿布,阮胭也上了威亚。拉威亚的师傅看她过于柔弱,往她白大褂里塞了好些棉垫,生怕她被勒痛。

然而,等到真的上去了,周子绝那边又出了问题。

他对画面感的要求太严格了,阮胭和拉威亚的师傅试了一遍又一遍,都达不到他想要的效果。

即使是垫了棉垫,阮胭也觉得自己的腰部和胯部有些吃不消。

副导演问周子绝:"要不换一种拍法吧,让阮胭休息一下,等会找个车手来,我们借位拍。"

周子绝看了看还悬在空中的阮胭,推了推眼镜,问他:"你确定?"

副导演说:"也只能先这样试试了。"

"嗯,这个方法是你提出的,我记住了。"周子绝轻飘飘地看了他一眼。

副导演没来得及多想就出去联系车手了,然后过去和阮胭沟通。

阮胭虽然有些诧异,但基于职业道德,还是接受了。

只有方白,一而再、再而三地叮嘱副导演一定要和车手沟通好站位,不能危及阮胭的人身安全。

一个小时后,剧组再次开工。

阮胭站在规定好的位置,做好表情,准备入戏。

车手也握着方向盘,准备发动。

副导演一声令下:"准备!"

车手拧了拧钥匙,白色汽车猛地发动,朝着指定的地方直直地开去。

他开到了指定的地方却没有及时停下来,而是继续朝阮胭开了过去!

"陆医生,还没回去?"闻益阳把东西收拾好,出了实验室走下楼,看到陆柏良还坐在心理治疗室内,手里翻着一本心理学方面的书。

陆柏良看着他,答道:"嗯,在等辛童。她说了今天会过来。"

"可是这都晚上十点了,小姑娘应该不会来了。"闻益阳看了一眼外面深沉的夜色。

"没关系,她来不来是她的事,但我既然答应了她,就得做到。"陆柏良又翻了页书,面容平静。

闻益阳看着他,忽地笑了:"陆医生,我发现你这个人真的好固执。"

也就只有他会真的把一个几岁的小女孩当作成年人一样去相处了。大概这也是辛童只愿意和他说话的原因吧。

"可惜太固执,太坚守自己的原则,也未必是件好事。"闻益阳忽然又补了这么一句。

陆柏良翻着书页的手指微微一顿,"嗯"了一声。

"那我先走了,陆医生。"

闻益阳走到医院大厅,掏出手机,习惯性地打开一个软件,看了一眼上面移动的小红点和小蓝点。

距离八十米以内。

他脸色一变,猛地抬头,看向顶上一层又一层的旋转楼梯……

脑科、外科、眼科、骨科……

一个护士急匆匆地跑过来,撞了他一下,手机被撞到了地上。她赶紧捡起来,继续打电话:"陆医生,你快过来一下,这边缺人手,有个女明星拍戏被车撞了,急诊室的程医生去抢心外的人了,现在闹得人仰马翻的……"

讯光大厦。

向舟敲了敲办公室的大门,手里拎着一个黄色文件袋走进来,神色严肃地跟沈劲汇报:"沈总,沈崇礼派人送了份文件过来。"

沈劲抬了一下眼皮,问道:"什么文件?"

"不知道,沈崇礼的秘书传话说,他让您亲自看。"向舟把文件袋递过去。

沈劲皱皱眉,接过来,把文件袋拆开。

里面是厚厚一摞照片,他拿起文件袋,往下一抖,所有照片悉数散落在桌上。

脸颊还带着婴儿肥的阮朐并肩站在陆柏良身侧,双手比着"剪刀手";颁奖台上,陆柏良为阮朐颁奖;实验室门口,一群博士生合照,陆柏良站在中间,阮朐蹲坐在他面前的地上……

一张接着一张,每一张都是他从来没有见过的刺眼笑容。

他从来没见她那样笑过。

从来没有。

他攥着文件袋的指节渐渐地泛白,用力地咬紧牙,最后,"砰"的一声,将它狠狠地摔到地上。

向舟见形势不对,喊了声:"沈总……"

"出去!"沈劲压下心中的震怒,从牙关里挤出这两个字。

向舟默默地退出去。

片刻后,他接了个电话:"什么?!"

向舟赶紧推开门,重新跑了进来:"沈总,阮小姐出车祸了,现在人还在医院里……"

沈劲看了一眼桌上那堆散落的照片……

他握紧了拳,又无力地放下。最后,他说:"知道了。"

向舟有些急,总裁这样子怎么追得回来人?!

"我听说阮小姐伤得挺重的。"

"知道了。"沈劲似乎没有要去看她的意思。

向舟叹了一口气,往外走去。

沈劲慢慢地蹲下身,把那些照片一张一张地捡起来。

十八岁的阮胭和二十四岁的陆柏良并排站在照片里,那么般配。

比网上那些粉丝们剪的视频还要般配……

"我从来没有喜欢过你。"

恍惚中,照片上的阮胭忽地开口,对他说了这样一句话。

他再也忍不住,整个人蹲在地上,感受到了眼角有酸酸的湿意涌现。

最后,他在那湿意涌出来之前,把照片放进西装口袋里。他叫住门外的向舟,说:"开车,去医院。"

阮胭被送到医院的时候,已经痛得快要昏过去。

那辆车开来时,她迅速地往旁边一避,整个人猛地撞到了一旁的石堆上,当下就昏了过去。

她再有意识时,鼻腔里已经充斥着浓浓的消毒水味。

她感觉眼皮十分沉重,睁不开,只迷迷糊糊地感觉到有一双微凉的手在她的膝盖处轻轻地按压。

她痛得"嗯"了一声。接着,那手很快收了回去。

"我来吧。"

是她所熟悉的、沙哑到极致的残破声音。

她的呼吸一顿。哪怕意识已经恢复,她仍然不敢,不敢睁开眼睛……

她怕,怕这声音只是一场幻梦。

紧接着,有湿润的药膏被人轻柔地涂到她的腿上。

药膏刺得她生疼,她忍不住小声地喊了句:"疼。"

"忍一下。"

这声音哑得过于真实,近在咫尺。

她用力地睁开眼,那张熟悉的面孔果真出现在她眼前。

像长夜里突然亮起的星辰,像沉寂了一个冬天的花木,万物醒来。

三年了,再难、再苦、再痛,她一次也没有哭过,一次也没有。

但在这个瞬间,她再也忍不住,所有的情绪堆在一起,让她流下了眼泪。

"怎么哭了?"他温和依旧。

她仍旧哭着摇头,说不出话。

沈劲从楼梯口匆匆赶过来,站在门外,看到的就是这一幕——

阮胭一边哭着摇头,一边抬手摘下面前医生的口罩。她问他:"三年了,你躲我躲够了吗?"

"没有躲你。"陆柏良轻声地叹了口气,把口罩戴上。

他躬下身,继续给阮胭的膝盖上药。

"有点儿疼,忍一下。"

阮胭吸了口气,才发现眼泪已经猝不及防地湿了自己一脸。

她别过头,不想让他看到自己哭,却又舍不得,再度转回来看着他那双眼睛,问:"你……还好吗?"

"我很好。"陆柏良将凉凉的药膏搽在她的膝盖上,末了又轻轻地扇了扇,才抬眼看她,"这些年我去了大西北,去了西南,后来又辗转到皖南,还去你的家乡平水镇生活了一段时间。拿不起手术刀,上不了手术台,我就换另一种方式生活。阮胭,别担心我,我过得很好。"

"是吗?那……你觉得,平水镇……好看吗?"阮胭问他。

"好看,山好水好,那里还有一个婆婆说,平水镇最漂亮的姑娘现在去当大明星了。"他逗她。

她没有笑，眼泪反而掉得更厉害了。

"我想你，真的好想好想。"

"别哭，我也想你了。"他把药膏放好，像很多年以前一样，动作轻柔地拍她的肩膀，然后拿起旁边的抽纸，替她把眼泪一点儿一点儿地擦干，才继续说，"阮胭，你现在很好，比三年前、六年前都要好。漂亮、聪明，还有那么多人都喜欢你。我为你感到开心。"

阮胭轻轻地摇头。

"我的小姑娘终于长大了。"他笑道，发自内心地为她开心。

阮胭的眼泪在他说完这句话后，再次决堤。她哭得更凶了。

"好吧，看来还是没有长大。"他无奈地伸手去抽纸巾，发现床头的抽纸已经用光了。

他站起来，对她说："我去给你拿纸巾，你先休息一会儿。"

"可以不走吗？"她伸手，想去拉他白大褂的一角，却牵动了身上的伤口，疼得抽了一口气。

陆柏良温柔地安抚她："不走，我家里出了点儿事，这次回清和我会待很久。"

阮胭这才松了手，看着那道白色身影出了病房。

陆柏良把病历本收好，夹在腋下，一走出去就撞见了站在门外的人。

那个人愣在门外一米处，他单手插兜，左手攥着手机，腕骨处的青筋乍现，幽深的眸子看着陆柏良，不说话。

陆柏良有些惊讶："沈劲，你怎么在这里？"

沈劲扯了扯嘴角，自嘲道："来看个朋友。"

陆柏良看着他的表情，又看了一眼房间里安静躺着的人，问他："你认识阮胭吗？"

沈劲心里一直压抑的某簇暗火，猛地被这句话点燃。

沈劲看着陆柏良喉咙上的那道疤跟着他的声音滚了又滚，几乎想抬起手掐上去，插在兜里的手指紧了又紧，又松开，最后只能听到自己的耳鸣声。

他艰难地挤出声音:"认识。"

陆柏良有些讶异,想问沈劲是怎么认识的,刚张口就被他打断:"三叔,我从来没有想过要跟你争权。"

陆柏良看着沈劲,不明白他怎么会突然提起这个。

"姚叔以前把你带回来的时候,爷爷被绑架了,我爸腿断了,大伯也出了事,我那时候才十二岁,他们都说你是回来和我,还有沈崇礼抢位子的。沈崇礼想方设法要整你,我却从来没有动过这种心思。"

他艰难地说着,仿佛能感受到血液在血管里疯狂涌动的声音。

"但是我现在,真恨不得……恨不得和沈崇礼合作。"

陆柏良皱了皱眉:"沈劲……"

"我就说说而已。"

沈劲背过身,肩膀微垮:"老爷子知道了得弄死我。"

陆柏良意识到不对,他想问清楚,沈劲却重新抬眸,问他:"我现在可以进去看看她吗?"

陆柏良点头:"可以。"

"好。"

沈劲拧开门把手,走了进去。

陆柏良叫住旁边一个路过的护士,让她留意一下里面,一旦有不对劲,就喊人过来。沈劲的情绪很不对,他担心对方会伤害阮胭。

小护士呆愣地点点头,偷偷往里面打量,门却被沈劲"砰"的一声关上。

小护士被吓了一跳,赶紧往后退了一步。

躺在床上闭目养神的阮胭被声音吵醒,睁开眼看着沈劲。

那未干的泪迹刺痛了他的心。

她哭了。

和他在一起两年,他从来没见她哭过。

她一看到陆柏良,就哭了……

"阮胭。"他喊她的名字。

阮胭看了他一眼,从他带着寒意的眼神中一下子就明白了:"你都知道了?"

沈劲冷嘲道:"你希望我知道什么?"

阮朐平静道:"我把你当替身。"

替身。

他都不忍心对别人说出"替身"这两个字,她怎么可以这么轻飘飘地脱口而出?!

"你再说一遍。"沈劲忍住心里密密麻麻的不适,问她。

"我说,我把你当替身,就像你对我做的一样。你在床上亲我眼角的时候,我也同样在心里亲你喉咙上的那道疤;你把我当玩具,我也把你当玩具……"

"够了!"

沈劲紧紧地咬着牙根,看着床上的阮朐什么话也说不出来。

那种感觉,就像小时候幼儿园老师发糖,糖发到自己这里刚好没了,他成了被剩下的那个。他不信,就问是不是真的没有了。

同样的,沈劲不信。他感觉喉咙发苦,问她:"那你对我的那些好呢?"

"不是对你的,你知道的,是对他的。"阮朐淡淡地陈述着,语调甚至没有过多起伏。

"那你为什么要对我说,是因为太喜欢我才分开的……"

"太喜欢你的脸了,所以受不了你顶着这张脸和别人乱来,再加上,我在利用你。"阮朐看着他,每个字都犹如一把刀子捅进他的心里,"利用你最后的愧疚心,才好分得彻底、分得不那么难堪。"

"阮朐,你……"

沈劲彻底被激怒。他大步走上前,撑在她的头顶上方,逼近她,粗重的呼吸扑在她的脸上,他想摁住她的肩膀,可是直到这个时候,他竟然还是怕弄疼了她……

阮朐和他对视:"你冷静一些。沈劲,至少这两年,我没有亏待过你,对不对?我们都在彼此身上找到了寄托。我演宋叶眉,演得很不错;只是你,暂时还比不上陆柏良。"

比不上陆柏良。

沈劲彻底崩溃了。他双眼泛着红，哑着声音说："阮胭，我恨不得拉着你去死了算了，真的，阮胭，一起死了算了。"

"可以，拉着我去死的时候，记得开灯。"

开灯才能看得更清楚。

她这把刀子一捅进来，他再也忍不住，所有的情绪冲破了理智的阀门。

沈劲抬起手，遮住她的眼睛，遮住那处最像宋叶眉的地方。他让她的世界陷入黑暗，她也看不到他的脸，看不到他喉头的疤，看不到那处最像陆柏良的地方。

这一瞬间，谁都看不清楚谁是谁的替身。

他俯身下去，摁住她的下巴，死死地咬着她的唇。直到两个人的呼吸彻底纠缠在一起，久到快要呼吸不过来，他才松开手，放开她。

她躺在床上剧烈地喘息。

沈劲直起身子，偏过头，不再看她，对她说："记住，刚才是沈劲。"

说完他就大步走了出去，没再回头看一眼。

关上门的瞬间，仍旧是"啪"的一声，小护士又被吓了一跳。

沈劲看了她一眼，眼眶里的红意已经藏不住。他从口袋里拿出几张照片，那是沈崇礼这天寄给他的。

他把照片递给小护士，微哑的声音里满是疲惫："等会儿把这个给她。"

她那么喜欢陆柏良，这些照片可能她自己都没有。

如果她拿到手，大概会……开心起来吧？

他再也不敢想，把揉皱的照片扔下，扭头就走。

小护士呆呆地站在原地，看着手里的照片，又看了一眼那道离开的背影。

她有些茫然。那个男人，是哭了吗？

只有站在楼上的闻益阳，撑着扶梯，把这里发生的一切尽收眼底。

他冷冷地笑了声："太弱了。"

恰如当初在峰会上，沈劲对那个前来寻求合作的投机者，或者是对闻益阳，暗讽时的语调一样——太弱了。

在商场上再翻手为云又如何，感情上依旧是个彻头彻尾的输家。

他早就说过，姐姐始终是赢家。

闻益阳漠然地转身，走到电梯口，按下楼层。"叮"的一声，电梯门打开。他看了一眼楼梯口，刚好撞上走楼梯下来的沈劲。

闻益阳整了整袖子，跟沈劲打了个招呼，讶异道："沈总，你怎么也在医院？"

在楼道里整理好心情后，沈劲面上已经看不出什么异样了。

沈劲说："过来探望一个朋友。你怎么也在这里？"

"奇骏科技的项目在这里，我和项目组的陆医生在这儿找了位患者进行沟通。"

"嗯，祝你们成功。"

沈劲心情不佳，不想和闻益阳纠缠。他抬腕，看了下手上的表，说："有点儿晚了，我先回了，有事回聊。"

"好。"闻益阳走了两步，又倒回来补了句，"对了，前天见到陆医生，我才发现他居然和你长得有点儿像。而且，你们的喉头都有一道疤，你说巧不巧？要不要找个机会介绍你们认识一下？"

他的话一说完，沈劲眼神一凛："是吗？"

"确实像，更巧的是，陆医生还说我和他长得有点儿像，眼角都有颗泪痣。"

沈劲的脸色彻底沉下去，背在身后的手被他捏得发出细微的声响。

而闻益阳则语气轻松，看起来仿佛是个不谙世事的弟弟。

这位弟弟开玩笑般地说道："说得好玩点儿，我们三个人，一张脸，你说好笑不好笑？"

沈劲再也受不了，一脚踹在旁边的垃圾桶上。铝制的垃圾桶盖子被他踹得翻起来又沉下去，在医院的大厅里发出刺耳的声音。

有路人侧目，看向这个暴怒的男人。

沈劲重重地呼出一口气，眼神狠戾，看着闻益阳："所以你也一直都知道对不对？"

——我很羡慕你。

——羡慕你长得比我好看。

——尤其是这道疤,都好看得恰到好处。

现在想起来,这些话句句都是对他的嘲讽!

闻益阳张了张口,电梯门"叮"的一声打开,里面走出来两三个人。

此时,一个推着垃圾桶的老人朝这边走来。沈劲往后一退,给那位老人让路。闻益阳趁机后退了一大步,然后伸手将沈劲往里一拉,再迅速地按上电梯门开关。

电梯上行,闻益阳直接按到最顶层。

沈劲冷嘲道:"你想干什么?"

闻益阳说:"照镜子。"

沈劲嗤笑一声:"不必这样嘲讽我。"

闻益阳看着沈劲的那道疤,说道:"其实你很幸运。"

沈劲自嘲似的笑了一声。这结局,算什么幸运?

"你是在她身边待得最久的人。"闻益阳说,"她以前也对我好过,可是那和你不一样。"

"她以前是怎么对你的?"沈劲问。

"资助我,带我去看鱼,带我去写字,给我看医学书籍……"

闻益阳推推眼镜,"叮"的一声,电梯门被打开,闻益阳又迅速摁住按钮关上,电梯继续下行:"可是这样的日子只持续了三个月都不到,后来发生了一件事,她就疏远我了。"

沈劲问他:"什么事?"

"抱歉,不能告诉你。"闻益阳深深地看了他一眼,"但是我可以告诉你,她能和你在一起两年,绝对不只是把你当成替身这么简单。"

沈劲看着他:"你什么意思?"

"我说她对你远没有她说的那么绝,但她自己没有意识到。"

闻益阳又按了下电梯,电梯继续上行。

"她有试着对你做在我身上做过的那些事吗?有试着把你改造成另一个陆柏良吗?有试着真的彻彻底底把你当成另一个影子去培养吗?"

闻益阳一连问完这三个问句,连自己都自嘲地笑了一下。

沈劲看着他,咬紧牙关,把"没有"两个字埋在心底。

他问闻益阳:"你为什么要和我说这些?"

"嘲讽你。"闻益阳看着电梯里的沈劲,扯了扯嘴角,"两年了,明明什么有利条件都占尽了,唾手可得,却还是被自己放飞了,活该。"

电梯再次停在一楼,而这次,闻益阳没有再按电梯。

电梯门打开,他率先迈出去,回过头看着脸色灰白的沈劲:"说实话,但凡你真的愿意去了解她,去知道她经历过什么,就会明白,她这几年过得有多不容易。"

病房里。

陆柏良走进来,阮胭还没有睡。

她睁着眼,就这么看着白色的床单,不知道在想什么。

陆柏良问她:"怎么还没有睡?"

"不敢睡。"阮胭仿佛被惊醒似的看着他。

"为什么?"他走过来,坐在床边,温和地注视着她。

"像做梦一样,不太真实。"

"别怕,不是梦。"他问她,"腿和头还痛不痛?"

她摇头:"你怎么还在医院?"

"等一个小女孩,我答应了她,今天给她讲故事,但她现在还没有来。"陆柏良看了看墙上的钟表,时针已经指向了数字"12"。

"你还是这么——"阮胭握着床单的手指紧了紧,想到一个词,脱口而出,"君子一诺啊。"

陆柏良笑笑,没说话。

病房里灯光明亮,将他的眉目照得温润如玉。

阮胭说:"真好,你一点儿也没变。"

陆柏良替她掖好被子:"你也没变。"

阮胭摇头:"我变了,哥哥,在和你分开的这几年里,我做了很多荒唐的事。"

他静静地听着,等她继续往下说。

"荒唐到你都想象不到。"阮胭看着他,像是一个在和神父忏悔的虔诚信徒。

祷告、忏悔,灵魂就可以得到救赎。

她还配吗?

"我和沈劲在一起过。"她看着他,"我欺骗了他,利用了他,甚至如果你不出现,我可能这辈子都不会告诉他真相,我会让他一直怀着对我的愧疚,为自己换取一个无忧的生活。

"我早就已经变坏了,很坏很坏。

"对不起,让你失望了。"

她说完后不敢看他,就像罪人最怕看到神父清明的眼。

灯泡闪了一下,一秒不到的工夫,她却只是听到他说:"我知道。"

沈劲小时候对宋叶眉的意思,他们那群人都知道。这天在病房门口看到沈劲,再联想到阮胭和宋叶眉相似的模样,他回去后,仔细想了想个中可能,也就明白过来了。

"我站在你这边。"他说。

阮胭蓦地抬起头,难以置信地看向他。

"首先,沈劲也有错,你们最初的目的都不单纯。其次,他的性子我很了解,刚劲强硬。和他在一起的这两年,你肯定也受过不少委屈吧?"

他慢条斯理地说着,语调平和,哪怕声音残哑,也依旧不急不缓,像雨后的天。

"最后,因为你是阮胭,所以我站在你这边。"

阮胭怔住,久久不敢言语。

墙上的挂钟,指针滴答,"12"下的分针终于走过了一半。

她看了一眼钟摆,问他:"你还要等她吗?"

"等。"他点头,"你先睡吧,我去值班室休息。"

"好。"

她看着他走出去。

——陆柏良,要是你可以不那么君子一诺就好了。

可要不是这样,他就不是陆柏良了。

讯光大厦。

沈劲坐在沙发上,拆开手里厚厚的文件袋。

这些都是向舟连夜加急调查出来的阮胭的过往。

他坐着,一页一页地翻看。从她在船上的故事开始翻看,一页又一页。

看到她的父母在海上失事,她被接到平水镇的舅舅身边;看到别的孩子高考毕业后都去毕业旅行,她却在纸厂里一天一天地折纸盒子攒钱;看到她和陆柏良在三峡相遇;看到她和陆柏良在三峡同时遇到水灾,两个人一起活了下来;看到她为了陆柏良去复读,最后考上清和医大……

直到那场医患矛盾,她被挟持,陆柏良被刺伤。

沈劲不自觉地抬手摸了摸自己喉咙的那道疤,心中和喉头同时发麻。

他抽出向舟找到的陆柏良和阮胭的合照——他们在图书馆门前,并肩站在一起……

张晓兰听到声响,走出来,看到桌上的照片,情不自禁地喊道:"陆医生!"

沈劲疑惑地看着她。

张晓兰走过来,惊喜道:"沈总,陆医生和夫人竟然真的认识!怪不得啊……"

沈劲敏锐地抓住重点:"怪不得什么?"

张晓兰立刻把嘴捂上。

沈劲目光一沉:"说。"

张晓兰嗫嚅道:"就是……陆医生以前在平水镇当过大夫,我跟夫人提到过。然后她会时不时问我一些关于陆医生的问题……"

张晓兰看了一眼沈劲的脸色,继续说:"但是沈总,你相信我,夫人绝对对陆医生没有什么想法!"

"她都问过你什么,一件一件说出来。"沈劲不理会她的发誓。

张晓兰想编。

沈劲冷然道:"别想撒谎,就你这演技,我看得出来。"

张晓兰被吓得脸上重现高原红,知道躲避不了,只有把她还记得的、和陆医生有关的那些谈话都一五一十地交代出来。

在说到阮胭问她陆医生和沈总选谁当男朋友的时候,沈劲的神色沉如夜,问她:"她选了谁?"

张晓兰摇头:"夫人谁都没选,她就说……就说'真正地对人好,是尊重'……"

沈劲的呼吸一窒,后面张晓兰再说什么,他也听不见了。他对张晓兰说:"你去睡吧。"

张晓兰点点头,回了自己的房间。

沈劲坐在沙发上,仰头靠在沙发上,想着闻益阳和张晓兰的话。

尊重……阮胭在说出这两个字的时候,有没有半点儿对他的惋惜与遗憾?

如果他在这两年里,再对她好么一些,更早地认清自己的心,及时地去补救,她会不会、有没有可能真的对他动心?

他在迷迷糊糊中睡过去。

张晓兰半夜起来把第二天要做豆浆的黄豆提前泡着,猛然间看到沙发上的人影,吓了她一跳。

直到那人发出喃喃声:"对不起。"

张晓兰不禁叹了口气。男人果然都这样,失去的时候才知道珍惜。

早上醒来后,沈劲又重新翻看了阮胭的过往,每看一次,就像和阮胭一起从头经历了一遍她的人生。

直到外面有工人开始施工,他才意识到自己该收拾东西准备去上班了。

张晓兰感叹:"大清早的就过来做这些,这是要干什么呢?"

沈劲抿了口豆浆:"砍树。"

张晓兰问:"好好的树干吗要砍掉?"

"有业主对榆叶梅的花粉过敏,砍了重新栽。"

"哦,哦,哦,那栽什么树啊?"

沈劲愣住。这个问题他还真没想过。

胭脂海棠?

算了,同样的把戏不要再做第二次了。他怕阮胭知道了更嫌弃他。

沈劲说:"不知道,物业自己会规划。"

说完,他起身,拎上西装外套离开。

开车去公司的时候，电台正在播放新闻："当红女星阮胭在拍摄周子绝新电影过程中，不慎遭遇车祸……"

沈劲猛地一个急刹车。

他终于意识到究竟哪里不对了。

周子绝，是周子绝。

他念了一遍这个名字，又念了一遍"周思柔"。

他打方向盘掉头，给向舟拨了电话："今天的邀约你先帮我往后挪一下，我去趟医院。"

向舟不解："去医院干什么？"

沈劲冷笑："去干一个垃圾。"

阮胭醒得很早，天还没亮的时候就醒了。她试着动了动腿，因为昨天上了药，此时已经好多了。

外间的护工听到声响跑进来，问她是不是要去洗手间，她可以帮扶。

阮胭点点头："帮我拿一下拐杖，我自己撑着出去走走。"

护工给她找来拐杖，她撑着往外走。

到了急诊室，里面的灯亮着。陆柏良穿着白大褂坐在里面，手里还在翻着一本复杂的神经外科的书。

他抬了抬眼，把书合上："醒这么早？"

"没有你醒得早。"阮胭问他，"昨天那个小女孩来了吗？"

"还没有。"

阮胭撑着拐杖往前挪。

陆柏良看到她的动作，无奈地问她："怎么还弄了这个过来？你昨天就是普通的摔伤。"

阮胭的眼神闪了一下："弄来博取你的同情啊，这样你看着我，说不定就会觉得我又可怜了。"

陆柏良笑笑，拿她没办法。

阮胭继续演，拄着拐杖走过去。昨天车子开过来时，她整个人躲到旁边的石堆上，身上看起来流了不少血，还被摔晕过去了，但实际上大多只是擦伤，没有动到骨头。

阮胭问他："我是不是可以出院了啊？"

"应该是的。"

阮胭"哦"了一声。

她的心情在经过一晚上的沉淀后，已经平静了下来。

天边渐渐变成了鱼肚白，光柔和地从窗外照进来，把陆柏良的轮廓也照得明晰，连同那道疤。

他们就这样静静地对坐在光影里，周遭都很安静。

阮胭眨了眨眼，不知道为什么，在这晨光破晓的一瞬间，她忽然就问出了口，把那句三年前没敢问的话问了出来："痛不痛啊？"

"什么？"他愣住。

"我说，你的喉咙。"她动了动手指。

"不痛。"他摇摇头。

"真的吗？"

"嗯。"

阮胭的右手偷偷捏着旁边的拐杖，没敢看他："其实，在你出国后的好多个晚上我都会梦见你。梦见你活生生的一个人，就那样倒在我面前，一身的血。我每次从梦里爬起来后，都会忍不住想那些本来该是我承受的。所以周子绝他说的……"

"阮胭。"这是认识这么多年来，陆柏良第一次打断阮胭的话，"我从来没有觉得痛过，真的。尤其是在今年，我在平水镇里的一家诊所坐诊时，大厅的电视上在放《两生花》首映礼的新闻，我就那么坐着，看到你清清爽爽地站在台上。你知道我当时在想什么吗？"

阮胭轻轻地摇头。

"我在想，还好，还好我那个时候把你换过来了。"

医疗室的灯"啪"的一声闪了一下，瞬间的黑暗后，又恢复亮堂。

陆柏良清俊的侧脸在这光影里明灭了一下。他的脸温和如旧，说："我的意思是，一直以来，我都是在庆幸，庆幸当初我做了这件正确无比的事。"

阮胭的眼睛里有茫然，跟着刚刚瞬间熄灭的灯光眨了下。

"更何况，以前周思柔的事情，我……依然觉得歉疚。"他顿了顿，"但你别误会，这绝不是所谓的补偿，我和你换，只是因为我愿意、我想而已。"

周思柔……

阮胭的心渐渐沉寂。她张了张口，想说什么，又发现好像无论说什么，和他这样的光风霁月比起来，她的话语都显得过分苍白，过分无力。

无论如何她才是劫后余生的那个人。

哪怕到了重逢的最后，她也只能说一句最没用的："谢谢你。"

——谢谢你，陆柏良。

——在我准备在三峡结束自己生命的时候，出现了。

——在我人生中最迷茫困顿的时候，告诉我，去复读吧，去看不一样的风景。

——在我被人持刀威胁的时候，毫不犹豫地走向我。

…………

阮胭拄着拐杖从床上站起来，对他笑。

遇到这么好这么好的一个人，她怎么能哭呢？要笑啊。

陆柏良看着她熟练的挂拐杖动作，叹气道："别演了，可以出院了，阮小姐。"

"我不管。"她笑着歪了歪头。

"好。"

她走到门口的时候，忽然回过头问他："如果那天被挟持的不是我，是其他人，你也会去换吗？"

他定定地看着她："不会。"

她屏住呼吸："为什么？"

"如果是其他人，我会冷静地和那个罪犯周旋。安抚他、稳住他，然后用尽一切办法拖延，等待警察的到来。"他看着她说，"我也惜命。"

阮胭和他对视，他的眼睛深如秋潭，最终，她在他话里的最后四个字败下阵来。

她往后退了一步,低声说了句:"陆柏良,你怎么这么好啊?好到我觉得,你当初拒绝我是对的。"

——我配不上你的好。真的。

阮胭关上门,退出去,正好碰见站在走廊上的沈劲。

他的视线和她撞上,时间仿佛静止了一瞬。

他在这里听了多久了?

阮胭先移开目光:"你怎么来了?"

"我来找三叔。"沈劲说完,补了句,"放心,不是来纠缠你的。"

阮胭淡淡地"嗯"了一声,说道:"你进去吧。"

说完,她拄着拐杖慢慢地离开。

沈劲动了动嘴唇,想叫她的名字,又觉得喉头发哽,心知叫了她也不会理。

他忍不住又回头看了一眼她的背影,本想看一眼就挪开,却还是情不自禁一直盯着她看。

直到看着她纤细的背影彻底消失在走廊,他才恍然发现,原来她是真的连一次头都没回过……

沈劲自嘲地笑了笑,收回目光,拧开门把手。

陆柏良看到沈劲,微微惊讶道:"你怎么来了?"

沈劲扯了扯嘴角:"你和她还真是像,连看到我的反应都一样。你们这么默契,看来我真的是多余的。"

陆柏良皱眉。他没听懂。

"算了,不和你说这些。"沈劲从兜里掏出一份文件,递到陆柏良的桌子上,开门见山道,"你的那个垃圾朋友周子绝,想害死阮胭。"

"怎么回事?"陆柏良的神色沉下来,拆开文件袋。

"阮胭出车祸和他有关。"沈劲单手插兜,眉目冷峻,"我让向舟问过剧组的人,虽然拍摄方法是副导提出的,但是这个车手在前一天和周子绝通过半天的电话,你说这是什么意思?"

陆柏良看着文件上记下的两个人的详细通话记录,面色越来越青。

"三叔,你和周家那对兄妹的破事,你要报恩还是要还债,还是要守什么诺言什么的,我也懒得问,但是周子绝不该动阮胭。我来就说一句话。"

沈劲伸出手，手指往桌上敲了两下："如果我要弄死他，你别去老爷子那里保他。"

陆柏良的目光还聚焦于文件上，沉着脸，一言不发。

沈劲蓦地想到以前去参加的那个峰会，陈明发在台上，操着一口方言，讲的那什么"瞎子鱼"和"傻子鱼"。

他看了陆柏良一眼，觉得陈明发那破鱼塘就应该再养一种鱼——大头鱼。

被人道德绑架的冤大头。

阮胭从急诊室回来后，就挂着拐杖回了病房。方白不在，她要自己收拾东西，好去办离院手续。

没想到一进去，就看到了周子绝。

周子绝手里还拎着个水果篮子，看到阮胭挂着的拐杖，冲她晃晃手里的果篮，说："来探望你。"

见她情绪没什么起伏，他看了一眼她挂着的拐杖，感叹道："伤得这么重？"

阮胭"嗯"了一声。

"没事，给你放病假，你好好休息，我们等你回来。"周子绝放下水果篮。

阮胭看着他这副做派，想说"别装了，不累吗"，却还是咽了回去："不用病假，我今天就办出院手续。如果不拍我的戏份，我就进组去看百合姐和蒋程哥的对手戏。"

周子绝看着她，倒是吃了一惊："你还要继续拍？"

"是啊，违约金八位数呢，我可赔不起。"阮胭扯扯嘴角。

周子绝看了一眼她挂着拐杖的柔弱样子，意味深长地笑笑："可以，随时欢迎你回组。"

"谢周导欢迎，那我先去办出院手续了。你现在是要……"

"我去看看柏良。"

阮胭点点头："好，周导自便。"

说完，她挂着拐杖，一瘸一拐地出了门。

在她走后，周子绝也往急诊室走去。

只是，他刚走出门，没走几步，整个人就被人往旁边的空病房里一拽。

他没有任何防备，衣领子被人揪住，揪得死死的，只听得到病房门被反锁上的声音。

下一秒，他的衣领子被松开，然后后背被人猛地一踹，踹倒在地上。

那一脚是真下了死手，他还没缓过神来，正面的肚子又被踹上一脚，疼得他五脏六腑都快要挤在一起。

"周子绝是吧？"

沈劲的脚重重地抵在周子绝的肚子上，稍一用力，他就痛得抽一口气。他问："你是谁？"

沈劲根本没理会他这问句，直接抬起手，抓起旁边一个输液瓶子，将瓶子往桌上狠狠地一磕。

尖锐的玻璃碎了一地，玻璃溅到周子绝的脸上，痛得他直吸气。

沈劲抓着瓶口，满是尖刺的瓶身就悬在周子绝的头顶上。他阴沉地开口："你别管我是谁，你还不配知道。"

周子绝颤抖着开口："你想干什么？"

"你是不是以为你做的那些事没有人知道？你出身贫寒，早些年拍戏的钱哪里来的？陆柏良给的？呵，他会给你那么多？你别以为我不知道你税务上的那些事，我告诉你，你要是再敢动阮胭，我保管你这辈子导过最精彩的一部戏，就是你本人的人生悲剧史。"

周子绝的眉头紧皱，咬着牙。沈劲紧紧地踩着他的肚子，痛得他说不出一句话来，又不敢挣扎，他怕沈劲一个冲动，那尖尖的玻璃瓶子就往他太阳穴上戳过来……

直到他痛得整个人已经头皮发麻，快要失去知觉，沈劲才把脚从他身上挪开。

"垃圾。"沈劲厌恶地看了他一眼，而后把病房的门狠狠地带上。

病房的门被打开，一双黑色皮鞋踏进来。

沈崇礼敞开黑色的风衣，坐在了病床边。他看着躺在床上的宋叶眉，冷笑道:"厉害啊,宋叶眉,我今天才知道,我以前'家暴'过你很多次,还把你打到了胃痉挛。"

宋叶眉整个人都缩在被子里,只露出一双眼睛,一脸柔弱地看着他。

"少给我装了,恶心谁呢?"沈崇礼一把掀开被子,她发出惊声尖叫。

"怎么,还要演?"沈崇礼的目光在床上搜索,"我看看,这次有没有偷藏什么录音笔……"

宋叶眉瑟瑟发抖:"没有,什么录音笔都没有。"

沈崇礼扫了一眼空白的床单,嗤笑一声:"别白费力气了,你以为你爸妈肯放你离婚?就算你把这事闹大了离婚又如何?你的证件、护照和身份证全部被你爸妈把控着,不嫁给我,你爸妈也会把你塞给其他人,下次碰上个真家暴的,我看你怎么办。"

宋叶眉说:"恶心。"

"你说什么?"沈崇礼脸色一沉。

"你恶心,你们沈家恶心,宋家也恶心,这个垃圾圈子都恶心透了。"宋叶眉缩到一角。

"沈家恶心,你还想去勾引沈劲?"沈崇礼不屑地看着她。

宋叶眉翻了个身,背对着他,看不清表情:"说到沈劲,他要是知道当年那件事,你说你会不会被他报复?"

沈崇礼整张脸彻底遍布寒意:"你敢?"

"你看我敢不敢?"明明说的是倔强的话,她整个人却缩成了一团。

沈崇礼走过去,把人往后一扯,用力掐住她的下巴。她手上的针管在挣扎间蹭过他的指尖,血液开始往回流。他阴沉着声音警告她:"你最好把你知道的全部烂在肚子里,不然我要你和你们宋家一块完蛋。"

宋叶眉奋力地挣扎,脚猛地踢翻了打点滴的架子。输液瓶掉在地上滚了滚,没碎。

她痛得倒吸一口气,"哒"了一声。

沈崇礼看了她一眼,知道是真弄疼她了,便松开手甩了甩,往外走去。

到了门口,沈崇礼看了一眼远处的护士:"进去给那个女人看看,针管掉了。"

说完他便走了。

宋叶眉听到声响,连忙从床上爬起来,将病房的门反锁上。

有护士过来敲门:"宋小姐,我过来给你重新扎一下针。"

"稍等,我穿一下衣服。"宋叶眉温柔地开口,声音里却是压不住的哑意。

护士惊了一下,刚才离开的那个男人……居然这么吓人吗?

真的打老婆啊……

宋叶眉捡起地上的输液瓶,然后迅速抠出被她藏在输液瓶套子里的针孔摄像头,将它放到枕头下才起身开门。

她微微抬手把凌乱的头发别到耳边,手背上流血的针孔红得扎眼。

她无奈地苦笑,眼角有泪痕:"不好意思,刚刚收拾了一下自己……请体谅一下我,我只是想保留一下最后的尊严……"

另一边,医院里,周子绝已经恨得咬牙切齿。

周子绝怀疑沈劲是故意的,对方就是故意挑在医院里将他往死里打。

这样打完了,他就能直接去隔壁的急诊室里上药。

"嗞——轻点儿,陆柏良。"周子绝一说完,陆柏良又用力往他脸上摁了摁。

周子绝叫得更厉害了。

陆柏良神色冰冷地看着他,手里的力道却没有减少半分:"这就痛了?"

周子绝眼神微怔,看着陆柏良,不明白他怎么突然这么问。

"阮胭比你伤得重。"陆柏良把夹着棉花的钳子放回托盘里,金属器械相碰,发出清脆的一声。

这声音也把周子绝震了一下,忍不住抬眼看了一下陆柏良紧抿的唇——他生气了。

"我没想让人真开车撞伤她,我就是想吓吓她。"周子绝辩解。

陆柏良眼神冷漠地看着他。

"我向你保证,我跟那个车手打了招呼,在阮胭前面的一米处就会停下。她是我组里的演员,真要出了事我也要负责任的。"

周子绝见他还是不信，再三解释："真的，我只想让她知难而退，让她自己主动提出离组，她签了合同，要离组就要支付一大笔违约金，就算不离组，也要在我这里拍很久，我纯粹就是想让她心里不好过……"

"不用。"陆柏良出声，阻止他继续说出更过分的话。

"什么不用？"周子绝不解。

陆柏良抬眼看他："我说你不用这样做。子绝，你不应该把这些怨恨施加在阮胭身上。"

"你什么意思？"

"从前的事不过是场意外，持刀伤人的人已经受到了法律的制裁。我救阮胭，是我心甘情愿的，与她无关。"

"怎么与她无关？她要是当时不同意换过来，你会弄成现在这副样子吗？学术做不下去，沈家的权力也拿不回来，甚至是后半辈子都被她毁得差不多了！"

"子绝。"陆柏良喊他，"你没有立场替我发泄怒火。"

周子绝愣住，他们认识三十年，陆柏良几乎从来没有对他说过这种斥责的话。

"这始终是我私人的事情。不管我是因为阮胭受伤，还是因为她死了，我都不会后悔。"

"你还想为她去死？"周子绝不敢相信自己听到了什么，怒极反笑，"如果思柔知道你把她救的这条命，要拿去送给另外一个女人，我都想替她骂人。"

陆柏良听到这个名字，向来挺直的身子微微往后仰，一抹少见的疲惫浮上他的眉目间，再也说不出话。

周子绝看着他这个样子，感叹："陆柏良，你以前不是这样的。"

他们还在大院里的时候，曾经那么亲近过。

陆柏良的养父是个老瞎子，老瞎子就靠着每个月微薄的低保养着陆柏良。

周子绝和周思柔家里也没钱，父母是油漆匠，平日里去乡下做工、刷油漆，他们就去找陆柏良玩。院里就他们三个小孩，周家只要家里有口饭，有个馒头，就会拿去给陆柏良。

陆柏良长得好看,性子温和。他要是在学校里被谁偷偷笑他是"捡来的",周思柔就第一个站出来护着他。思柔,思柔,她却一点儿也不柔,为陆柏良拿扫帚追着男生打上一条街的事情她一点儿也没少干。

后来大些了,周子绝劝她,姑娘家要矜持,别一天到晚追着男生背后跑。

周思柔看都没看她这哥哥一眼,手里的扫帚一点儿没松开:"喂,'周没后',你追着人家摄影馆老板屁股后面跑、让人家教你摄影的时候,我有笑过你吗?"

"你懂什么?我那是追求艺术!"周子绝嫌弃地看了她一眼。

"我那也是追求艺术!怎么,不行?"周思柔歪了歪头,笑嘻嘻地开口,"在我眼里,陆柏良就是世界上最伟大的艺术。"

周子绝白她一眼,懒得反驳。

后来再长大些,老瞎子越来越老,低保的钱都不够他看病了,再也养不起陆柏良了。

陆柏良上学后,有个车行老板看他成绩好,资助了一笔钱。他收下了,但是倔强地要去车行帮老板一些零碎的忙。

学校的校服是白的,周子绝一直觉得,陆柏良穿白色的衣服最好看,全年级哪个男生都没他穿得那样好看。

偏偏那段时间,他看到陆柏良的校服上浮了一层层的黑色机油。

周思柔想帮他洗,他也只是淡淡地说:"不用,洗不干净的。"

周思柔是多急的一个人啊,当天就拉着周子绝跟在陆柏良后面,一路跟到底,他们才发现了在车底下来来回回忙碌的陆柏良。

当天晚上,周思柔就抹着眼泪回去把自己为数不多的存款都偷偷转到老瞎子的低保卡里,最后是陆柏良帮忙去取钱的时候才意识到账目不对。

他将钱取出来还给周子绝,周子绝不收,周思柔更不收。

陆柏良没说什么。周子绝和周思柔每个月都省下零花钱和捡废品的钱,往他的卡里面打,他也次次收下。

最后在那年过年的时候,他把钱一次性取出来,自己又添了一些,给周子绝买了台二手的胶片机,又给周思柔买了支名牌的唇膏。

他对周思柔说:"妹妹长大了,别的女孩子有的,你也可以有。"

周思柔哭着不肯收:"我不要当你妹妹,我有哥哥,我哥叫周子绝。"

陆柏良摊开她的手,把唇膏塞到她的手心,对她叹口气:"听话,别喜欢我了。"

"我不。"

"思柔,我真的不喜欢你。对我来说,你和子绝是我的亲人,你明白吗?"

他的性格明明那么温和,却拒绝得这样彻底。

他不想让她继续这样犯傻了。

周思柔十五岁了,他们认识十五年了,在困苦的日子里,他们三个人相依为命。可陆柏良还有很多事情要做,比如学习,比如生存,比如忍受长久的痛苦与无奈。他没办法在背负着这么多沉重的东西时,喜欢上一个这么好的女孩子。

周思柔那天还是没有收下那支唇膏。她说,她只收哥哥和男朋友送的唇膏。

第二天晚上,陆柏良和其他几个学徒在修一辆八轮货车的时候,车厢突然坠落……

几乎是条件反射一般,赶过来探望他的周思柔,想都没想就推开了他。

她被压在下面,血汩汩地往外流,流到快要失去意识的时候,救援人员还没有来。

周子绝试着喊她,跟她说话,还是留不住她渐渐消逝的生命。

最后周子绝没办法,只能对周思柔说:"你好好撑住,陆柏良说,等你好了,就和你在一起。"

周思柔动了动眼皮,不敢相信:"真的吗?"

陆柏良抿着唇,沉默着对她点头。

周思柔苍白地笑了笑:"好,我等着。"

然后她就昏了过去。

十五年了,她始终没有醒过来。

周子绝掏了根烟出来,想抽,意识到这是在医院,又放了回去。他问陆柏良:"你回来这么久,去看过她吗?"

"看过。"

"你想她吗?"周子绝问。

陆柏良不说话。

周子绝说:"我想她了。"

十五年了,他们都从十五岁变成了三十岁。

只有周思柔还一直停留在十五岁。

植物人也是会生长的,她会长高,会增重。

沈万宥把陆柏良接回去后,为了感谢周家兄妹对他的照顾,为周思柔请了最好的医生。后来,医生们都说,这个女孩儿是最健康的植物人。

最健康的植物人,一个嘲讽性过强的形容。

病房里是一阵长长的沉默。

周子绝突然开口问他:"所以你这次回来,是要和阮胭在一起吗?"

"不是。"

周子绝看他答得干脆,一种既复杂又矛盾的感觉从心底生出。

作为朋友,他有时候希望陆柏良得到救赎;但作为哥哥又觉得不甘,凭什么他妹妹喜欢了十几年的人要被后来的阮胭得到?尤其是,周思柔为了救陆柏良可以奋不顾身,而阮胭,只会把陆柏良害成那样……

沉默里,有护士敲门:"陆医生,辛童来医院了,她在找您,您要不要过去看看?"

陆柏良说:"好,我等会儿就过去。"

陆柏良扣好白大褂的扣子,转身对周子绝说:"无论如何,我们三个人的事,你都不该扯上阮胭,更不该把怨气发泄在她身上。我的确喜欢她,但也拒绝了她。我始终守着承诺,一直在等思柔醒来,和她说清楚。"

周子绝抿唇不语。

"还有,子绝,这件事你违法了,如果阮胭起诉你,我不会保你。"陆柏良沉声说。

周子绝闻言,猛地抬头,难以置信地看着他。

陆柏良没再和他多说,抬脚离开。

阮胭办好出院手续后,方白就开车过来接她了。

外面下了小雨，迷迷蒙蒙的。

方白看她拄着拐杖出来，连忙迎上去扶她："怎么伤得这么重？！那是什么破剧组！"

阮胭没说话，上了车，把拐杖往后一扔，捶了捶腿："的确是个破剧组。"说完又活动了一下脚踝。

"胭姐，你的腿没事啊？"

阮胭"嗯"了声，打开手机开始刷微博。

"那你干吗拿根拐杖？"

"装可怜。"

"啊？"方白不懂。

阮胭没和她解释，问方白："对了，起诉宋筠的律师找好了没有？"

方白握着方向盘说："找好了。宋筠的经纪公司昨天给邢姐打电话都要打爆了，说想让我们大事化小、小事化了。"

阮胭冷笑一声："她想得倒是美，凭什么？她自己的亲姐姐都不同情她，把这脏水往她身上泼，我们为什么要同情她？"

"邢姐也是这样说的，恶人就该有恶报。而且她倒了，她那边的资源也会倾斜一些出来，这对同类型的我们来说是好事。"方白说，"放心，邢姐请的是清和最出名的刑事律师。"

阮胭笑道："那你让这位大律师好好打，打得漂亮，我们下个案子还找他。"

"下个案子？什么下个案子？"方白问。

"我要起诉周子绝。"

方白被这句话惊得一个急刹，阮胭没准备好，整个人跟着往前猛地一倾。

"不是吧？胭姐，我们还没拍完电影呢，周导是哪里出问题了吗？"

方白不知情，只觉得周子绝是业内出了名的怪才导演，虽然酷爱拍些小众的题材，但是一直很低调，还拿了不少奖，在业内的风评似乎还不错。

阮胭讥诮道："他的问题大得很。"

"啊？"

"你去帮我找一下业内做侦探的朋友，查一下那天撞我的车手。"

方白点头，演艺圈名利纷扰，不管是还在业内混的，还是已经嫁进豪门的，手里都沾过一些腌臜事，手底下的私家侦探资源也不少。

"好，我明天告诉邢姐。"

方白重新发动车子，往前开了段路。阮胭支着下巴看着窗外的风景，才想起来一件事："上次你说的那个开车行的老同学还能联系到吗？"

"联系上了！我之前打电话问过，说是要看车的型号，有很多款甚至可以给我们打到八八折，让了很多利。"

八八折？

车行赚的不就是提成吗？阮胭皱了皱眉，这老同学真是过分慷慨了。

"走，今天过去看看。"

有便宜不占是傻瓜！

讯光大厦。

一辆黑色豪车刚开进地下车库停好，在几分钟后，又从地下车库里缓缓地开了出来。

沈劲坐在后座上，看着手机屏幕上江标发过来的消息："阮胭刚刚给我弟发消息了，说是下午要来车行看车，去不去？"

沈劲的右手在砸周子绝的时候也被玻璃割伤了，现在手掌上还裹着纱布。

他用左手地简单回了句："去。"

江标回复："好，我跟我弟打声招呼，配合你。"

江标他弟就是方白的老同学，当时阮胭一搬走，方白发了个求租的朋友圈，江标他弟就告诉他哥，想把东洲花园的房子租出去，说是一个美女明星要租的。

江标也是周牧玄他们那一拨人里的，顾兆野生日请客的时候，他就在星雾会所见过阮胭，只是那天人多，阮胭不记得。江标一听他弟说是阮胭，马上就打电话给沈劲，准备灭一下这位平日嚣张得不行的少爷的威风。

没想到沈劲直接请他当探子，把他们家东洲花园对面的房子也买了下来,说送给他和谢弯弯,就为了请他们去当邻居,帮忙照看一下阮胭。

正好谢弯弯那段时间准备养胎,江标也想从江家搬出来,就应下了。

没想到这事的后续还有这么多。

可怜沈劲发动了身边所有的朋友,追了这么久都还没追回来。

江标想到这里就忍不住幸灾乐祸地笑,亲了亲身边的谢弯弯。

谢弯弯问他:"干吗?"

"没事,就是想亲你了。"江标搂着人又亲了一口。

谢弯弯白了他一眼:"别想用糖衣炮弹逃掉今晚的刷碗任务。"

"刷,我刷,只要有老婆在,我一天刷一百个!"

江标搂着人直亲,果然幸福还是要靠他人的不幸才能衬托出来的呀!

方白将车开到了车行。

她一说自己的名字,就有店员出来接待:"是方小姐和阮小姐吗?"

"嗯,嗯。"方白笑开来。

店员笑得体贴:"小江总已经和我们打过招呼了,说今天车行里的车随便二位挑,他保证给最大的优惠。"

"这么够意思?!"方白感到不可思议。江澈那个"二货",这么多年没联系,居然还这么乐于助人?

店员微笑不语。

两个人看了一下,最后阮胭选了辆五十万元的车,打折下来大概四十万元。

阮胭很满意。她现在处于事业上升期,一来是没有多余的钱买贵的车,二来也不适合。

这辆车性能好,折扣也大,挺好的。

阮胭是个行动派,几乎没怎么权衡,分析好优缺点后,立刻就刷卡付了钱。

速度快到店员都小小地惊讶了一下。

一系列手续办完后,店员说:"今天有现车,阮小姐要不要试驾?"

阮胭点点头,这算是第一辆属于她自己的车,她心里还是挺开心的。

以前沈劲送过她车,但她觉得那人没脑子,一送就是几百万甚至上千万元的豪车,她一次也没敢开过,最后还不是堆在他的车库里,让他自己时不时地开。

这个车行保密性很好,阮胭看了一下周围,没什么记者,于是也就不演了,放下拐杖,坐上了驾驶座。

车行前的道路狭窄,不好停车,她刚开出去几步路,就蹭上了一辆黑色的车子……

她看了一眼,很好。

对方的车大概四百万元,她的不过四十万元左右。

她沉默了……

而她不知道的是,在黑色的汽车玻璃后,坐在车里的英俊男人挽了挽右手的衬衫袖子,裹着纱布的右手指节在膝上轻敲。

他对前排的司机微微颔首说道:"蹭得好。"

第九章

我已经开始学着改变了

RU CI MI REN
DE TA

车行的店员听见声响,赶紧跑出来。她一看到那辆黑色豪车,脸色都变了。

这是在他们店里出的事,阮女士这笔单子也是算在她头上,无论如何她都是要担责任的。

"先生,抱歉啊,您这……"店员赶紧跑过去小心翼翼地赔礼道歉。

阮胭也打开车门,走下去。

目前还没有调监控,阮胭也说不清究竟是哪方的过失更大。但无论如何,终究还是人家四百万元的车损失更大。

阮胭老老实实地跟在店员身后,等着和车主谈论赔偿事宜。

几分钟后,驾驶座上的门被打开,走下来一个戴眼镜的男人。

阮胭一看到他就认出来了,是沈劲的司机。

他冲阮胭微微点头,语气尊敬:"阮小姐,沈总说不用赔偿。"

店员闻言,松了一大口气。

阮胭看了一眼那辆黑色车子,黑色的车玻璃遮得严严实实,看不到里面的脸。但她可以感受到,沈劲此刻一定透过车玻璃在看着她。

"不用了,老李,等赔偿结果下来后,你发给方白吧,我们按流程走。"阮胭说完,又说了声"抱歉",便转身准备回车行。

"阮胭。"车窗摇下,露出沈劲的半张脸,一双眼睛紧紧地盯着阮胭。

"有什么事?"她看着他。

沈劲问她:"你来买车吗?"

"嗯。"

沈劲抿了抿唇,说:"张晓兰今天生日,你能回去给她过个生日吗?"

她没说话,脚也没往前挪一分。

沈劲又补了句:"她想你了。在家里把你的栀子花都养得好好的,都快开过季了。"

阮胭沉默了片刻,说:"好吧。"

方白在那边,见情势不对,拎着包和阮胭的拐杖,说道:"胭姐,我开车送你……"

她的话还没说完,里间走出来一个穿着黑色短袖的高个子男生,旁边的店员立刻喊了一声:"小江总。"

江澈径直朝方白走过去。他像是刚打完球回来,才洗完脸,正拿着毛巾擦手臂上的水,对方白笑了一下:"方小五,怎么这么多年不见,你还是这么没眼力见儿?"

方白在心里骂骂咧咧的,想骂回去。

阮胭看了江澈一眼,走过去,从方白手里把东西拿过来。

"没事,你和你同学叙叙旧,把包给我吧,我坐他的车过去。"

老李帮阮胭打开车门,她上车,坐在离沈劲最远的那一角。

沈劲的大腿在西装裤下崩得紧紧的,他偏头看了一眼车窗外,又忍不住侧过头看她,想跟她说些什么,又怕再收到她的冷眼。

于是,车厢内陷入沉默。

没有人开口,只有她身上好闻的玫瑰香在空气里若有似无地散发着。

最后还是沈劲打破沉默道:"抱歉,以前给你送了那些不合时宜的车。"

他看到她买的那辆车,才骤然意识到以前他的做法有多浮夸和荒唐。

"还有那些送去你工作室的高定礼服,我……"他瞥了一眼她平静如常的侧脸,继续说,"没能考虑到你的处境,给你带去了不少麻烦,我感到很抱歉。"

她不是顾兆野身边那些莺莺燕燕,从来不是因为他的钱和权才跟他在一起。

"没关系。"阮胭的语气清冷。

于是,又陷入了冷场。

车子途经一幢正在装修的大楼,地面崎岖。车子驶过去不可避免地抖动起来,阮胭只能扶着车窗以保持平衡。

沈劲突然出声:"系一下安全带。"

很多人坐后排没有系安全带的习惯,阮胭也是。

阮胭伸手摸了一下安全带,没摸到。沈劲从座椅的缝隙里把带子理出来,然后微微靠近她,递给她。

但是阮胭还没来得及系好,车子又是一个急转弯,她往旁边的玻璃撞上去。

沈劲手疾眼快,伸手护住她的额头。

她的头撞在他的掌心里,一片温热。

而他在她坐稳后,又立刻收回手。

"不好意思,我刚刚不是故意碰你的。"

"嗯,没事,谢谢你。"阮胭系好安全带,再次坐直,也是在这时候,她才注意到他的右手裹了纱布。

她问他:"这是怎么了?"

沈劲讪讪地把手往身后藏:"不小心被玻璃割伤了。"

阮胭提醒他:"注意打一下破伤风。"

"好。"

车子停稳在清和别墅前,老李向他们道歉:"不好意思啊,沈总,刚刚的路况太不好了。"

沈劲"嗯"了一声,打开车门,目光停留在阮胭放在一边的拐杖上:"要不要我扶你?"

阮胭把拐杖拎起来,夹在腋下,脚下带风,大步往前走。

沈劲:"……"

两个人走进别墅里,然而阮胭并没有听到张晓兰的声音。要是换成以前,她早就扑上来了。

她喊了一声:"张晓兰?"

没人在。

她皱了皱眉,问沈劲:"你骗我?"

沈劲说:"没骗你,她身份证上登记的就是今天。"

她拿出手机,给张晓兰发了条微信消息,问她:"今天你生日?"

张晓兰很快回复:"对的呀!"

阮胭又问:"没在家?"

"嗯呢,出去和男朋友过啦,瘦了果然好幸福呀!"

阮胭给她回了句"生日快乐",又给她发了个红包,然后锁屏,看着沈劲说道:"她不在,我先回去了。"

沈劲说:"等一下,有事情想跟你说。"

阮胭淡淡道:"什么事?"

沈劲认真地看着她："关于周子绝的，他早些年的投资和后面的钱来得很不干净。"

"什么意思？"

"我查过了，他出身极其贫寒，执导的几乎都是阴郁文艺片，这类片子获利极小，几乎不会有人投资他。于是他就开始了拍一部商业片、再拍一部文艺片的路子，但是他靠商业片拉到的投资远远撑不起他拍摄文艺片时，在矿井等地的高昂实景拍摄费用……"

"你是说——"

沈劲在她出声前打断她："税。他的税有问题。"

阮胭沉默了片刻。她了解沈劲，也清楚他的心机和势力，他既然敢这样跟她分析，那就说明周子绝十有八九触犯了法律。

"谢谢你，可惜我还没办法掌握他的证据。"

"在胶卷里。他是个对图像有着执念的人，会把自己的合同拍下记录，再销毁。你注意一下他办公室里的胶卷。"

"我知道了，谢谢你告诉我这些。"阮胭沉思片刻，还是拿起包准备离开。

他不想让阮胭走："阮胭。"

"嗯？"

"我跟你说了你这么多有用的信息，你不能感谢一下我吗？"

"不太能，这些信息就算没有你，我自己也会查到，只是时间问题而已。"

沈劲一时被哽住，最后还是把话绕了回来："我给张晓兰煮碗长寿面，你帮我试试好不好？"

阮胭被他这句话逗笑了："沈劲，我以前怎么没发现你这么体恤手下的人？"

在她的印象里，沈劲向来是面冷心冷的，张扬得不可一世。在他的世界里估计就两种人，一种是他自己，还有一种是被他利用的人。

如今还愿意帮张晓兰煮长寿面？

这真的有点儿让阮胭像发现了新大陆一样惊讶。

"那是以前。"沈劲低下头，穿上拖鞋。

他走进厨房，转过身，低声说道："我已经开始学着改变了……"

阮胭没听到他这句话，只是倚在门框上看着他的背影。

家里只有张晓兰买的粉色围裙，他看了一眼，可能是嫌弃，并没有戴。

他把衬衫袖子挽起来，又去冰箱里找了两个鸡蛋出来。他犹豫了下，打了一个，结果蛋壳都掉进去了。

又重新打了一个，才勉强打好了。

到了要煎的时候，他犹豫了一下，转身问阮胭："大概放多少油比较好？"

阮胭无奈地摇头："我也不知道。"

小时候她母亲做的饭已经足够好吃了，没让她做过一次饭，后来跟舅舅住在一起，舅妈也做足了表面功夫，没让她做过饭，再后来就是上大学住校，大学毕业后便和沈劲住在了一起。

沈劲说："没事，我用手机查一下。"

他查清楚后，就倒油下锅，"噼里啪啦"的声音响起，他才想起来没开抽油烟机。他一边手忙脚乱地收拾，一边跟阮胭说："你先出去等我，这里面油烟很呛人。"

阮胭点头，余光瞥见他低头翻炒锅里的鸡蛋时后颈上露出的白色斑点，那应该是上次被烧碱水烫伤后正在愈合的伤疤。

她的脚步顿了下，去楼上找到以前的医药箱，翻出药膏。

他待会儿手肯定要碰水，得重新换药。

她把药膏放到桌上，接着在油烟和锅铲碰撞声里默默地穿鞋离开。

有好些油花溅起来，溅到了沈劲的手背上。他痛得"嗞"了一声，立即关了火，把蛋盛起来，又下水煮面。

等到一切都完成后，他还特地撒了把小葱花，才小心翼翼地端出去。

"我做好了，你过来试……"

沈劲端着汤，站在空荡荡的客厅里，嘴唇颤了颤，把还没说出口的"试"字咽回去。

他的目光触及桌上的那支药膏，感觉手上的伤又开始隐隐作痛。他将面碗放好，盖上盖子，然后捏着药膏默默地上了楼。

他刚上楼,张晓兰就回来了。她一进来就惊喜道:"竟然还有面?!是您点的外卖吗?"

沈劲点点头:"嗯,你吃吧,今天你生日。"

张晓兰拿了筷子就吃起来。

然而,才咬下去一口,她就停下了动作,哽咽着逼自己吞下去:"沈总,这是哪家的外卖啊?好咸,好难吃。"

沈劲脸色一沉,不再说话,径直走进书房,"砰"的一声关上门。

张晓兰一脸蒙。她说错什么了吗?

她看了看面前的面碗,算了,还是待会儿自己下碗面吃吧。

沈劲上了楼,打开电脑,这晚还有很多事情要处理,这几天他一直为阮胭跑来跑去,耽误了很多工作。他的时间也很宝贵,白天没空,就只有晚上加班加点地处理。

他起身到书架上找书时,手臂无意间又把向舟送过来的关于阮胭的资料袋碰掉了下来。

纸张和照片散了一地,他捡起来放回去,目光却停在某张照片的一角。

一种奇异的感觉瞬间涌了上来。

不对,非常不对。他飞快地把阮胭和陆柏良的照片找出来,一张一张地整理出来,齐齐整整地放在桌上。

没有,没有,都没有!

没有那张阮胭站在讲台上,陆柏良给她颁奖的照片。

向舟找的都是阮胭和陆柏良网上公开的照片,比如他们放在校内网上的图书馆合照、实验室合照,这些和沈崇礼当初寄过来的,一模一样。

除了那张……

沈劲连忙打开电脑,找到那次颁奖仪式,那是一场非常小型的社团比赛,台下没几个观众,网上没有任何报道,学校内部也没有存档,否则向舟肯定查到了。

那么,沈崇礼怎么会有?

阮胭说到做到。

她说了不请假,就一出院便进组。

她拄着拐杖一瘸一拐地进了组,还叫了一堆饮料发给组里的工作人员,让人在饮料杯子上贴了便利条,给每个工作人员认真地道歉,表明是因为自己耽误了组内进度,希望大家能够多多包容一下。

一个剧组就是一个小型生态圈,见惯了耍大牌的明星,难得遇到一个像阮胭这么踏实努力、态度良好的艺人,整个后勤组对她的态度都好到不行,一时间网上多了许多"不得不夸一夸某女演员"的帖子。

她不骄不躁,自己不能拍戏,就端把椅子坐在旁边,观察、学习于百合和蒋程的对手戏。

有次周子绝路过,听到有人在夸阮胭敬业、性格好,他冷笑了一声:"是吗?"

几场戏杀青后,于百合中场休息,过来跟阮胭闲聊。她瞅了瞅阮胭的脚,问:"痛不痛啊?"

阮胭笑道:"还好。"

于百合啧啧了两声"身残志坚"后,又跟她说:"对了,你知道你被提名最佳新人了吗?"

阮胭诚恳地摇头,这两天她在医院里实在是没心情理会外界的事情,邢清那边也还没收到消息。

"是老赵跟我提前透的风,他说你今年得奖的可能性很大,谢丐那边为这部戏运作了很多。"

"是吗?那替我谢谢你们家老赵告诉我这好消息了。"阮胭淡淡地笑道。

方白从旁边走过来,喊了声:"胭姐。"

于百合看了她们一眼,说:"行,你好好休息,我去找蒋程再对一下剧本。"

阮胭撑着拐杖,被方白扶着往自己的休息室走去。

一走进屋子,方白立刻就拿出笔记本电脑,把查到的资料整理后的文件夹全部打开。

"胭姐,查了,周子绝和那个车手在出事前一天打过电话,他们最早的联系在半个月前。"

半个月……

阮胭眯了眯眼，那个时候她刚通过周子绝电影的试镜。

看来他那么早的时候就想要整她了。

"胭姐，要不我们先不拍了？这个周导太吓人了。"方白看了阮胭一眼。

"为什么不拍？我们这个时候说不拍，可是要赔偿那么高的违约金呢，不就正中他的下怀？"

阮胭看着电脑屏幕上周子绝的背影，手指无意识轻扣了下桌子，想着沈劲跟她说的话，她笑了一下："要停拍也要让他提出来，凭什么想让我们出钱？"

方白愣住："怎么可能让周子绝停拍？"

"怎么不可能？"阮胭看着远处，"从今天开始，我们每天都要做一件事。"

方白："什么事？"

"翻周子绝的垃圾桶。"

"啊？"

傍晚，周子绝办公室门外的走廊。

方白低着头跟着阮胭往前走。

她小声跟方白说："这里人来人往的，你不能直接翻，待会儿我帮你支开他，然后你见机行事。"

方白捂着鼻子，视死如归地看着垃圾桶："好，我努力……"

阮胭笑了笑，然后敲开周子绝的门。

"你要请假？"周子绝抬了抬眼镜，看着眼前挂着拐杖的阮胭。

她很瘦，挂着拐杖，脚踝上还缠着纱布。更重要的是，她的神情看起来平静如常，似乎并没有发现车祸与他的关联。

阮胭点头："嗯，我想休息一下。"

周子绝说："可以。你本来也是该多休息几天的。"

阮胭环视了一圈导演室，这个房间和他一样低调，除了几台摄像机和电脑，再没别的什么。

她对周子绝说："我可以和你出去谈谈吗？"

周子绝挑挑眉。

"我想问问你和周思柔的事情。"

此话一出，周子绝的目光顿时沉了下来。他仔细地盯着阮胭，最后说道："可以。"

两个人一起往外走，一直躲在走廊后的方白立刻从拐角里出来……

阮胭拄着拐杖，走得很慢，周子绝的表面功夫做得很到位，还特地放缓了脚步等她。

最后两个人走到湖边，这里是片芦苇荡。

这个季节还没有结芦花，发青的芦苇成片成片地立成丛，在芦苇的深处是一片广袤的湖。

周子绝是个对画面感要求极高的导演，这片芦苇荡是他和副导演踩点了全国十个城市后，才定下来的拍摄点。

"问吧。"周子绝停下来，四周这时已经没什么人。

阮胭说："周思柔是你的亲人吗？"

"嗯，她是我妹妹。"周子绝看着她，"你是什么时候发现的？"

"你跟我说你和陆柏良的关系时，我就猜到了。"

有风吹过来，芦苇荡被吹得哗啦哗啦地响。

"以前陆柏良跟我提过。"阮胭说，"大一的时候，我在他办公桌的玻璃板下看到过你妹妹的照片，很漂亮。当天晚上他约我出去的时候，我没忍住就跟他告白了，结果果然被拒绝了，然后他就给我讲了周思柔的事……"

阮胭看向周子绝："说实话，听到这个名字时我就知道我输了，光听着，我就可以想象出她是个多温柔的女孩了。"

向来寡言淡漠的周子绝竟难得地笑了一下，目光里有怀念："她哪里温柔了？没几个人打架打得过她。"

有芦苇叶子被风吹了过来，吹到阮胭手边。她把它拨开，说道："听起来她真的很好。"

周子绝看了阮胭一眼，淡淡地嗤笑了一声："是比你要好。"

阮胭不置可否，笑了一下："也比你这哥哥好。"

周子绝的语气沉下来："你什么意思？"

"没什么别的意思。"

阮胭淡淡地笑着岔开话题："周导，我听说您以前家里很苦、很困顿，想来您这些年来为了拍戏也吃了不少苦，拉投资应该很不容易吧。"

周子绝危险地眯了眯眼睛。

阮胭却跟没事人一样挪开视线："希望这次我们能顺利拍完电影，不要辜负你辛苦筹到的资金，你觉得呢？"

周子绝以为她这是在向自己示好，希望能够和平合作，便说了句"自然"，说完抬手看了下表，问她："还有什么要问的吗？"

阮胭在心里估算了一下时间，摇头道："没了。"

"那行，时间不早了，该回去了。"

"嗯，周导，你先回吧。我想一个人在这里待会儿，等我助理来接我。"阮胭目视前方，喃喃道，"我再在这儿看看芦苇，听说这是你和李副导跑了十几个城市才找到的地方。"

周子绝没和她多说，自己先走了。

阮胭站在芦苇荡里，被芦苇包围的湖面漾起发亮而细碎的水纹，有两叶扁舟浮在上面。

她看着那两叶小舟出了神，过了会儿，她才发消息问方白："东西拿到了吗？"

方白回得很快："拿到了。"

"好，过来接我，我们去清和大学。"

下午的时候，天上下起了小雨。

沈劲坐在办公桌前，仔细翻着向舟送上来的项目书，这是上次被他打回去的机器人监控策划书。

项目组组长战战兢兢地等他签字审批，生怕又被打回重做。虽然麻烦，但又不得不承认，沈劲提出的问题往往都是能一刀切中要害的，他也无法反驳。

"可以，这次合格了。"沈劲合上文件夹，拿起签字笔在项目书上利落地签字。

项目组组长暗自松了口气，赶紧拿起文件夹往外走。沈劲在他关上门的时候，开口道："去秘书处叫一下向秘书。"

"好。"

向舟推开玻璃门走进去："沈总。"

沈劲问他："确认上次把阮胭的资料袋送过来的是沈崇礼的人？"

向舟点头："查了监控，是沈崇礼的助理。"

沈劲的食指轻轻地抵着桌面："这是阮胭大一时的照片，我们都没有查到，他是上哪里弄来的？说明他早就在关注陆柏良和阮胭了。"

那一年，是沈万宥最想把沈家旗下的一家医疗企业交给陆柏良打理的时候，也承诺了会在寿筵上给陆柏良上族谱。

但那并不是沈崇礼对付陆柏良对付得最狠的时候。

最狠的时候，是陆柏良刚回来时，几乎三天两头就会出个车祸。如果不是姚叔后来出面护着，陆柏良怕是早就被沈崇礼吃得渣子都不剩了。

如果沈崇礼要对付陆柏良，那为什么要关注阮胭？

不对。

那时候沈家上上下下的人都知道陆柏良只对周思柔上心，而阮胭彼时不过是他一个走得比较近的学妹而已。

沈劲抚着桌上阮胭的照片。她笑得很甜，与如今总是清淡的模样完全不同。

向舟见他沉默，于是给他汇报另一件事："沈崇礼昨天去见了耀丰医疗的高层，应该是要谈合作了。"

"他们研发出来了？"沈劲问他。

"不知道，但我们上次移交的数据对他们很有用，应该是要做出来了。"

沈劲沉吟片刻，道："闻益阳和陆柏良那边的进展怎么样？"

"听说已经进入试验阶段了，他们最近在找一个唇腭裂术后的儿童做试验。"

"这么快吗？"沈劲对向舟说，"准备一下，去清和大学，找闻益阳。"

"好。"

沈劲把阮胭的照片收好，温热的手指碰上她带笑的嘴角，顿了一下，将照片放进抽屉里。

他抬头，说："对了，帮我重新买一支钢笔，签字笔用着不顺手。"

向舟应道："好的。"

"要万宝龙家二〇一五年产的，黑漆的，款式跟我之前用的一样，记得找全新的。"

向舟沉默了。

他知道有些人有收藏钢笔的癖好，因此，找二〇一五年的限量款也不算难，但沈总还要全新的，实在是……

沈劲起身，微微松了松领带，又补了句："买两支吧。"

向舟："……"

——一支都难，我还给你找两支？

可是为了薪水，向舟只能硬着头皮应下。

傍晚六点。

两辆车分别停在了清和大学的南门和北门。

黑色的豪车里，向舟探身出去问保安计算机学院的图像实验室在哪里。

而低调的白色车里，阮朏打开车门，挂着拐杖从里面走下来。她让方白在车上等她，她按照记忆，直接往闻益阳的实验室里走去。

她提前和闻益阳说了，自己会来找他问一些事情。等她到的时候，闻益阳已经在实验室门口等着了。

他这天没有去奇骏科技开会，没穿西装，随意穿着浅蓝色的衬衫，没扣扣子，里面穿了件纯白短袖，整个人透着浓郁的少年气息。

他见到阮朏，冲她笑笑："姐姐，这里。"

"益阳。"阮朏点点头。

闻益阳看了一眼她手上的拐杖，眼里闪过一丝阴沉，却在他推眼镜的瞬间又消失。他问她："脚还痛不痛？"

他问她："脚还痛不痛？"

阮朏摇头说："不痛了。"

闻益阳跟她说："实验室里的大机器最近都在跑一个项目的图像数据，

里面噪声大，辐射也大，平时被他们弄得乱糟糟的，我们去楼下咖啡厅说话。"

阮胭点头："好。"

两个人走到电梯口。

阮胭先寒暄了几句，问他最近忙不忙。

他说："不忙。"

电梯很快下行，到达一楼，两个人一起走到露天的咖啡厅里坐下。

另一边，沈劲和向舟问了些路，终于找到了闻益阳所在的图像实验室。走进大楼的时候，向舟忽然叫住沈劲："沈总，那是不是阮小姐？"

沈劲转身看去，阮胭侧身坐着，对面坐着闻益阳。

因为下了小雨，他们头顶支了一把大伞，伞面是粉色的，光线透过来，把阮胭的脸也照得有些微微泛粉。

闻益阳的方向正对着沈劲。

他明明看到了，神色却没有半分异常，依旧带着笑和阮胭说话。

"我来找你，是想问一下，你有没有做图像修复的朋友，能帮忙修复这里面的图片？"阮胭拿出一个小盒子，盒子里装着零散的已经被碎纸机碎成了细条的旧胶卷。

"什么照片？"闻益阳的声音很淡，余光里，他看到沈劲还在远处站着没动。

阮胭说："是几年前用胶片机拍摄后转存的一些照片，我没有照片了，但是找到了它的底片……"

"等一下，姐姐。"闻益阳忽然打断她。

"嗯？"

"我好像知道了，它应该可以修复。"闻益阳注视着她，有神的眸子在镜片下泛着冷光，他说，"你过来点儿，我告诉你，我认识能修复底片的朋友。"

阮胭往前微微倾着身，闻益阳站起来，隔着桌子，俯身贴到她耳边，低声说着话。

而远处的沈劲看着这一幕，铁青着脸，从牙缝里挤出几个字："闻——益——阳。"

第十章

我想重新追求你

RU CI MI REN
DE TA

闻益阳是一个很有分寸感的人。

即使贴得这么近,他也会抬手,用手背微微隔开自己的唇,防止他的热气喷到她耳边,冒犯到她。也正是因为他无意中的这份绅士,她没有推开他。

"姐姐说的这些照片,要想修复并不难……"

阮胭怕他这个姿势俯身太累了,就让他坐下:"你坐我旁边说吧。"

她将手伸进包里,摸到那支冰凉的钢笔后,顿了顿,转而掏出另一支签字笔和一本笔记本。

她把东西放到桌上,对闻益阳说:"你简单地写在纸上吧,不用太详细的解释,我只需要知道原理就好了,方便我判断一下这个计划的可行性。"

"计划?"闻益阳顺势坐在她身侧,拿起笔在纸上一边写上一些简单的基础名词,一边问她,"我一直没问姐姐,这究竟是什么照片,你想拿它去做什么?"

既然都找上门了,阮胭也没打算瞒他:"这些是我让方白从周子绝的垃圾桶里找出来的。"

"嗯,为什么要修复?"闻益阳的神情很淡定,没有表现出惊讶。

"因为都是他记录的合同,里面与他的税务相关。"阮胭看着闻益阳,认真地说,"这些年审计从他那里来来回回,什么也没有查到,因为他把该销毁的都销毁了,只用胶片机拍下保留了一些重要的合同。我找不到照片,所以只有去他的垃圾桶里翻找……"

闻益阳看着她放在桌上的小盒子。

他这次的目光不再像之前那样平静:"所以姐姐你想拿它们做什么?"

"报复周子绝。"阮胭的下巴微抬,"他陷害我,我就要还回去。"

闻益阳的目光落在她脸上,带着审视。

她抬头,迎上他的目光。

片刻后,他说了四个字:"好,我帮你。"

说完,他把盒子收起来。

"谢谢你,益阳。"她说。

"不,我很开心你遇到困难愿意向我寻求帮助,真的,姐姐。"闻益阳认真道。

阮胭张了张口，想说什么，闻益阳打断她："就当是我对你以前资助我的报答，还有对以前我做过的错事的补偿，别再对我说'谢谢'了。"

阮胭轻轻地叹口气，不再说话。她收拾好东西，起身准备离开。

外面的小雨淅淅沥沥的，闻益阳问她："姐姐，带伞了吗？"

阮胭摇头。

闻益阳从背包里拿出一把格纹伞，撑开："我送你出去吧。"

阮胭点点头。伞不大，闻益阳举着，伞面总是往阮胭那头倾斜，以至于两个人不能隔得太远，不然闻益阳就会被淋湿。

阮胭拄着拐杖，走了两步，忽然开口："益阳，你什么时候找个女朋友吧。"

闻益阳握着伞柄的手指白了一瞬，温和地回道："好，有合适的我会试着去追的。"

"我看他是该找个女朋友了。"一道声音冷不丁地响起。

阮胭抬头，沈劲就站在不远处的一棵梧桐树下，脸色阴沉地看着他们。

他人高，身姿挺拔地站在树下，白色衬衣收进黑色长裤中，唇线抿直，一张脸带着寒意。

"沈劲？"阮胭喊了一声。

闻益阳的伞面压得低低的，沈劲人高，一路走来，她这才看到他。

"小闻博士需不需要我帮你介绍几位合适的女同学？"沈劲看着闻益阳，语气不善。

闻益阳淡淡地笑道："不用，我喜欢自己出手。"

沈劲无言。

"倒是沈总……"闻益阳顿了顿，目光在他头上停留半秒，"站在树下，映得头上一片绿光啊。"

沈劲："……"

阮胭难得看见沈劲被噎得话都说不出来的场面，努力地把嘴角稍稍压了压，问他："沈劲，你来清和大学干什么？"

"来找闻益阳谈点儿事情。没想到你也在这里。"

阮胭说："这样啊，那我先走，你们慢聊。"

"姐姐，我先送你。"闻益阳道。

"不用，阮胭有伞。"

沈劲往前走了两步，想隔开他们。他看着阮胭，说："你以前的伞在我车上没带走，我还留着，你过来拿吧。"

阮胭想说不用，转念又想到与闻益阳撑一把伞不太舒服。所以她还是转身跟闻益阳道了别，和沈劲一起去他车上取伞。

两个人并肩走过去的一小段路上没有撑伞，小雨飘落在衣服上。

沈劲先开口问她："你那天怎么突然走了？都没见到张晓兰……"

"临时有事。"

其实不是，她只是不太想和沈劲再独处一室了。

沈劲说了声"哦"，语气里有若有似无的落寞。

阮胭又问他："那天的长寿面你最后做完了吗？"

"做完了。"

"那张晓兰吃了吗？"

"吃了。"沈劲停顿半秒，说道，"她很感动，说那是她这辈子吃过的最好吃的面。"

"是吗？"阮胭不大信，张晓兰做饭那么好吃，她不信她会夸赞一个连煎鸡蛋都不会做的人做出来的面好吃。

"嗯。"沈劲面不改色道，"你不懂，她主要是因为有我这么一个好老板而感动。"

阮胭："……"

她不再和他多说，拿了以前的伞，撑开就要离开。

沈劲叫住她："等一下，还有样东西给你。"

他从车上拿出一瓶香水，递给阮胭。

阮胭接过来。打开盖子，一股熟悉的、让人很舒服的气息扑面而来。

有些像沈劲身上的木质香气，但又不一样。

"我看你黑眼圈有些重，你这段时间是不是睡得不好？"沈劲停了一下，才继续说，"放心，我没有送你我的香水，不会硌硬你。我只是找张晓兰把以前家里经常用的家用香水带给你了。你到了你现在的家里喷一些,可能会更适应,晚上就能睡得安稳些。"

阮胭没有推辞,因为的确如他所说的那样。

搬出来后,她大部分时间都是在酒店里,往往还能入睡,而每当独居在家的时候,她必须得把被子掖得死死的,就像沈劲以前裹着她一样,有种莫名的充实感与安全感。

"谢谢。"阮胭看了一眼他垂下的裹着纱布的右手,出声提醒道,"手尽量收一下,别沾雨水。"

沈劲的手瞬间僵住,收到左腿外侧的西裤缝处,微微贴着。

他说了声"好",然后目送她转身离开。

虽然到了最后,她还是像在医院里一样,没有回过一次头。

"别看了,人早走远了。沈总。"闻益阳走过来,跟看戏一样。

沈劲冷冷地睨他一眼:"她来找你什么事?"

闻益阳好笑似的看着他:"她求助的是我,又不是你,我为什么要告诉你?"

沈劲再次被哽住。他理了理袖子,算了,闻益阳不说,他可以自己查,他还有别的事情。

"我听说,你和陆柏良快将耀丰医疗的语音修复系统做出来了?"

"还没有,仍在试验阶段。"闻益阳挑眉看他,"怎么,沈总想来插一脚?"

说话间,原本迷蒙的小雨渐渐转大。

沈劲从车里拿出另一把黑色的大伞,"砰"的一声撑开,雨水砸在伞面上,更显得他的声音低沉:"不是来插一脚,是来帮你们。"

阮胭回了家,清和市大,城南城北的雨下得都不一样,她这边仍是淅淅沥沥的小雨,落在地上,很安静的样子。

她像往常一样,有些失眠。对面江标夫妇依旧给她留了小馄饨,她一口一口地吃完,等身上暖和起来后,才回卧室休息。

阮胭想了一下,从抽屉里拿出几张照片,是她和陆柏良大学时的合照。

这还是沈劲托医院的小护士转交给她的。

沈劲到底是什么意思?

奶油似的灯光下,她和陆柏良并肩站着,她笑着,陆柏良的脸温和如初。

只是片刻的恍惚里,另一张相似的脸却猛地出现在她的脑海里。

阮胭晃了晃脑袋,不去想这些有的没的。她把沈劲给的香水找出来,在房间里喷了几下。

最后,在这熟悉的气息里,她掖紧被子,踏踏实实地睡过去。

接下来的几天,阮胭什么都没做,天天窝在家里看老电影。现在所有人都以为她的腿伤得很严重,邢清也没有给她安排通告。

直到一周后的清晨,闻益阳在微信上发给她一个文件。

是修复好的照片。

阮胭点开,解压,一张接一张地查看,然后拿出手机,把这份文件转发给了邢清。

两个小时后。

邢清:"我的天,这是哪里来的?!"

阮胭回她:"你别管,我就问你,这东西要是传出去,周子绝会不会垮?"

邢清:"会,而且是垮得彻彻底底的那种!现在税务绝对是业内红线,我没想到他这么大胆,这些年竟然黑了这么多账目,而且,其中有一些汇款机构还是来自……"

邢清:"我们现在是要联系媒体把这些全都交给有关部门搞垮周子绝吗?"

阮胭:"不,我们先不发。"

"我们不发谁发?"邢清愣住。

"我们直接去举报不得被弄死?"

阮胭这句话一说完,邢清立刻就明白那味儿了:"那我们现在怎么办?"

"我们公司小,但是总有足够大的公司。一家不够大,两家合起来总够大;两家不够,三家资本合起来总不可能还不够……"阮胭的声音平静,"明白了吗?"

邢清立刻转过弯了。

周子绝平时虽然低调,但拍的片子总拿奖,绝对动了不少人的"蛋糕"。

只要把这些账目问题打包发给周子绝的对家……

"我马上去办!"

阮胭把东西发给邢清后的第二天就回了片场。

她是和方白开了一个多小时的车过去的。

清和市的雨停了,剧组那边的雨又开始下了,还是那种小雨,把天衬得灰蒙蒙的。

阮胭拄着拐杖进组,周子绝还过来假惺惺地慰问了几句:"怎么腿还没好?"

阮胭说:"伤筋动骨一百天。我虽然要不了一百天,但估计也得到这个月底才能好。"

周子绝淡淡地点头。

副导演过来请示下雨了是否还要继续拍,阴雨天的色温和光线实在不好把握。

周子绝却望着天空,近乎痴迷地说道:"拍,继续往下拍。"

他对画面那种疯狂的完美主义又上来了。

一行人浩浩荡荡地搭好防雨的塑料膜。

阮胭又搬了张小椅子坐在底下看着他们忙来忙去,等着看别人对戏。

然而,等到一切都搭好后,副导演却阴沉着脸站出来说:"今天先收工,拍不了了。"

"怎么回事啊?"有群演抱怨道。

副导演也没给解释,直接就把他们的片酬结了。

群演们不干,阮胭就坐在椅子上,听到副导演对他们小声地说:"拍不下去了,出大事了。"

阮胭的嘴角浮上一丝笑,依旧坐得稳如泰山。

整个剧组都闹得人心惶惶的。

果不其然,一个小时后,整个微博都沸腾了,惊天动地的那种。

不知道是哪个媒体，率先站出来发现在有关部门的实名举报区，出现了实名举报周子绝的消息。按理来说，平日里绝对不会有太多人关注相关部门的留言区，可这次像是有预谋一样，那些转发、点赞、热议就如雨后春笋一样齐刷刷地冒出来。

微博上主要分两拨人：一拨人相信周子绝是清白的，希望事情能够尽快调查清楚；另一拨人认为周子绝平日里那些拍摄的片子资金来路不明……

前排"吃瓜"群众来了一大批，火上浇油，但总结起来只有一句——周导要玩完。

下午的时候，阮胭坐在休息室里刷着这些热闹的微博。

周子绝终于再也忍不住，木质的大门被他一脚踹开。他恶狠狠地盯着阮胭的脸，眼睛里充满血丝："我查监控了，你早就计划好了！那天你根本就是故意把我引去芦苇荡，好让你的助理在我房间里偷东西是不是？阮胭，你把我全毁了！全毁了！"

他吼完，整个人大步上前，抓住阮胭的胳膊就把她往外拖："看今天我不弄死你！"

"所以就这两支破钢笔值六位数？"顾兆野指着桌上放在盒子里的两支钢笔感叹道。

他不是觉得这玩意儿贵，而是因为他就不是个爱读书的人，觉得这东西一千块钱能买一打。

说实话，他们这拨人里，最聪明的是周牧玄，小时候坏事干了一箩筐，全是顾兆野帮忙背锅。江标是个说风凉话的，从幼儿园起就满心满眼里只有他的小媳妇谢弯弯。

只有沈劲，为人最赤诚，成绩好就是好，做了坏事也头一个认，有时候还顺带把顾兆野那顿骂给一起领了。

所以虽然沈劲有时候看起来高冷，但实际上是大家最服气的，几个人都喊他一声"哥"。

"可别埋汰人了，向舟可是找了好些收藏家才找到的。"周牧玄轻轻地踢了顾兆野一脚。

沈劲懒得和他们多说，端了杯酒自己灌自己。

"愁什么，笔这不是都找到了吗，送出去不就得了？"周牧玄说。

"送不出去。"沈劲又灌了一口，苦笑道，"她连和我在一个房间里多待一会儿都不愿意。"

"啊？"

"江标天天给谢弯弯洗衣做饭伺候着，我想起以前和她在一起两年，就给她喂过两次药，却还为此沾沾自喜，我就想做碗面给她吃。"

顾兆野和周牧玄对视一眼，默契地摇摇头——沈劲这是真栽进去了。

"光是打鸡蛋，我就练习了十七八个，手被油溅了都是小事，可她连一碗面的工夫都不愿意等，说都不说一声，就走了……后来张晓兰说不好吃，我居然还在庆幸，还好最后没给她吃……"

沈劲越喝越多。他向来不是个话多的人，甚至极少在周牧玄他们面前流露这种无奈的情绪。

周牧玄意识到不对，即使是受酒精的刺激，沈劲也不该像这样。他又踢了顾兆野一脚。

顾兆野咳嗽一声，故技重施，想逗他："别怕，劲哥，你让嫂子把你当替身替回来就是。"

沈劲原本还转着杯子，顾兆野这话一说完，他直接冷笑一声。下一秒，他捏紧杯子，整个猛地摔到地上，玻璃碎了一地，在灯下折射出冷光。

"替身，我给阮胭当了两年的替身！"

说完，他的胸膛开始剧烈地起伏，已经握成拳、青筋尽显的手被他握紧又松开，然后他想找杯酒喝，让自己冷静下来，看到地上碎掉的杯子，整个人又怔住，仿佛要从这恍惚里醒过来似的。

顾兆野没敢出声，连周牧玄也沉默了很久才重新找了个杯子给沈劲倒了杯酒，推到他面前。

沈劲一口饮下。

"怎么回事？"周牧玄问他。

沈劲阴沉地看了顾兆野一眼，想起他先前说的话，冷嘲道："顾二一语成谶,她把我当成陆柏良的替身。"

顾兆野的眼睛瞬间不可思议地瞪大,一时间他竟不知该怀疑是自己的耳朵出了问题,还是先前的嘴巴开过光……

周牧玄也没想到这层,同样愣住了。

这……换谁摊上这种事都不好受。

他寻思着,上次骂沈劲的那些话是不是也可以顺便往阮胭身上骂一顿。

而且说实话,他觉得阮胭这人比沈劲还绝。沈劲是"渣"得明明白白,阮胭却是背地里"渣",中途还顺道借着宋叶眉和沈崇礼这两个"渣渣",又把沈劲这货的愧疚心与同情心利用了一把。

周牧玄收回心思,问他:"那你现在是什么打算?"

然而问完他就想收回来了,就沈劲这副卑微的样子,都上赶着帮人煮面条了,还能有什么打算?

沈劲半晌没说话,咬肌绷得紧紧的,最后他闭上眼说:"我当时有想过直接封杀阮胭,搞垮她的事业,打断她的腿,让她哪里也去不了,甚至想过要不要和沈崇礼联手,把陆柏良弄死……可是我都做不到。"

他无力到对所有都失去控制。

"我一看到她,就没辙了。"

周牧玄故意说了句:"怎么一看到她就下不了手了,是因为她顶着宋叶眉那张脸吗?"

"你!"沈劲想骂回去,转瞬又明白过来。

周牧玄是在提醒自己,他最初也不过是把阮胭当个替身而已,没有谁对不起谁。

他长长地吸一口气,郁闷在胸中堆积,无处宣泄。

顾兆野始终不敢吱声,经过这事他真的怀疑自己的嘴巴是不是开过光。

他低头拿着手机慢吞吞地刷微博,手指却骤然顿住,忙把手机递给沈劲:"我的天,劲哥,嫂子他们剧组出事了!"

沈劲瞥了一眼,周子绝的事情已经上了热搜,这个剧组肯定要暂停工作。

他脸上却没有任何惊讶,反而开口说:"挺好的。"

顾兆野愣了会儿,才反应过来——好家伙,原来在这里等着呢。

周子绝在演艺圈多少年了，税务问题早不爆出来，晚不爆出来，怎么会这么巧地刚好在得罪了阮胭后就爆出来？

而且就凭阮胭一个人，绝不可能搞垮周子绝，除非……

顾兆野猛地一拍脑门儿："我知道了，劲哥，你这是一石二鸟啊！一方面可以帮阮胭搞定周子绝，另一方面出了这种事，阮胭为了避风头，肯定会暂时休息，到时候不正好给了你可乘之机吗……"

沈劲勾了勾唇，没有说话。

此时，邢清的电话打来，接起来就是一句："阮胭不见了。"

那一刻，沈劲甚至觉得耳朵传来了不明晰的轰鸣声。

"你说什么？"

"阮胭不见了，周子绝也不见了，剧组里有人看见周子绝下午把阮胭拖走了，现在所有人都找他们找疯了。"

"好，我知道了。"沈劲死死地捏着手机，"你把剧组的地址发给我。"

沈劲挂掉电话后，邢清迅速把地址发了过来。他抓起桌上的车钥匙就要走，周牧玄拦住他："你搞什么？你才喝完酒。"

"我找代驾。"

沈劲说完，又觉得不行，那个地方开车过去就算走高速也要将近两个小时。他连忙掏出手机打了个电话，让人把直升飞机调过来。

周牧玄"啧"他一声："我看你真是疯了。"

"我也觉得我被她搞疯了。"

沈劲的动作仿佛不受自己控制一般，拿起桌上的钢笔盒，大步走了出去。走到门口的时候，他忽然停住脚步说："今天我跟你们坦白，就是想告诉你们，之前的两年里，阮胭没有你们想的那样卑微，我不过也是她的替身。"

说完，他看了一眼墙上的时钟，大步走了出去。

挂钟上，指着"7"的时针以微不可见的速度移动着。

把时针往前拨三个小时——

"阮胭，看今天我不弄死你！"

周子绝抓住阮胭的胳膊就将她往外拖。

阮胭的左腿无力地垂在地上。她想挣扎，却挣扎不了，只能用右手扶着拐杖，让自己不倒下去。

"周子绝，你要干什么？"

"收拾你这个女人！你把我全部的可能都毁了，你知不知道？"

周子绝的理智已经几近崩溃。他根本不知道自己现在在做什么，他只知道，他要弄死这个女人。

阮胭紧紧地握着拐杖，这是根铝制的拐杖，不重，但她攥得手指都发白了。

周子绝看了她一眼，钳住她的手腕，冷笑道："垃圾，连我妹妹的一根手指头都比不上。"

阮胭被他拉到车上，上车之前，她对着副导演的背影喊了声"李副导"。

然而，等李副导听到声音，回过头时，车子已经开远了。

他怔在原地，有些没反应过来。

阮胭用力按车门，周子绝把车门锁得死死的。

"你你带我去哪里，你要做什么？"阮胭尽量让自己冷静下来，问他。

周子绝说："说实话，我也不知道。"

过了会儿，他又说："不过现在知道了，我听组里的人说过，你很怕水是不是？出于家庭原因，有创伤后应激障碍。"

周子绝握着方向盘说："那就去我们那天晚上去过的芦苇荡吧。"

"你要干什么？"

"想让你也感受一下，死了又生，生了又濒死的感觉。"周子绝的声音冰冷。

车子猛地刹住。

依旧是上周他们来过的这片芦苇荡，高大的芦苇包围着一片湖，风吹过，湖水漾起细碎的水纹，有两叶木舟浮在上面。

周子绝攥着阮胭的手腕，推搡着她下车。

"太弱了。"他说。

阮胭努力保持着冷静，说道："你依靠所谓的男性的力量优势，来压制一名女性，不觉得羞耻吗？"

"对付你这种狠毒的女人，怎么都不为过。"周子绝看着她一瘸一拐的腿。

湖面平静。

他说："你知不知道我这些年为了这部电影付出了多少？十五岁，我得到人生中第一台胶片机，我疯狂地研究那些迷人的影像；十八岁，我考上清和电影学院，身边的人都笑我穷，说我不配玩电影。呵，那群垃圾，电影是用来'玩'的吗？

"最后，一整个班，一整个学院，只有我背水一战，跑去做了独立电影人。剧本、灯光、录音，全是我一个人做的，最后我靠着那部电影给我们院捧回了一个又一个奖。

"二十三岁，为了拍一部矿难题材的电影，我在矿井下和工人住了整整一年，洗澡水都是黑的；二十五岁，我拍小众电影，熬了两年的影片送出去后，哪个不夸我拍得好？

"为了这部医疗题材，光是剧本我就磨了十五遍稿。

"阮胭，你的胆子好大啊，你的心可真黑啊。我都没想着把你撞死，你却直接把我往死里整。"

周子绝整个人已经失去理智。他伸手，一步一步地逼近阮胭。

"你真的没想撞死我？周子绝，别骗你自己了。那个车手，即使在你说的地方停下，我也会被撞到！不是残，就是半残。"阮胭冷冷地看着他，"是，全天下就你不容易，别人都很容易。我小心翼翼、千挑万选选了你这个所谓的'低调实力派'导演，没想到给自己选了条毒蛇。你选我进组，不就是想着折磨我，要不然就逼我停拍，付那笔天价违约金吗？我告诉你，现在这笔钱，得要你来出了，气不气？"

周子绝整张脸已经彻底青下来。他恶狠狠地盯着阮胭，最后猛地拖动她的身子，将她往水里一推。

没承想，阮胭死死地拖着周子绝，拽着他一起往水里栽进去。

原本一直一瘸一拐的柔弱的阮胭，在此刻却像变了一个人似的。

她在水里的动作灵活得如同一条鱼，拼命地拽住周子绝不放。周子绝根本没料到她一直在装瘸，猝不及防被呛了好些水，她却一点儿不受影响，仿佛她天生就是生活在水里的。

周子绝的力量优势在水里几乎丧失,阮胭用力地将他往水里拽,然后直接用拐杖的三角形握柄紧紧地套住他的脖子。

她拖着他往湖中心游,那里停着两叶木舟。

水越来越深,阮胭游得却越来越快。周子绝的口鼻在水里被一上一下的波纹不断地呛着。

阮胭游到木舟旁边,拿出早就放在那里的绳子。

中途周子绝一疯狂挣扎,阮胭就直接拖着人一起往水里按,他在水里憋不了多久的气。

但她可以憋很久很久,这是她幼时在船上生活练出来的,海她都潜过了,还会怕这个小小的湖?

阮胭把已经脸色苍白的周子绝用绳子绑起来,最后借着浮力,拖着他,半浮出水面,看着他。

"如果有机会,我一定要介绍你和宋叶眉认识认识,两个不把别人生命当一回事的人,恶心的程度真是不相上下。"

周子绝被她用拐杖死死地往水里按。

急促的喘息里,只能听到她说了句跟沈劲一样的话:"垃圾。"

在她放他浮出水面的片刻,他恨恨道:"你不也是个垃圾吗?没办法和陆柏良在一起,就盯上人家的侄子。阮胭,我是真的厌恶你,以前厌恶你,是因为你间接地毁了陆柏良的一生,你不杀伯仁,伯仁却因你而死。后来厌恶你,是因为你的做派。你比不上我妹妹,完全比不上。因为愧疚无处可发泄就找替身?你真的爱过陆柏良吗?"

"垃圾。"空旷安静的世界里,他缓缓地说出这两个字。

阮胭的头发湿漉漉地贴在额头上,她和已经无力的周子绝一同浮在空旷的湖面上。

是啊,他说得对。

她究竟干了些什么?

接近闻益阳,和沈劲在一起……

她的大脑好像有一瞬间的死机。

风吹过，芦苇荡的芦苇发出窸窸窣窣的声音。

一种史无前例的空旷与茫然感将她包围……

直到空中传来轰鸣的直升机的声音，越来越低，越来越近。最后它缓缓地停下，停在不远处的岸边。

一个穿着黑色衬衫的男人，拨开一丛又一丛的芦苇，朝她急切地跑过来——

"阮胭！"

风吹起的水波撞击着脆弱的芦苇叶，它们翠绿的叶身跟着左摇右摆，但没有倒下去。

阮胭此刻是迷茫的，不知所措的。

因此，周遭所有细微的变化都被放大了无数倍。

她能看到周子绝的嘴唇在动，说出来的声音和水纹一起往她身上扑："你挺可悲的，真正的得不到，就去捡西贝货。捡来捡去，捡到陆柏良的侄子头上了。"

水往她身上摇啊晃啊，她怔怔地看着周子绝，脑子里回荡着他说的话——

"以前厌恶你，是因为你间接地毁了陆柏良。后来厌恶你，是因为我妹妹拿命去换的人，凭什么要被你这么对待？真的，你连我妹妹的一根手指头都比不上！你真的爱陆柏良吗？爱一个人真的会去找替身吗？"

阮胭张了张口，想说不是这样的，可就是哽在了喉咙里，什么反驳的话也说不出来。

她终于不得不承认，是啊，就是这样的。

她就是变坏了。

阮胭握着绳索的手，忽然就没了力气。

她放任他和自己一起在水中渐渐地往下沉。

周子绝的瞳孔猛地睁大："阮胭，你想干什么？你疯了！你快把我松开！"

话还没说完，他就又被呛了一口水。阮胭把他的手绑住了，他用不了手，只能拼命地蹬腿，让自己尽力浮出水面。

阮胭却没有阻止他,她好像什么都不关心了。

她的四肢连动都没有动一下,任凭自己往水下坠落。

水里的世界很安静,周子绝的声音渐渐变小,她的耳边只有远处的芦苇丛跟着水一起晃动的声音。

沈劲几乎想也没想就跳进水里,朝阮胭游过去。

阮胭和周子绝在湖中心的位置,沈劲用尽全力往他们身边游,他不知道他们在说些什么。等他游过去的时候,只看到阮胭整个人沉入水底,周子绝在旁边疯狂地挣扎。

沈劲立刻跟着她潜入水中。

他睁着眼,湖水浑浊,浑得他有些看不清,他找到已经双眼紧闭的阮胭,游到她身边。

他用力扣紧她的腰,搂着她,凑近她的脸,用牙齿撬开她的双唇,吻住她。

"阮胭。"他轻轻地喊着她的名字。

可他一张口,就是一串水泡。

他只能咬牙托着她,努力地往上游。

新鲜的空气骤然袭来,沈劲搂着阮胭,拖着她换了个姿势。为了防止她被水呛到,他托着她的双腋,带着她往旁边的木舟游去。

她陷入了昏迷中,但好在还能感受到她的呼吸。

求生的本能让周子绝挣脱了绳子。

沈劲冷冷地看着他:"你对她做了什么?"

周子绝仿佛听到了什么笑话:"你看我这样子,究竟是我对她做了什么,还是她对我做了什么?!"

说完他又看了沈劲一眼,骂了句:"**蠢货**,被阮胭玩得团团转。"

沈劲的眼神一暗。

周子绝蓦地想到他那天在医院里打人时不要命的狠劲,往后游了几米。

见沈劲没有追上来的意思,他又往后游了一段距离,而后才开始疯狂地往岸边游。

沈劲根本不想理他,后面有的是时间收拾这个垃圾。

他伸出手在阮胭的胸口上用力地按压，想让她把胸腔里的积水吐出来，可是按了几下，她还是没有反应。

他直接俯身，贴到她冰凉的唇上，给她做人工呼吸。

然而，他才触及她柔软的双唇，她忽地睁开了双眼。

她皱了皱眉，沈劲的脸近在咫尺。他的脸被放大，纤长浓密的睫毛触在她的双颊，温热的呼吸在她的唇上和鼻间纠缠。

"你——"阮胭张了张口。

沈劲克制继续吻下去的冲动，从她的唇上离开，直起身子。

"阮胭。"他的黑眸动了一下，问她，"你刚刚是不是想去死？"

阮胭愣住。她以为，他会问她究竟对周子绝做了什么，或者继续问她陆柏良的事情，再不济也会问她别的问题。

但她没想到，他对她说的第一句话会是这个。

"我没有。"阮胭说，"我只是什么都不想做了，我需要思考清楚一些事情。"

"思考什么事情需要你把自己埋进水里？"

阮胭抿唇不语。

沈劲看着她苍白的脸，柔弱的样子让他心底的怒气无处宣泄，他只能无奈地说："阮胭，你想思考清楚什么，告诉我，我可以帮你，我……"

"对不起。"她打断他。

阮胭认真地注视着沈劲的眼睛，这是她第一次，真的是第一次，不带任何与陆柏良有关的情感色彩去看他："对不起，我利用了你两年多。我对你好、顺从你、关心你以及其他各种配合，都是源于我自己内心那些阴暗的想法。

"我把你当成陆柏良的替身，我利用你填补我内心的情感空缺，从某方面来讲，我比你更过分，我无数次利用你的愧疚和心软。如果不是陆柏良回来了，我甚至打算利用你这种心理一辈子，为自己的事业保驾护航。

"对不起。我为我过去做的一切向你道歉。真的对不起，沈劲。"

天色暗淡下来，夜幕已降临。她的声音在空气里散开，语调不再是往日里的毫无波澜，她拼命压抑的难过他都能听出来。

沈劲的手指动了动，想伸手去抱她，但最后只是背到身后，默默地压下这种冲动。在长久的沉默后，他终于开口道："可是阮胭，我喜欢你。"

阮胭怔住，没想到他会猝不及防地说出这句话。

而且是在这样一种场景之下，在她说出那样一番话之后。

"以前周牧玄问过我，是从什么时候开始的，甚至我自己也怀疑过这究竟是不是只是习惯而已。直到后来你走了，我连根烟都不敢在家抽。因为我怕抽了，就把你的气息盖住了。这两个月我终于想清楚了，我是从什么时候开始喜欢上你的呢？可能是从每一天的朝夕相对里，可能是从你搬过来以后一声声依赖一样的'哥哥'里，虽然我现在知道了，那根本就不是对喊我的。"

他自嘲地笑笑："还有可能是从你去拍戏时，穿着白大褂，利落地在片场检查那些药品，那么认真的时候；也有可能是你遇到事，使劲地往人身上踹的时候……我当时头一次觉得，你怎么能打起人来都那么好看？"

沈劲说完看着她。

他知道自己喝了很多酒，但这些酒意已经在刚才为阮胭无止境的提心吊胆里悉数散去了。现在，促使他说出这么多话的，只有心中那股无法言说的冲动。

"阮胭，我喜欢你，不是因为我们相处了两年，而是因为，你是阮胭。被你吸引，实在是一件过分自然的事情。因为你，太好了。"

他说完，阮胭有片刻的愣怔。她不敢相信这是沈劲会说的话。

她张了张口，不知道说什么，她想拒绝他。

他说："你不用对我说'对不起'，是我不对，闻益阳说得很对，我和你朝夕相处了七百多天，我自私，我傲慢，我不懂得尊重人，除了挥霍你对我的好，几乎什么都没做过。

"但是阮胭，我会改，我已经在改了。阮胭，你……可不可以看看我？

"看看我，别把我当作陆柏良的替身那样看看我。"

夕阳、芦苇、湖水，都一一消失，只剩下他们所处的这叶小小扁舟，在水波里摇摆。

阮胭看着他，他卑微得像个要糖的孩子。

她突然陷入了更深更广的迷茫中。

最后,她还是摇了摇头。

她不想再伤害他,于是,她郑重地对他说:"对不起,沈劲,我现在没办法喜欢上你。"

沈劲没说话,甚至猜到了她会是这个回答。

他知道她在自己的世界里画了个圆,小时候失去了父母,长大后寄人篱下,没有什么亲密的朋友,在最迷茫困顿的时候遇到陆柏良。

陆柏良带着她去看外面的世界,让她复读,为她指引方向,救她的性命……他不怪她。在看完向舟找的她的资料后,她所有的无奈与不易,他都明白了。

"阮胭,我想重新追求你,再给我一次机会好不好?"